U0028049

我知道的秘密

泰絲・格里森——著　尤傳莉——譯

I KNOW A SECRET

TESS GERRITSEN

獻給了不起的Ms. Margaret Ruley

1

七歲那年，我學到在葬禮上哭出來有多麼重要。在那個夏日，躺在棺材裡的男人是我的歐森舅公，他最令人難忘的，就是他難聞的雪茄、他的口臭，還有他滿不在乎的放屁。他在世時，幾乎都無視於我的存在，就像我也無視於他的存在，所以我對他的死一點都不悲慟。我不明白我為什麼應該去參加他的葬禮，但這種事情由不得一個七歲的小孩作主。於是那一天，我莫名其妙來到教堂中，在長椅上扭動，非常無聊，身上的黑色連身裙搞得我滿身大汗，搞不懂為什麼不能跟拒絕出席的爹地留在家裡。爹地說，如果他假裝為一個他瞧不起的人而悲慟，那就太虛偽了。我不曉得「虛偽」這個字的意思是什麼，但是我知道我也不想那樣。不過我卻來到這裡，擠在我母親和席維雅阿姨之間，被迫聽著人們沒完沒了地為平凡的歐森舅公講一堆乏味的讚美。一個自豪而獨立的男子漢！他對自己的種種嗜好那麼狂熱！他好愛他的郵票收藏！

沒有人提到他的口臭。

在那場漫長無盡的追悼會上，我為了打發時間，就開始研究前面那排人的腦袋。我注意到唐娜阿姨的帽子上沾了好多白色頭皮屑，還有查理舅舅在打盹，而且他的遮禿假髮滑得歪到一邊。看起來就像一隻褐色老鼠正想從他腦袋側邊爬下來。於是我做了任何一般七歲女孩會做的事情。

我爆笑出來。

接著立刻就有了反應，大家紛紛轉頭來皺眉看著我。我母親好羞愧，五根尖銳的指甲用力按進我的手臂，噓聲道：「別笑了！」

「可是舅舅的頭髮要掉下來了！看起來像一隻老鼠！」

她的指甲按得更深。「這事情我們稍後再討論，荷莉。」

結果回到家之後，我母親沒有跟我討論，只有大吼，還打了我一巴掌，我就是因此學到在葬禮上該有什麼合宜的舉止。我學會必須哀傷而沉默，而且有時候大家會期望你掉淚。

四年後，在我母親的葬禮上，我刻意哭得很大聲，而且流下大量淚水，因為每個人都期望我會這樣。

但是今天，在莎拉·貝思特拉許的葬禮上，我不確定是否有任何人希望我哭。這位以前在學校叫莎拉·勃恩的女孩，我已經十幾年沒見過了。我們從來不是很要好，所以我也不能真心說我對她的過世感到惋惜。事實上，我從波士頓跑來羅德島州的紐波特參加她的葬禮，只是出於好奇。我想知道她是怎麼死的。我非得知道她是怎麼死的。在教堂裡，我周圍的人不斷喃喃地說這麼可怕的悲劇。她的丈夫當時出差，莎拉喝了幾杯酒，於是睡著了，床頭桌上還有根蠟燭沒吹熄。結果害死她的火災純粹是意外。至少，每個人都是這麼說的。

這也是我想相信的。

紐波特的這個小教堂座無虛席，充滿了莎拉短暫一生所結交的各方朋友，大部分我都不認識。我也不認識她的丈夫凱文，他在比較歡樂的狀況下會是個迷人男子，我可能會設法弄到手的那種，但今天他看起來真的心碎了。悲慟就會把人搞成這樣嗎？

我轉頭察看四周，發現一個叫凱希的中學老同學坐在我後面，她的臉上有污痕，因為哭得睫毛膏暈染開來。幾乎所有的女人以及很多男人都在哭，因為一個女高音正在唱著貴格會的古老讚美詩〈簡單的禮物〉，而這首歌似乎總是會引人落淚。一時之間，凱希和我對上目光，她的雙眼熱淚盈眶，我的則是平靜無淚。我中學之後變了好多，因而無法想像她會認得我，然而她呆呆看著我，目光一直沒移開，好像看到了鬼。

我轉頭再度面向前方。

等到〈簡單的禮物〉唱完了，我也設法擠出眼淚，跟每個人一樣。

我加入哀悼者的長列隊伍，去向死者致上最後的敬意，經過闔上的棺材前，我審視著放在畫架上那張莎拉的照片。她才二十六歲，比我小四歲，照片中的她一臉清新，臉頰嫩紅，而且帶著微笑，就是我學生時代記憶中那個漂亮的金髮女孩；當時根本沒人注意我，我只是遊走在邊緣的鬼魂。而現在我是這樣，皮膚依然紅潤而充滿生氣；但莎拉，漂亮的小莎拉，卻只是裝在棺材裡一堆燒焦的骨頭。我很確定大家看著莎拉火災前的照片時，心裡是這麼想的：他們看到了照片中那張微笑的臉，想像著燒焦的肉和發黑的頭骨。

行列往前移動，我向凱文致上我的弔慰之意。他喃喃說著：「謝謝你來。」他根本不曉得我是誰，也不知道我是怎麼認識莎拉的，但他看到我的雙頰有淚痕，於是感激地抓住我的手。我為他的亡妻哭泣，這樣就夠了。

我溜出教堂，進入十一月的冷風中，然後步伐輕快地走遠了，因為我不希望被凱希或任何童年的舊識攔下來。過去多年來，我一直設法避開他們所有人。

也或許是他們在避開我。

現在才兩點，雖然我在書智媒體公司的老闆准了我一整天的假，但我還是考慮回辦公室去回覆電子郵件和打電話。我是十二個作者的宣傳人員，得安排一些媒體曝光機會、寄出校稿、寫宣傳信。但回到波士頓之前，我還有一個地方要去。

我開車去莎拉的房子——或該說曾經是她房子的地方。現在那裡只有一堆黑色的殘骸、燒焦的木頭，以及被煤煙燻黑的磚塊。曾經圍繞著前院的那道白色木柵圍籬，已經被撞爛且推倒在地上，那是當初救火隊從街上拖著水管和梯子過來時破壞的。等到救火車抵達時，整棟房子一定已經陷入火海。

我下了車，走向那片廢墟。空氣中依然殘留著一股煙霧的惡臭。站在人行道上，看著那片燒黑的混亂殘骸，我可以看到裡頭有一台不鏽鋼電冰箱發出微光。在這片紐波特的街坊地帶，只消看一眼，我就知道這棟房子以前非常昂貴，也讓我好奇莎拉的丈夫是做哪一行的，或者他家族大概很有錢。我從來沒有過這樣的優勢。

狂風猛吹，枯葉嘩啦啦滾過我腳邊，發出的脆響讓我回想起另一個秋日，那是二十年前，當時十歲的我走過樹林，枯葉在腳下嘎吱作響。那一天的陰影仍然糾纏著我的人生，而這也是我今天站在這裡的原因。

我低頭看著那堆向莎拉致意的紀念物。人們留下了一束束鮮花，我看到堆成山的枯萎玫瑰、百合和康乃馨，獻給一位顯然深受喜愛的年輕女子。忽然間，我的目光專注在一小片綠色植物，它不屬於任何花束，而是放在其他鮮花上，像是事後添加的東西。

那是一片棕櫚葉。殉道者的象徵。

一陣寒氣爬上我的脊椎，我往後退。在怦怦心跳聲中，我聽到了車子駛近的聲音，回頭看到一輛紐波特的巡邏警車放慢速度前行。車窗關著，我看不到裡頭那位警察的臉，但我知道他經過時仔細打量了我很久。我轉身回到自己車上。

我坐在車上一陣子，等著自己的心跳減緩、雙手不再顫抖。然後我又朝那棟已成廢墟的房子看過去，腦中再度浮現出莎拉六歲的模樣。漂亮的小莎拉．勃恩在校車上，坐在我前面的座位彈跳著。那天下午，我們五個人搭上了那輛校車。

現在只剩四個人了。

「再見，莎拉。」我喃喃說。然後我發動車子，開回波士頓。

2

就連惡魔也終有一死。

躺在玻璃窗另一頭的那個女人看起來是人類，就跟這個加護病房裡的其他病人沒兩樣，但是莫拉．艾爾思醫師太清楚了，艾曼爾提亞．蘭克確實是惡魔。在小隔間窗內的這個生物，曾在莫拉的噩夢中肆虐，為莫拉的過往蒙上一層陰影，而且那張臉預示著莫拉的未來。

這是我的母親。

「我們聽說蘭克太太有個女兒，但是不曉得你就住在波士頓。」王醫師說。莫拉心想，他聲音裡是不是有諷刺的意味？不滿她為人子女沒有盡責，沒守在垂死母親的床邊？

「她是我的親生母親，」莫拉說，「但是在我嬰兒時期，她就把我丟給別人領養了。我幾年前才知道這事情的。」

「之後你們見過面？」

「是的，但是已經好一陣子沒來了。自從……」莫拉暫停，*自從我發誓再也不要跟她有任何瓜葛。*「今天下午護士打電話給我，我才知道她進了加護病房。」

「她是兩天前因為發燒和白血球數太低而住院的。」

「有多低？」

「她的嗜中性白血球數——這是一種特定形態的白血球細胞——只有五百。正常應該是三倍才對。」

「那麼你已經開始經驗性抗生素治療了？」她看到對方驚訝得眨著眼睛，於是說：「對不起，王醫師。我應該先告訴你我是醫師。我在法醫處工作。」

「啊，我原先都不曉得。」他清了清嗓子，立刻改用醫師間的專業共同語言。「是的，我們抽血做血液培養之後，就立刻開始抗生素治療。在她做的那種化療組合裡，大約有百分之五的病人會有嗜中性白血球低下發燒的狀況。」

「她做的是哪一種化療組合？」

「Folfirinox。這種組合有四種藥物，包括好復（fluorouracil）和亞葉酸（leucovorin）。根據一份法國的研究，對於有轉移性胰臟癌的病人來說，好復很確定能延長他們的壽命，但是必須密切留意發燒狀況。幸好，法明漢監獄的護士這方面做得很好。」他暫停一下，想找個方法問一個敏感的問題。「有個問題，我希望你不介意我問。」

「什麼？」

他別開眼睛，顯然對自己即將提起的話題覺得尷尬。討論血球計數、抗生素療程和科學數據要容易得多，因為實際狀況沒有善惡可言，不會招致批判。「她在法明漢的醫療紀錄沒提到她入獄的原因。我們只知道蘭克太太在那邊終身監禁、不能假釋。被派來看守她的警衛堅持要把她的雙手銬在床欄杆上，我覺得這樣好像很殘忍。」

「那只不過是住院囚犯的制式規定而已。」

「她有胰臟癌，就快要死了，而且任誰都看得出她很虛弱，絕對不可能跳起來逃跑的。但是那警衛跟我們說，她比外表看起來要危險得多。」

「沒錯。」莫拉說。

「她為什麼會入獄？」

「兇殺。好幾件。」

王醫師看著玻璃窗內的艾曼爾提亞。「那位女士？」

「所以你就知道她為什麼會被上手銬，而且為什麼她的隔間外頭有警衛駐守了。」莫拉朝那位坐在門邊、監視他們對話的制服警衛看了一眼。

「對不起，」王醫師說，「你一定很難受，知道自己的母親——」

「是個謀殺兇手？是啊。」你還不曉得最糟糕的。你不曉得其他家人的事情。

隔著玻璃窗，莫拉看到艾曼爾提亞的眼睛緩緩睜開。一隻骨瘦嶙峋的手指朝她示意，那手勢有如魔鬼撒旦的有力爪子般令人膽寒。我應該立刻轉身離去，她心想。艾曼爾提亞不配得到任何人的同情或仁慈。但莫拉的確跟這個人有共同的紐帶，這種紐帶深入到她們的細胞分子。如果只憑DNA，艾曼爾提亞．蘭克曾經是她的母親。

莫拉穿上隔離衣、戴上口罩時，那名男警衛一直留意看著她。這不會是一場私人會面；那名警衛會觀察她們的每個表情、每個手勢，而且流言照例會在這家醫院裡迅速傳開。解剖刀曾劃開無數屍體、老是跟在死神後頭出現的波士頓法醫莫拉．艾爾思醫師，是一名連續殺人犯的女兒。死亡是他們的家族事業。

艾曼爾提亞那雙晶黑有如黑曜石的眼珠往上看著莫拉。氧氣嘶嘶注入她的鼻氧氣管，在她床上方的監視儀中，有一道心律線掠過螢幕，同時發出嗶嗶聲。證明像艾曼爾提亞如此沒有靈魂的人，也還是有一顆心的。

「你終於來看我了，」艾曼爾提亞低聲說，「你本來發誓說再也不來的。」

「他們跟我說你病得很重。這可能是我們講話的最後機會了，我想趁著還可以的時候來看你。」

「因為你需要從我身上得到什麼？」

莫拉不敢置信地搖頭。「你會有什麼是我需要的？」

「這個世界就是這樣運轉的，莫拉。任何有理性的生物都會尋找自己的優勢。我們所做的每件事都是出於自利。」

「或許對你是這樣，但對我不是。」

「那你為什麼來？」

「因為你快死了。因為你一直寫信給我，要我來看你。因為我希望覺得自己有一些同情心。」

「難道我沒有？」

「你以為你為什麼會被銬在床上？」

艾曼爾提亞皺著臉閉上眼睛，嘴巴忽然痛苦地緊閉。「我想我是活該。」她喃喃說，唇上的汗水發亮，一時之間她躺著完全不動，好像只要稍微動一下，即使只是吸口氣，也會痛苦不堪。

上回莫拉看到她時，艾曼爾提亞一頭濃密的黑髮夾著大量銀絲。但現在經過了一輪殘酷的化療之後，她頭皮上只剩幾縷頭髮。她的鬢頰消瘦，皮膚鬆垮得像是倒塌的帳篷罩著突出的臉骨。

「你好像很痛。需要嗎啡嗎？」莫拉問，「我去叫護士來。」

「不。」艾曼爾提亞緩緩吐出一口氣。「還不要。我得醒著。我得跟你講話。」

「有關什麼？」

「有關你，莫拉。有關你是誰。」

「我知道我是誰。」

「你真的知道嗎？」艾曼爾提亞的雙眼黑暗而深不可測。「你是我女兒。這點你不能否認。」

「但是我一點都不像你。」

「因為你是由舊金山那對仁慈而可敬的艾爾思夫婦撫養長大的？因為你讀了最好的學校，受過最好的教育？因為你的工作代表了真理和正義？」

「因為我沒有殺害兩打女人。或者還有更多？有其他被害人沒記在你的總帳上嗎？」

「那些都是過去的事情了。我想談的是未來。」

「何必費這個事？未來你就不在了。」這樣說很殘忍，但此刻莫拉沒有心情做善事。忽然間她覺得自己被耍了，被一個精通操縱技巧的女人引誘到這裡。好幾個月以來，艾曼爾提亞一直寄信給她。我得了癌症，快死了。我是你唯一的血親。這是你道別的最後機會了。能比最後機會更有力量的詞很少。錯過這個機會，接下來可能會是一輩子的悔恨。

「是的，我會死，」艾曼爾提亞平靜地說，「而你會不明白你們這種人是誰。」

「我們這種人？」莫拉笑出聲。「好像我們是某種部族？」

「的確。我們這個部族，是從死人身上獲利的。你父親和我是這樣。你弟弟也是。結果你也是，這不是很諷刺嗎？問問你自己，莫拉，為什麼你會選擇這麼奇怪的職業？為什麼你沒去當老師或銀行員？是什麼促使你去切開死人的身體？」

「這是科學。我想了解他們為什麼會死。」

「當然了。很聰明的答案。」

「難道還有更好的答案？」

「是因為黑暗。我們都有黑暗面。不同的是，我不怕黑暗，但是你怕。你處理恐懼的方式，是用你的解剖刀把黑暗切開，希望能揭露其中的秘密。但是沒有用，對吧？這樣並不能解決你基本的問題。」

「什麼基本的問題？」

「黑暗就在你心中，是你的一部分。」

莫拉望著她母親的眼睛深處，她所看到的讓她喉嚨忽然發乾。老天，我看到了自己。她後退。「我要離開了。你要求我來，我來了。別再寄信給我了，因為我不會回信的。」她轉身。「再見，艾曼爾提亞。」

「我不光是寫信給你而已。」

莫拉正要打開病房隔間的門，忽然暫停下來。

「我聽說了一些事，你可能會想知道的事。」她閉上眼睛嘆息。「你現在好像沒興趣，但是以後你會有興趣的。因為你很快就會發現另一個了。」

另一個什麼？

莫拉在走出病房之際猶豫著，努力不要又被吸引回去談話。不要回應，她心想。別讓她把你困在這裡。

最後是她的手機救了她，那種低沉的嗡響在她的口袋裡震動。她沒再回頭看一眼，就走出隔間，拉掉口罩，笨手笨腳地設法拿出隔離衣底下的手機。「我是艾爾思醫師。」她接了電話。

「有個聖誕禮物要提早送給你，」珍．瑞卓利警探說，口氣實在太輕鬆愉快了。「二十六歲白人女性。死在床上，衣著完整。」

「在哪裡？」

「我們現在人在皮革區。是尤提卡街上一棟倉庫改成的公寓。我等不及要聽聽你對這個案子的想法了。」

「你剛剛說她在床上？自己的床？」

「對。是她父親發現的。」

「看起來顯然是兇殺案嗎？」

「毫無疑問。不過真正把佛斯特嚇壞的，是她死後所發生的事。」珍暫停一下，又小聲補充：「至少，我希望事情發生時，她已經死了。」

隔著病房隔間的窗子，莫拉看到艾曼爾提亞正在觀察這場對話，目光因為充滿興趣而顯得銳利。她當然會感興趣了；死亡是他們的家族事業。

「你多快能趕到這裡？」珍說。

「我人在法明漢。可能要花一點時間，要看交通狀況。」

「法明漢？你跑去那裡做什麼？」

莫拉不想談這個話題，尤其是跟珍。「我就要離開了。」她只是這麼說，然後掛了電話，看著她垂死的母親。這裡結束了，她心想。以後我永遠不必再看到你了。

艾曼爾提亞的嘴唇緩緩彎成一個微笑。

3

等到莫拉抵達波士頓時，天已經黑了，徹骨的寒風把大部分行人都逼入室內。窄窄的尤提卡街上擠滿了公務車，於是她停在轉角的另一條街上，暫停一下，審視著空蕩的街道。過去幾天先是下雪，接著暖得融雪，然後是眼前這種嚴寒，於是人行道上結了一層危險而發亮的冰。該上工了。該把艾曼爾提亞拋在腦後了，她心想。這正是幾個月前珍勸過她的：別去探訪艾曼爾提亞；連想到她都不要。讓那個女人在監獄裡爛掉。

現在一切都結束，到此為止了，莫拉心想。我已經跟她道別了，她終於脫離我的人生了。

她下了車，風吹起她黑色長大衣的下襬，寒意直接刺穿她的毛料長褲。她在滑溜的人行道上盡可能謹慎而迅速地往前走，經過一家咖啡店和一家打烊的旅行社，然後轉彎來到尤提卡街。這條窄街看起來像是夾在兩旁紅磚倉庫間的峽谷。這裡一度是皮革工人和批發商活動的區域，現在很多十九世紀的建築都轉為公寓，而以往波士頓的工業區，現在成為藝術家聚居的時髦地帶。

路上有一堆建築垃圾擋住了街道，莫拉繞過去，看到前方有藍色的巡邏車閃燈，像是無情的歸航信標般閃爍著。隔著警車的擋風玻璃，她可以看到裡頭有兩名巡邏警察的輪廓，引擎沒關，好讓車內保持溫暖。她走近時，一輛巡邏警車的車窗降下來。

「嘿，醫師！」那個巡邏警察朝她露出笑容。「你錯過刺激的部分了。救護車剛離開。」儘管他看起來很面熟，而且顯然認識她，但她完全不曉得他的名字，這種事太常發生了。

「有什麼刺激的？」莫拉問。

「剛剛瑞卓利在裡頭跟一個男人講話時，他忽然摸著自己的胸部倒下去，大概是心臟病發。」

「他還活著嗎？」

「救護車送走他時還活著。要是你在就好了，他們當時很需要一個醫師。」

「不是我這種醫師，」她朝那棟建築物看了一眼。「瑞卓利還在裡頭？」

「是啊，爬樓梯上去就到了。樓上那戶公寓真的很不錯。只要你沒死，住在裡頭很酷。」車窗往上升時，她還聽到兩名警察在低聲笑著。哈哈，死亡現場的笑話。從來就不好笑。

她在刺骨的寒風中暫停下來，戴上鞋套和手套，然後推門進入那棟建築物。門在她後頭砰然關上時，她走到一半停住不動，面對著一個渾身被潑血的少女照片。那是恐怖片《魔女嘉莉》（*Carrie*）的海報，掛在門廳牆上，像是一個令人毛骨悚然的歡迎牌，那片鮮明的潑血應該會把每個進門的訪客嚇一跳。沿著樓梯的紅磚牆上，展示著其他電影的海報。莫拉爬樓梯時，經過了《食人樹》（*Day of the Triffids*）、《陷阱與鐘擺》（*The Pit and the Pendulum*）、《鳥》（*The Birds*），以及《活死人之夜》（*Night of the Living Dead*）。

「你終於來了，」珍從二樓的樓梯平台往下喊。她指著《活死人之夜》。「想像你每天回家，都可以看到這張快樂的圖像。」

「這些海報看起來好像都是原版的。雖然不合我的品味，但是大概很值錢。」

「進來看看，還有其他一堆不合你品味的東西呢。反正我很確定不合我的品味。」

莫拉跟著珍走進公寓裡，暫停下來欣賞著上方那些巨大的木梁。地板還是原來的寬橡木板，現在已經磨得非常亮。原先的倉庫經過翻新之後，變身為一戶很有品味的磚牆大公寓，絕對不是任何快餓死的藝術家能負擔的。

「比我的公寓要像樣多了，」珍說，「我可以立刻搬來這裡，但首先我得丟掉牆上那個可怕的玩意兒。」她指著另外一幅恐怖電影海報，裡頭有個惡魔的紅眼往下凝視。「你注意到那部電影叫什麼嗎？」

「《我看見你》？」莫拉問。

「記住這個片名，有可能很重要。」珍不祥地說。她帶著莫拉穿過一處開放式廚房，經過的花瓶裡插滿了新鮮的玫瑰和百合，為這個十二月的夜晚帶來一抹奢侈的春日氣息。黑色花崗岩料理台上放著一張花店的卡片，上頭用紫色墨水寫著生日快樂！愛你的老爸。

「你之前說，屍體是死者的父親發現的？」莫拉問。

「是啊，這棟樓房是他的。讓她免費住在這裡。他們父女約好今天要在四季大飯店吃午餐，慶祝她的生日。結果她沒出現，也沒接手機，她父親就開車來這裡看看她的狀況。說他發現大門沒鎖，不過一切看起來都沒問題。直到他進了臥室。」珍暫停一下。「他講到這裡，忽然臉色發白，抓住胸口，然後我們趕緊叫救護車。」

「樓下的巡邏車警員說，救護車離開時，死者的父親還活著。」

「但是看起來情況不妙。我們看了臥室的狀況後，我很擔心佛斯特可能也會需要救護車。」

巴瑞·佛斯特警探站在臥室的另一頭，下定決心在他的筆記本上專心寫字。他冬日的蒼白比平常更明顯，莫拉進來時，他只勉強輕輕點個頭。莫拉也只是匆忙瞥了他一眼，就把注意力轉到床上，被害人正躺在上頭。那個年輕女子的姿勢出奇地平靜，雙手放在兩側，衣服穿戴整齊，彷彿只是躺在床罩上小睡片刻而已。她穿了一身黑，黑色內搭褲和高領毛衣，更凸顯了她那張幽靈似的白臉。她的頭髮也是黑的，但金色的髮根透露了她一頭烏黑的髮色其實是染的。她耳朵上戴了好幾個金耳釘，右眉毛上還有個發亮的金環。不過讓莫拉震驚而注意的，是眉毛下方。兩個眼眶都是空的。裡頭的眼珠被挖掉了，只留下血淋淋的窟窿。

莫拉驚呆地往下看了死者的左手。張開的手掌裡，放著兩個像是彈珠的恐怖球狀物。

「各位先生小姐，今天晚上最精采的就是那個。」珍說。

「雙邊眼球摘除術。」莫拉輕聲說。

「那是有個人挖出她眼球的花俏醫學說法嗎？」

「是的。」

「我真喜歡你這樣，每件事都有一個不帶感情的、臨床的漂亮說法。於是她握著自己眼球的這個事實，總之就變得……唔，比較不那麼慘了。」

「有關這個被害人，告訴我相關的資料吧。」莫拉說。

正在低頭看著筆記本的佛斯特不情願地抬起頭。「卡珊卓·寇以爾，二十六歲。獨自住在——住在這裡；目前沒有男友。她是獨立製片人，她開的製作公司叫瘋露比電影公司。就在南方街的一個小工作室。」

「工作室的那棟樓房，也是她老爸的財產。」珍補充說，「顯然他們家很有錢。」

佛斯特繼續說：「她父親說，他最後一次跟被害人講話是在昨天下午，大約五點或六點，當時她正要離開工作室。我們接下來就要過去那邊，找她的同事談，設法搞清他們最後一次看到她的確切時間。」

「他們拍的是哪一類電影？」莫拉問，雖然從這棟樓房裡所掛的那些電影海報，答案已經很明顯了。

「恐怖片，」佛斯特說，「她爸說，他們才剛完成第二部電影的拍攝工作。」

「很符合她的時尚感，」珍說，看著被害人耳朵和眉毛的穿洞，還有烏黑的頭髮。「我還以為哥德風已經過時了，不過在這位小姐身上還是時髦得很。」

莫拉不太情願地把注意力再度轉回被害人手裡握的東西。眼角膜因為暴露在空氣中而乾掉，一度發亮的藍眼珠現在變得呆滯而渾濁。儘管切開的肌肉已經乾縮，莫拉還是可以辨別那些負責精確控制人類眼睛活動的直肌和斜肌。那六條肌肉，以複雜精細的協調方式運作，讓獵人可以追蹤天上的雁鴨，讓學生可以閱讀教科書。

「拜託告訴我們，他做那件事的時候，她已經死了。」珍說。

「這些摘除看起來是死後進行的，我的判斷是根據眼瞼的狀況。」

「什麼的狀況？」

「就是眼皮。那些組織幾乎沒有其他不相干的損害，看到沒？顯然摘除眼球的人很從容，否則如果死者有意識且掙扎，他就很難做到這樣。另外出血很少，顯示摘除時她已經沒有脈搏。兇手割下第一刀時，她的血液循環已經停止了。」

珍轉向佛斯特。「我不是早告訴你她會這樣說嗎？」

「眼睛被視為靈魂之窗。或許兇手不喜歡她的眼睛。或是不喜歡她看他的眼神。或許他覺得受到她的目光威脅，於是就把她的眼睛摘除。」

「也或許跟她的最後一部電影有關，」佛斯特說，「《我看見你》。」

莫拉看著她。「那張海報是她的電影？」

「她編劇、製作的。根據她父親的說法，這是她的第一部劇情長片。你永遠不會曉得誰可能看到了這部電影。說不定是哪個怪胎。」

「兇手可能就是受電影的啟發。」莫拉說，瞪著被害人手裡的兩個眼珠。

「你見過這樣的案子嗎，醫師？」佛斯特問，「被害者的眼睛被挖出來？」

「達拉斯，」莫拉說，「那不是我負責的案子，不過我從一個同事那邊聽到過。三個女人被射殺身亡，死後眼球被切除。兇手切下的第一刀有那種外科醫師的精準，就像這個。不過到了第三個被害人，他就開始打混。所以最後就被逮到了。」

「所以……那是個連續殺人犯了。」

「他也剛好精通動物標本剝製。他被逮捕以後，警方在他公寓裡發現了好幾打女人的照片，裡頭的眼睛都被切除了。他痛恨女人，傷害女人的時候就會讓他勃起。」她看了佛斯特一眼。「不過那是我唯一聽到過的案子。眼前這種毀損屍體的狀況並不尋常。」

「這是我們碰到的第一個。」珍說。

「希望也是你們的唯一一個吧。」莫拉抓住死者的右手臂，設法想彎曲手肘，發現關節固定不動。「她的皮膚冷了，而且屍僵已經完全形成。根據她跟父親通過的那通電話，我們知道她昨天下午大約五點的時候還活著。這樣就把她死後的時間縮小到十二與二十四小之間。」她往上看。「有任何證人可以協助我們把死亡時間估計得更精確嗎？這一帶的保全攝影機？」

「這個街區沒有，」佛斯特說，「不過我看到街角那棟大樓有個攝影機，看起來就對著尤提卡街的入口。或許那個攝影機能拍到她剛好走路回家。另外，如果我們走運的話，說不定還能拍到其他人。」

莫拉拉下死者的高領毛衣，檢查看有沒有瘀斑或捆縛的痕跡，結果都沒有。接下來她拉起死者的黑色套頭毛衣，檢查軀幹，然後在珍的協助下，把屍體翻為側躺。背部是一片深紫色，那是血液在她死後沉積而成。她用戴著手套的手指按了一下那片變色的皮膚，確認被害人死亡超過十二小時了。

但是她致死的原因是什麼？除了被挖出眼睛之外，莫拉沒看到任何創傷的跡象。「沒有槍傷，沒有血，沒有勒殺的痕跡。」她說，「我沒看到其他傷口。」

「他把眼珠挖出來，但是又沒帶走，」珍說，皺著眉頭。「而是放在她的手裡，像是某種病態的分手禮物。這樣應該代表什麼意思？」

「這個問題要去問心理學家，」莫拉直起身子。「我現在沒辦法判定死因。等到解剖時再看看有什麼發現吧。」

「或許是用藥過量。」佛斯特建議。

「這個可能性當然很高。藥物和毒物篩檢會告訴我們答案的。」莫拉脫掉手套。「我會排她明天第一個解剖。」

珍跟著莫拉走出臥室。「你有什麼想跟我說的嗎，莫拉？」

「要等到解剖，我才有辦法告訴你更多了。」

「我指的不是這個案子。」

「我不確定你指的是什麼。」

「之前在電話裡，你說你人在法明漢。拜託，別跟我說你去看那個女人了。」

莫拉冷靜地扣好大衣。「你講得好像我犯了什麼罪似的。」

「所以你去了。我以為我們兩個講好了，你應該要離她遠一點的。」

「艾曼爾提亞住進加護病房了，珍。她因為化療而出現了併發症，我不曉得她還能活多久。」

「她在利用你，玩弄你的同情心。天啊，莫拉，你只會再度受傷而已。」

「你知道，我真的不想談這件事。」莫拉沒再回頭看一眼，就下了樓梯，走出這棟樓房。到了外頭，一陣寒風吹過窄巷，猛撲著她的頭髮和臉。她走向自己的車子時，聽到樓房的門再度砰然關上。她回頭看了一眼，發現珍跟著她走出來了。

「她想從你那邊得到什麼？」珍問。

「她得了癌症快死了。你認為她想要什麼？或許只是一點同情？」

「她又在亂搞你的腦袋了。她知道怎麼影響你。看看她怎麼惡整她兒子就知道了。」

「你以為我會像他一樣？」

「當然不是！但是你自己也說過一次。你說你天生就有蘭克家那種黑暗的性格。她總之會想辦法利用這點，成為自己的優勢。」

莫拉解開了她那輛凌志汽車的鎖。「我眼前的問題已經夠多了，不需要聽你的教訓。」

「好吧，好吧，」珍舉起雙手，一副求饒的姿態。「我只是關心你而已。你向來那麼聰明，拜託不要做出蠢事來。」

莫拉看著珍大步走回犯罪現場。那裡的臥室裡有個死去的女人，身體已經因為屍僵而凍結，而且沒有眼睛了。

忽然間，她回想起艾曼爾提亞的話：你很快就會發現另一個了。

她轉身，仔細張望了一下街道，審視著每個門口、每一扇窗戶。二樓那邊有張臉在看著她嗎？那條小巷有個人在移動嗎？無論看哪裡，她都想像著種種不祥的剪影。這就是珍一直警告她的。這就是艾曼爾提亞的力量；她拉開了窗簾，讓你看到一片噩夢般的風景，所有的一切都是以陰影繪成。

莫拉打了個寒噤，上了自己的車，發動引擎。暖氣孔吹出寒冽的空氣。該是回家的時候了。該是逃離黑暗的時候了。

4

從我坐的咖啡店裡，我看著那兩個女人就在窗外談話。兩個我都認得出來，因為我看過她們在電視上接受採訪，也在報章雜誌的新聞裡看過她們的照片，通常是有關謀殺的新聞。一頭亂糟糟深色頭髮的那個是兇殺組警探，穿著優雅長大衣的高個子女人則是法醫。我聽不到她們在講什麼，但是可以解讀她們的肢體語言，那個警探的動作咄咄逼人，法醫則想逃避。

那個警探忽然轉身離去，女法醫則是站著不動好一會兒，似乎不確定是否要追上去。然後她認命地搖搖頭，爬上一輛造型優美的黑色凌志汽車開走了。

我很好奇，這一幕是怎麼回事？

我已經知道，在這個嚴寒的夜裡，是什麼把她們吸引到這裡。一個小時前，我從新聞裡面聽說了：一名年輕女子被謀殺，在尤提卡街——就是卡珊卓．寇以爾所住的那條街。

我望向通往尤提卡街的入口，但是除了幾輛巡邏警車的閃光之外，沒有什麼可看的。死的是卡珊卓嗎？或者是哪個不幸的女人？我中學畢業後，就沒再看過卡珊卓了，很好奇自己是不是還能認得出她。她一定認不出我現在的新模樣，現在的荷莉會抬頭挺胸，直視你的眼睛，不再躲在角落，羨慕著那些天之驕女。歲月打磨出我的自信和時尚感。我的黑髮現在剪成了俐落的鮑伯頭，我學會了穿細高跟鞋走路，而且我身上穿著一件訂價兩百元、用二五折買來的襯衫。如果你的職業是公關人員，你會學到外表很重要，於是我也適應了。

「那裡是怎麼回事？你知道嗎？」一個聲音問。

那名男子忽然從我旁邊冒出來，太突然了，搞得我驚訝地往後一縮。通常我都會察覺到附近的每一個人，但剛剛我因為太專注在咖啡店外警方的動靜，都沒注意到他走過來。此時我看著他，腦中第一個想到的就是性感猛男。他比我大沒幾歲，三十來歲中段，精瘦健壯的體格，藍色眼珠，頭髮是小麥色的。他手裡是一杯義式拿鐵咖啡，因此被我扣了幾分，在夜裡這個時間，真正的男人該喝義式濃縮咖啡的。不過我很樂意忽略這個缺點，因為那對漂亮的藍眼珠。雖然那對眼珠此刻並沒有聚焦在我身上，而是盯著窗外的動靜，觀察那些警方車輛聚集在卡珊卓．寇以爾居住的那條街道上。

或者該說，是曾經住過的。

「外頭有好多警車，」他說，「不曉得發生了什麼事。」

「不是好事。」

他手往前指。「你看，那是第六頻道的轉播車。」

我們靜坐在那裡好一會兒，喝著自己的飲料，看著街上的行動。此時有另一輛電視新聞車開來，咖啡店裡又有其他幾個顧客被吸引到窗前。我感覺到他們走過來，在我周圍推擠著，想看得更清楚。光是警車的出現，還不足以讓最無聊的波士頓人感到興奮；但是當電視攝影機出現，我們的天線就豎起來了，因為現在我們知道，這不光是小車禍或並排停車而已。有值得報導的事情發生了。

彷彿是要確認我們的直覺似的，一輛法醫處的白色廂型車進入視野。是要來載卡珊卓、或是另一個不幸被害人的嗎？看到那輛廂型車，我的脈搏猛然加速起來。不要是她吧，我心想。希望死者是另一個人，我不認識的人。

「糟糕，法醫處的車。」藍眼珠說，「這可不妙。」

「有人看到出了什麼事嗎？」一個女人問。

「只看到一大堆警察出現。」

「有人聽到槍聲或什麼的嗎？」

「你是第一個到這裡的。」藍眼珠對我說，「你看到了什麼？」

每個人都朝我看過來。「我進來的時候，那幾輛警車就已經到了。事情一定是發生好一段時間了。」

其他人站著看，被那些閃燈催眠了。藍眼珠在我旁邊的凳子坐下，朝他傍晚不宜的拿鐵咖啡加糖。我好奇他為什麼挑這個座位，是因為想找一個能看到窗外行動的最佳位置，還是他想表示友善？後者對我來說很好。事實上，我正感覺到一陣帶電的酥麻感沿著大腿往上竄，同時我的身體自動地回應著他的。我來這裡不是要找伴的，但我已經好一陣子沒有享受男人對我的親密關注了。如果上星期在柱廊飯店跟代客泊車小弟那場速戰速決的打手炮不算的話，就是超過一個月了。

「所以，你住在這附近嗎？」他問。一個充滿希望的開場白，雖然沒什麼想像力。

「不是。你呢？」

「我住在後灣區。跟幾個朋友約在這條街前面的義大利餐廳，不過我太早到了。就決定先進來這裡喝杯咖啡。」

「我住在北城，也是跟朋友約了來這裡碰面。不過他們在最後一刻取消了。」謊話好容易就脫口而出，而他也沒有理由懷疑我。大部分人都會自動假設你是在說實話，於是像我這種人的日子就好過得多。我伸手跟他握了，男人通常碰到女人這樣都會緊張，不過我想趁早設定規則。我想表明這場相遇是平等的。

我們喝著咖啡，友善地坐在那裡一會兒，看著窗外的動靜。警方調查通常沒什麼看頭。我們唯一看到的，就是車子開來又開走，穿著制服的人走進又走出那棟樓房。你看不到屋裡頭發生了什麼事，只能根據出現了哪些人員，推測可能是什麼狀況。所有警察臉上都有一種冷靜、甚至是無聊的表情。無論尤提卡街幾個小時前發生了什麼事，調查人員現在都只是在拼圖而已。

既然沒什麼好看的，咖啡店的其他顧客就紛紛散開了，窗邊的吧檯座位只剩藍眼珠和我。

「是謀殺案。」

「你怎麼曉得？」

「幾分鐘前，我看到一個兇殺組警探在那裡。」

「他過來跟你自我介紹了？」

「是女的。我不記得她的名字，不過我在電視上看過她。因為她是女的，讓我特別感興趣。我很好奇她為什麼會選擇那樣的工作。」

他更仔細打量了我一眼。「你不會是，呃，一直在注意這類事情吧？謀殺？」

「不是，我只是很會記臉。不過我很不會記名字。」

「既然談到名字，我叫埃佛瑞。」他微笑，眼睛周圍擠出迷人的笑紋。「現在你可以忘記了。」

「如果我不想忘記呢？」

「我希望這表示你覺得我很難忘。」

我思索著我們之間可能會發生什麼。看進他的眼睛，我忽然很清楚我想要發生什麼：我們去他後灣區的家。喝兩杯葡萄酒。然後我們像兩隻發情的兔子搞上一整夜。可惜他跟他的朋友們約好了要在附近吃晚餐。我完全沒興趣認識他的朋友，也不打算浪費任何時間等他打電話給我，所以看來這就只是一場沒有後續的偶遇而已。有些事，即使你很希望發生，但反正就是註定不會。

我喝完杯裡的咖啡，從座位上站起來。「很高興認識你，埃佛瑞。」

「啊，你記得我的名字。」

「希望你和你的朋友們晚餐愉快。」

「如果我不想跟他們吃晚餐了呢？」

「你來到這一帶，不就是要跟他們吃晚餐的嗎？」

「計畫可以改變的。我可以打電話給那些朋友，說我臨時有事要去別的地方。」

「什麼地方？」

他也站起來，現在我們注視著彼此雙眼。我大腿的酥麻化作一陣陣溫暖、宜人的浪潮，擴散到我的骨盆。忽然間，我忘了卡珊卓，忘了她的死可能意味著什麼。我的注意力完全集中在眼前這個男人，以及我們之間即將發生的事。

「去我家還是你家？」他問。

5

安柏·佛爾西的金髮挑染出一道道紫色，指甲塗成亮黑色，但最讓珍心神不寧的是她的鼻環。安柏啜泣時，鼻涕就從那個金鼻環垂掛下來，她一直用面紙小心去按，好吸掉鼻涕。她的同事崔維斯·張和班傑明·法尼沒哭，但卡珊卓·寇以爾的死訊似乎讓他們同樣震驚而悲慟。三個電影工作者都穿著T恤、帽T和破洞牛仔褲，文青的制服，而且每個看起來都好幾天沒梳頭了。從這個工作室裡有如更衣室的臭味研判，他們也好幾天沒洗澡了。房間裡的每個檯面都放著披薩紙盒、紅牛飲料空罐，以及拆開的劇本紙頁。視訊螢幕上播放著他們進行後製作的一場戲：一個哭泣的金髮少女正踉蹌奔過黑暗的樹林，想逃離某個無情而模糊的兇手。

崔維斯忽然轉向電腦，把影片暫停。兇手的影像凍結在螢幕上，一個不祥的影子，背後襯著樹影。「幹，」他抱怨道，「我真不敢相信。我真他媽的不敢相信。」

安柏雙臂擁住崔維斯，然後崔維斯哭了。接著班傑明也加入，三人擁抱著好一會兒，背後是發亮的電腦螢幕。

珍看了佛斯特一眼，看到他眨掉一小抹淚水。悲慟是會傳染的，而且佛斯特沒有免疫力，即使多年來他通知壞消息、看著對方崩潰的經驗已經很豐富了。警察就像恐怖分子，他們在被害人親友的生活裡丟出毀滅性的炸彈，然後站在一旁，看著自己造成的損害。

崔維斯是第一個從擁抱中抽身的。他走到一張下陷的沙發，在靠墊中坐下，頭埋進雙手裡。

「老天，昨天她還在這裡。她當時就坐在這裡。」

「我就知道，她都不回我的簡訊是有原因的，」安柏說，在面紙裡吸鼻子。「她都沒回，我還以為是為了她爸的事情，壓力很大。」

「她是什麼時候開始不回簡訊的？」珍問，「可以檢查一下你們的手機嗎？」

安柏翻著四散的劇本紙頁，最後終於找到了她的手機。她查了簡訊。「我昨天夜裡傳過簡訊給她，凌晨兩點。她沒回。」

「你凌晨兩點傳，覺得她會回訊？」

「其實呢，沒錯。在後製的這個階段。」

「我們這陣子都是通宵不睡的，」班傑明說。他也坐到沙發上搓著臉。「我們昨天夜裡剪接片子，忙到三點。現在我們都根本懶得回家了，就在這裡睡覺。」他朝角落裡幾個捲起來的睡袋點了個頭。

「你們三個人都整夜在這裡？」

班傑明又點頭。「我們截止期限的壓力很大。卡珊卓本來也應該跟我們一起工作的，但是她得先回家整理一下，才有辦法跟她爸碰面。雖然她很不情願赴這個約。」

「她昨天是幾點離開這裡的？」

「或許六點左右吧？」班傑明問其他兩個人，他們點點頭。

「當時我們叫的披薩才剛送來，」安柏說，「卡珊卓沒留下來吃。她說她自己會去吃點東西，所以我們三個人就繼續工作。」她一手抹過雙眼，在臉頰上留下一道粗粗的睫毛膏印子。

「我真不敢相信那是我們最後一次看到她了。她走出門的時候，還一邊在談我們定剪之後要辦的那個派對。」

「定剪？」佛斯特問。

「就是做完所有剪接工作的時候，」班傑明說，「基本上，這樣的電影已經完成了，但是還沒有音效或音樂。我們已經弄得差不多了，或許再一兩個星期吧。」

「外加兩萬元，」崔維斯咕噥說。他抬起頭，頭上豎著一撮撮油膩的黑髮。「狗屎。沒了卡珊卓，我不曉得我們要怎麼籌到兩萬元。」

珍皺眉看著他。「卡珊卓應該要出這筆錢嗎？」

三個電影人彼此面面相覷，好像不確定誰該回答這個問題。

「她本來計畫今天午餐時要問她爸的，」安柏說，「這就是為什麼她壓力很大。她痛恨去求她爸出錢。尤其是在四季飯店的午餐上。」

珍審視著這個房間，看著有污漬的地板和破爛的沙發，以及那幾個捲起來的睡袋。這些電影人都已經二十好幾了，不過看起來似乎年輕得多，只是三個迷上電影的小鬼，過的生活還像是住在大學宿舍裡一樣。

「你們靠拍電影，能維生嗎？」她問。

「維生？」崔維斯聳聳肩，好像這個問題根本無關緊要。「我們在拍電影，重點就在這裡。我們正在實現夢想。」

「利用卡珊卓父親出的錢。」

「那些錢可不是白給的。他是在投資他女兒的事業。這部電影可以讓她在電影界成名，而且這個故事對她個人的意義很重大。」

珍低頭看著桌上的劇本。「《猿猴先生》？」

「別被片名唬了，也別以為這是平常的恐怖片。這是一部嚴肅的電影，講一個女孩的失蹤。故事是根據她小時候發生的真實事件，一定會比我們的第一部電影賣座。」

「第一部電影就是《我看見你》嗎？」佛斯特問。

崔維斯驚訝地看了佛斯特一眼。「你看過？」

「我們看過海報，就掛在卡珊卓的公寓裡。」

「你們就是在……」安柏吞嚥著。「就是在她的公寓裡發現她的？」

「她父親是在那裡發現她的。」

安柏打了個寒噤，抱住自己，好像忽然間覺得很冷。「事情是怎麼發生的？」她咕噥著說，「有人闖進她公寓嗎？」

珍沒回答，而是問了自己想問的問題。「你們過去二十四小時，都待在哪裡？」

三個電影人彼此交換眼色，好決定誰應該先開口。

崔維斯回答了，他的話緩慢而慎重。「我們一直都在這裡，在這棟樓房。我們三個都是。整個白天和黑夜。」

其他兩個人贊同地點頭。

「好吧，我知道你為什麼問我們這些問題，」崔維斯說，「你問這些問題是職責所在。但是我們以前都在讀紐約大學的時候，就認識卡珊卓了。我們一起拍電影，就會有這種——這種不可思議的團結情誼，什麼都比不上。我們吃飯、睡覺、工作都在一起。沒錯，有時我們會吵架，但接著我們就會和好，因為我們是家人。他指著電腦螢幕，裡頭仍凍結著兇手的畫面。我們要用這部電影打出天下，向全世界證明我們不必去拍某些片廠高官的馬屁，也可以拍出很厲害的電影。」

「可以麻煩你說一下，你們在《猿猴先生》這部電影裡各自負責什麼工作嗎？」

「我是導演。」崔維斯說。

「我是攝影指導。」班傑明說。

「我是製片，」安柏說，「負責雇人或開除人、發工資，好讓一切順利運轉。」她暫停一下，嘆了口氣說：「其實呢，我幾乎什麼都做。」

「那卡珊卓的角色是什麼？」

「她寫劇本。另外她是執行製作，這大概是最重要的工作了。」崔維斯說，「就是負責出資。」

「用她父親的錢。」

「是啊，可是我們只需要再一點。再開一張支票就好，她是打算跟她爸這麼要求的。」

這張支票他們大概永遠看不到了。

安柏在班傑明旁的沙發坐下，三個人沉默地坐在那裡。整個房間聞起來似乎有不新鮮食物和失敗的氣味。

珍往上看著沙發後方掛的那張電影海報，跟她在卡珊卓公寓裡看到的那張是一樣的。《我看見你》。「那部電影，」她說，指著海報裡那隻從黑暗中看出來的駭人紅色眼睛。「談一下吧。」

「那是我們的第一部劇情片，」崔維斯說。他又陰沉地補了一句：「希望不會是最後一部。」

「你們四個人都參與了嗎？」

「對。原先是我們在紐約大學的畢業作品。拍那部電影讓我們學了很多。」他淒慘地搖了一下頭。「我們全都犯了一大堆錯。」

「那上映後的反應怎麼樣？」佛斯特問。

接下來的沉默很難堪，也就說明了答案。

「我們始終沒能找到發行商。」崔維斯承認。

「所以沒人看過？」

「啊，這部電影在好幾個恐怖片電影節裡面放映過。比方這個。」崔維斯展示他帽T裡面穿著的那件「尖叫電影節」T恤。「另外也可以訂購DVD和下載影片。事實上，我們聽說這部電影已經吸引了一批小眾信徒的熱誠擁護，成為他們心目中的經典，那大概是一部恐怖片最棒的成就了。」

「這部電影有賺到什麼錢嗎？」珍問。

「那真的不是重點。」

「所以重點是什麼？」

「我們現在有粉絲了。這些人了解我們的作品！在獨立製片圈子裡，有時候只要靠口碑，就可以為你下一部電影帶來票房。」

「所以這部片沒賺到錢。」

崔維斯嘆氣，低頭看著髒兮兮的地毯。「對。」他承認。

珍的目光又回到那張電影海報上的駭人眼睛。「這部電影裡發生了什麼事？裡頭是講什麼的？」

「是講一個女孩目睹了一場謀殺，但警方找不到任何屍體或證據，所以他們不相信她。但其實是因為謀殺還沒發生。她跟兇手有心電感應，看得到他即將做的事。」

珍和佛斯特互相看了一眼。可惜我們沒有這種優勢。否則我們立刻就可以偵破這個案子了。

「我猜想，最後兇手就來追殺她了。」珍說。

「那當然，」班傑明說，「這一點，就像是直接出自恐怖電影入門課。最後兇手一定會去追殺女主角的。」

「這部電影裡有人屍體被毀損嗎？」

「唔，有啊。這也是恐怖片的基本規則，直接出自——」

「是啦，是啦。恐怖電影入門課。什麼樣的毀損？」

「幾根手指被砍斷。一個女孩前額被刻了魔鬼數字666。」

「別忘了還有耳朵。」安柏提醒。

「啊，對了。有個男人被割掉一隻耳朵，就像梵谷一樣。」

你們這些人真病態。

「那眼珠呢？」佛斯特問，「有任何角色的眼珠被挖出來嗎？」

那三個電影人看著彼此。

「沒有，」崔維斯說，「你們為什麼會問眼睛？」

「因為片名啊。這部電影的片名就是《我看見你》。」

「但是你還特別問起眼珠被挖出來。為什麼？是有類似的事情發生在……」崔維斯停下，忽然滿臉驚駭。

安柏一手摀著嘴。「啊，老天。發生在卡珊卓身上？」

珍沒回答，而是繼續問下一個問題。「有多少人看過這部電影？」她又指著海報。

一時之間沒人講話，三個人都還沒走出剛剛那個新消息所帶來的震驚。在他們的世界裡，所有的血都是假的，斷掉的手腳都是橡皮道具，一切都只是卡通式的暴力。歡迎來到我的世界。真實的世界。

「有多少？」珍又問了一次。

「我們其實不太清楚，」崔維斯說，「我們賣了一些光碟。從影音下載賺了大約一千元。另外，我們還在那些電影節裡面放映過。」

「給我一個估計的數字吧。」

「或許幾千個人看過。但是我們不曉得觀眾是哪些人。恐怖片的觀眾是世界性的，所以有可能住在任何地方。」

「你們該不會以為，殺她的兇手看過我們的電影吧？」安柏說，「我的意思是，那真是瘋了！恐怖片粉絲可能看起來很嚇人，但他們其實非常和善、適應力很強的。」她指著電腦螢幕，裡頭依然是靜止不動的兇手剪影。「像《猿猴先生》這樣的電影，其實是要協助我們處理恐懼，解決掉我們內心的攻擊性。其實是有療癒作用的。」她搖搖頭。「壞人才不會看恐怖片呢。」

「你知道真正的混蛋都看什麼電影嗎？」班傑明說，「浪漫喜劇。」

崔維斯打開書桌的一個抽屜，拿出一片光碟遞給珍。「這是《我看見你》。送給你了，警探。」

「那你們現在正在後製的這部電影呢？有《猿猴先生》的光碟可以看嗎？」

「抱歉，我們還在剪接，還沒有辦法給人看。不過你看一下《我看見你》，再把你的想法告訴我們。如果你還需要其他什麼，我們都很願意幫忙。」

「如果這件事真的跟《我看見你》有關，我們三個人是不是都該擔心？」安柏問，「兇手會來追殺我們嗎？」

接下來是好長一段沉默，三個電影人都在思索著這個可能性。

最後是崔維斯輕聲開了口：「這是恐怖電影入門課。」

6

躺在醫院病床上這個打了鎮靜劑的病人，看起來一點也不像珍幾個小時前才問過話的那名男子。這是洩氣版的馬修．寇以爾，灰白而縮小，下巴垂垮張開。跟這個沒有血色的鬼魂相反，坐在病床邊那名婦人是一片鮮豔的色彩：火紅的頭髮，翠綠的襯衫，鮮紅色的唇膏。雖然普麗西拉．寇以爾五十八歲了，跟馬修幾乎一樣老，但她看起來至少年輕十歲，皮膚明亮光滑且打過玻尿酸，身體像運動員一樣結實。站在她病弱的丈夫旁邊，她充滿了生命力，而從她量身訂做的衣服和高跟鞋看來，她今天晚上並不打算在病榻旁守夜。

普麗西拉看了手錶一眼，對珍和佛斯特說：「你們得等到明天上午再來跟他談了。他之前情緒太激動了，醫師不得不幫他注射鎮靜劑，他大概會一直睡到明天早上。」

「其實我們是來找你談的，寇以爾太太。」珍說。

「為什麼？我其實沒辦法告訴你們太多事。我整個下午都在參加嘉納博物館的一個董事會議，根本不曉得出了什麼事，直到醫院打電話給我，說馬修住進醫院了。」

「我們可以去病房外嗎？走廊盡頭有個訪客室，我們可以在那邊談。」

「我真的得趕緊回家了。我有好多人要通知。」

「我們不會耽誤你太多時間的，」佛斯特向她保證。「只是要跟你確認一些有關時間和狀況的細節。」

馬修．寇以爾住進了朝聖者醫學中心的貴賓病房區，這裡的訪客室裡頭有大螢幕電視、皮面沙發，還有一個準備了許多膠囊咖啡的 Keurig 咖啡機。普麗西拉坐在沙發上，她的 Prada 鱷魚皮包放在身旁，然後漫不經心地把 Cucinelli 大衣搭在沙發扶手上。珍以前偷看過 Cucinelli 的價格標籤，所以知道那件喀什米爾大衣有多麼昂貴。要是她擁有這麼一件大衣，她會鎖在保險箱裡，才不會像普麗西拉這麼不當回事地亂放。

佛斯特拉了一張椅子來面對著普麗西拉，然後坐下來說：「告訴我們今天發生了什麼事吧，寇以爾太太。」這個問題很輕鬆、沒有特定目標，但是普麗西拉似乎想了好久，才開口回答。

「馬修跟卡珊卓約了要在四季飯店的餐廳碰面吃午餐的。後來她沒有出現，他就打電話給我，問說她有沒有跟我聯絡。我說沒有。然後過了兩三個小時，醫院就打電話來給我，說他心臟病發住院了。」

「他們常常碰面吃午餐嗎？」

「幾乎沒有過。卡珊卓太忙了，她甚至懶得……」普麗西拉暫停一下，自我更正。「她有自己的生活，所以我們不常看到她。不過今天是特殊狀況。」

「你先生之前跟我們說，那是生日午餐。」

普麗西拉點點頭。「她的生日其實是十二月十三日，不過當時我們剛好不在波士頓。所以他們就改成今天慶祝。」

「你沒打算去加入他們？」

「我已經排好了要參加那場董事會議，而且我不認為……」普麗西拉的聲音愈來愈小，同時低頭把玩著她皮包上的金釦環。引起珍興趣的，是她沒有說出來的。有時沉默比言語更具有意義。

「你和你女兒相處得還好嗎？」珍問。

「卡珊卓其實是我的繼女，」她聳肩。「我們並不特別親。」

「你們合不來？」

聽到這個問題，普麗西拉抬起頭。「老實說吧，馬修當年跟卡珊卓的母親離婚，好跟我結婚。所以你就可以了解為什麼我們之間的關係很緊張。她老是因為這點對我很不滿，即使她父母的婚姻在馬修跟我交往之前早就名存實亡了。現在都過了十九年，我還是另一個女人，即使是我的錢幫她付紐約大學的學費，我的錢資助她那個荒謬的——」普麗西拉忍住了，又垂下眼睛瞪著她的鱷魚皮包，這個皮包恰恰象徵了她為這個婚姻帶來的貢獻。馬修．寇以爾為了一個習慣用Prada和Cucinelli的女人，而離開原來的妻子，這種財力上的不對等，有可能讓任何關係都變得很緊張。

「你知道有什麼人可能會想傷害卡珊卓嗎？」珍問，「任何前男友，任何敵人？」除了你之外。

「這方面我就完全不曉得了。不過說起來，我也沒有太注意她的生活。馬修跟我結婚後，卡珊卓就跟她母親留在布魯克萊。」

「她母親現在人在哪裡？我們得跟她談。」

「伊蓮在倫敦，去拜訪朋友了。她後天會搭飛機回來。至少，她電子郵件裡面是這樣說的。」

「你傳電子郵件告訴她卡珊卓的事了？」

「唔，總得有人通知她啊。」

珍設法想像收到這麼一封電子郵件：你女兒被謀殺了。一個女兒的死訊竟然是透過在智慧型手機上敲幾下而傳送的，這兩個女人之間的敵意一定非常深。

「我真的不知道還能告訴你們什麼。」普麗西拉說。

「你認識卡珊卓的任何朋友嗎？」

普麗西拉皺起鼻子。「我見過跟她一起工作的那三個小孩。」

「小孩？」

「他們四年前大學畢業，但是看起來還像是過著學生生活似的。你會以為到現在他們應該會有工作了。我都不曉得他們拍那些電影，要怎麼餵飽自己。」

「你看過卡珊卓的第一部電影嗎？」

「我看了《我看見你》或許有十五分鐘吧，那是我能忍受的極限了，」她朝她丈夫病房的方向看去。「馬修則是從頭坐到尾，看完了那部血腥的玩意兒，說服自己喜歡它。不然他還能怎麼樣？他想讓他的寶貝女兒開心。都過了這麼多年，他還是想為自己離開她母親而彌補。而卡珊卓也樂意接受他提供的一切。免費的公寓，還有那個工作室。不過我不認為她真的原諒他了。」

「他們處得好嗎？你先生和卡珊卓？」

「當然了。」

「可是你說，卡珊卓始終不原諒他。那他們會爭執嗎，或許為了錢？」

「哪個小孩不會為了錢跟父母吵架的？」

「有時候這類吵架會吵到失控的。」

普麗西拉聳聳肩。「他們父女間有一些問題。我很確定他們今天的午餐本來一定會談到錢的話題。她之前幾次暗示過她需要更多，好完成她正在製作的那部新電影。這是我不想跟他們一起吃午餐的另一個理由。」她暫停。「你們為什麼問關於馬修的問題？你們不會以為他跟這個命案有關係吧？」

「只是例行性的問題，」佛斯特說，「我們向來都得查一下直系親屬的。」

「他是她父親啊。你們沒有任何真正的嫌疑犯嗎？」

「你知道任何嫌疑犯嗎，寇以爾太太？」

普麗西拉思索著這個問題。「卡珊卓年輕又漂亮，而漂亮的年輕小姐會引人注意。當你吸引了一個男人，你不曉得最後會發生什麼事。或許那個男人會迷上她。或許他會跟蹤她回家，然後……我們全都曉得女人可能會碰上什麼事。」

珍當然曉得。她看過太多證據了，在停屍間，在那些追求被拒的男子曾凌虐過的屍體和割過的漂亮臉蛋上。她想著卡珊卓的那兩個空眼眶，眼珠被挖掉前一定看著兇手。她可曾鄙夷或反感地望著他？這就是他覺得非得挖出她眼珠的原因嗎？好讓她再也沒法看著他？

普麗西拉伸手拿起大衣。「我得回家了。這一整天太可怕了。」

「我還有最後一個問題，寇以爾太太。」珍說。

「什麼問題？」

「你和你先生昨天晚上在哪裡？」

「昨天晚上？」普麗西拉皺眉。「為什麼？」

「一樣，只是例行問題。」

普麗西拉抿緊雙唇。「好吧。既然你們覺得非問不可，那麼我很樂意回答。馬修和我昨天晚上在家裡。我做了晚餐，鮭魚和青花菜，如果你們想知道的話。然後我們看了電視上播的一部電影。」

「哪一部？」

「啊，老天在上。是透納經典電影台的一部老電影。《天外魔花》（*Invasion of the Body Snatchers*）。」

「那之後呢？」

「之後，我們就去睡覺了。」

✦

「你看過《天外魔花》嗎？」佛斯特問，此時他和珍坐在醫院的自助餐廳裡，狼吞虎嚥著三明治。這麼晚了，販賣機裡只有鮪魚沙拉和火腿乳酪兩種三明治。珍的鮪魚三明治有點溼爛，但至少還有得吃——之前他們兩個都沒吃晚餐。

「那部電影不是被重拍過五、六次嗎？」她問。

「我指的不是那些重拍的，而是經典的黑白版，凱文．麥卡錫主演的那部。」

「黑白的？那應該是我們出生之前的事情了，不是嗎？」

「是啊，可是那部電影永遠不過時。愛麗絲說它是疏離的完美隱喻。她說當某個人變成豆莢人，就像那部電影裡頭一樣，那就像是你的丈夫或妻子變成一個陌生人，再也不愛你了。就是這個，讓這部電影比一般的怪物電影更令人不安，因為那種恐懼擊中了你內心深處的心理層面。」

「等一下。你從什麼時候又跟愛麗絲來往了？」

「從……不曉得。幾個星期前吧。昨天晚上我們一起看了《天外魔花》，九點播出，所以普麗西拉．寇以爾說她和她丈夫一起看了這部電影，那是實話。」

「你昨天晚上跟愛麗絲在一起？」

「我們只是一起吃晚餐，看了一下電視。然後我就回家了。」

「提醒我一下，你離婚到現在有幾個月了？」

「這不表示我們要復合。」

珍嘆了口氣，放下她溼爛的鮪魚三明治。為什麼她所關心的每個人最近都做出這麼糟糕的個人選擇？先是莫拉，跑去探視那個變態的艾曼爾提亞．蘭克。現在是她當成弟弟的佛斯特，又開始跟他前妻藕斷絲連。她還記得那些含淚的深夜電話，當時愛麗絲剛為了她的法學院同學而離開他，珍一直在掙扎著是不是該沒收佛斯特的手槍，免得他想不開。然後她想到接下來幾個月，聽著他悲慘而喋喋不休地抱怨自己的爛約會，那些女人永遠不夠漂亮或不夠聰明，無法取代愛麗絲，那個賤貨。現在她看到那個悲劇性的循環又開始重複了，歡樂與心碎，歡樂與心碎。佛斯特應該得到更好的待遇。

該是狠狠點醒他的時候了。

「既然你們兩個又來往了，」珍說，「愛麗絲有沒有剛好提到她男友最近怎麼樣？就是她在法學院認識的那個傢伙？」

「她讀完法學院，拿到學位了。」

「在法庭上修理你就更順手了。」

「可是她沒修理過我啊。我們的離婚很文明的。」

「大概是因為她對於搞上了法學院同學有罪惡感吧。拜託，告訴我你會小心。」

佛斯特也放下他的三明治，長嘆一聲。「你知道，你好像以為人生是黑白分明的，但其實不是。當初我跟愛麗絲結婚是有理由的。她很聰明，她很漂亮，她很有趣——」

「她有男朋友了。」

「不，全部結束了。他在華府找到一份工作，他們分手了。」

「啊。所以她才會回來找可靠又熟悉的你。」

「天啊，你不曉得現在找對象有多難。那就像是在有鯊魚的海裡游泳。我已經約會過兩打人了，每次都是災難。現在的女人跟以前不一樣了。」

「對，現在我們長了尖銳的長牙。」

「而且沒人想跟警察交往。他們好像都認為我們有控制的問題。」

「唔，你一定是有。你讓愛麗絲控制你。」

「不，我沒有。」

「這大概就是為什麼她又回到你的生活裡，因為她知道她可以把你掐在她小小的手指裡。」珍身體前傾，一心想把他拯救出來，免得他陷入這個將會令他心碎的錯誤。「你可以過得更好的，真的。你是個好人；你很聰明。你會得到一筆很棒的退休金。」

「別說了。你老是認為自己最懂。」佛斯特平常那麼蒼白的臉，此時變成一片憤怒的紅。「總之，我們幹嘛要談愛麗絲？我們原先是在討論《天外魔花》的。」

「是啦，是啦。」她嘆氣。「那部電影。」

「重點是，那部電影昨天晚上在電視播了，就像寇以爾太太剛剛說的，所以她說的是實話。而且她為什麼會想殺害她的繼女？」

「因為她們痛恨彼此？」

「等到她先生醒來，他會確認她的不在場證明的。」

「回到愛麗絲身上。你還記得她當初把你傷得有多慘吧？我不希望看到那種事情又發生一次。」

「到此為止了。這件事我們談完了。」佛斯特把三明治包裝紙揉成一團，同時站起來。忽然間，他的頭猛抬起來，聽著醫院的廣播系統宣布：「藍色代碼，七一五號病房。藍色代碼，七一五號病房。」

佛斯特轉向珍。「七一五？那不就是……」

馬修．寇以爾的病房。

她緊跟在佛斯特後頭衝出自助餐廳。七樓。太遠了，沒法爬樓梯。她捶了電梯按鈕一次、兩次。等到電梯門打開時，她差點撞上了那個正要踏出來的護士。

「我還以為他應該沒事的。」佛斯特說，看著電梯急速往上升。

「心臟病發不可能沒事的。我們一直沒跟他問完話。」

電梯門打開，一個穿著刷手服的年輕女人衝過他們面前，朝七一五號病房狂奔。隔著打開的病房門，珍看不到病人，只看到醫護人員擁擠著圍在他床邊，藍色的刷手服形成一道無法穿透的人牆。

「血管加壓素沒有用。」一個女人喊道。

「好，那就再來一次。兩百焦耳。」

「我數到三電擊。大家要離手。一，二，三！」

珍聽到砰地一聲。緊張的幾秒鐘過去了，所有眼睛都轉向心臟監視儀。

「好，有心率了！竇性心搏過速。」

「也有血壓了。九十／六十。」

「請問一下，」珍背後傳來一個聲音。「你們是病人的家屬嗎？」

珍轉身看到一名護士正打量著他們。「我們是波士頓市警局的。這位病人是一件兇殺案的目擊證人。」

「請離開病房。」

「發生了什麼事？」珍問。

「請讓醫師盡他們的職責。」

那個護士把他們趕回走廊時，珍瞥見馬修．寇以爾的一隻赤腳。襯著白色的床單，那隻斑駁的腳泛藍，令人怵目驚心。然後門關上，看不到那隻無力的腳了。

「他會沒事吧？」佛斯特問。

護士看著關上的門，給了她唯一能給的回答。「我不知道。」

7

次日早晨我爬下床時，藍眼珠還在睡覺。我們昨夜脫下的衣服還四散在地板上，我的上衣和他的襯衫在門邊，我的長褲在房間中央，胸罩像一條粉紅色的蕾絲響尾蛇盤繞在床頭桌旁。我拿了自己的衣服和皮包，躡手躡腳進了浴室。裡頭就是那種男人會設計的浴室，全黑的瓷磚和一個鉻鋼加玻璃的淋浴間。沒看到浴缸；男人似乎就是不能領略在浴缸裡好好泡個澡的價值。我在那個造型優美的Numi馬桶上了小號，又在白色縞瑪瑙的洗臉台前洗臉刷牙。我皮包裡向來會有一支牙刷，以備這類臨時在外過夜的狀況，但是我不記得我上回在男人的床上睡一整夜是什麼時候了。通常我會在天亮前就起身離開。昨天夜裡我一定是累壞了。

也或許是因為我們喝的那兩瓶西班牙里歐哈（Rioja）產區的葡萄酒。

我從鏡中看到了後遺症：浮腫的雙眼，稻草人似的頭髮。我把頭髮拍溼，往下撫平，恢復平常的黑色鮑伯頭。雖然我整個人亂糟糟，但看起來飽足且心滿意足，我好久沒有這種感覺了。謝謝你，藍眼珠。

我打開醫藥櫃，看看裡頭有什麼。ＯＫ繃、阿斯匹靈、防曬係數三十的防曬乳，還有咳嗽糖漿。另外還有兩個處方藥瓶，我拿出來仔細看。是維可汀和煩寧，都是為了治療背痛的。開藥時間都已經是兩年多前，裡頭還有大約一打的藥片，所以他最近沒有背痛的問題了。

他不會注意到少了幾片的。

我每瓶倒出四片，放進口袋裡。我沒有藥癮，不過碰到有現成的機會，何不利用一下這些免費藥物呢？他顯然並不急著需要這些藥，而我日後可能會派上用場。我把藥瓶放回原位，看到上頭的名字。埃佛瑞．J．普瑞思柯。好上流的姓名，他一定有個悠久而顯赫的家族。昨夜我們沒交換全名。他不曉得我姓什麼，這樣最好，因為我們很可能不會再見面了。

我在浴室裡穿好衣服，又躡手躡腳回到臥室，穿上鞋子。他從頭到尾依然沉睡，一隻光裸的手臂橫過床單。我暫停一下欣賞他的手臂，精瘦而充滿肌肉。不像那種健身狂有太過鼓脹的二頭肌，這些肌肉看起來像是真正勞動所鍛鍊出來的。昨天夜裡他跟我說他是景觀設計師，我就想像著他砌石牆、拖著大包泥炭土，雖然我猜想景觀設計師大概不會真的做這些事。可惜我不會有機會搞清楚了。

現在早過了我該離開的時間。等到他醒來時，我希望自己已經離開很久了。我事後的早上向來是這樣處理的，因為我不喜歡尷尬的道別，也不喜歡不太熱心地承諾下次再約。這就是為什麼我從不帶男人到我公寓。如果他們不曉得我住在哪裡，就不可能來敲我的門。

但是埃佛瑞身上有個什麼，讓我重新考慮一下我「上過床就走人」的策略。不光是因為他是個極其周到的情人，熱切地取悅我的每一種奇想；也不是因為他看起來很順眼，還對我講的每個笑話都很捧場地大笑。不，他身上還有別的：一種深度，一種真誠，那是我在其他人身上很少看到的。

也或許，我只是在一場美好而徹底的性愛之後，感覺到那種熟悉的催產素大量分泌。

來到外頭的街道上，我回頭看著那棟紅磚聯排屋。這是一棟漂亮的建築物，而且一定歷史悠久，位於一個我永遠住不起的街坊地帶。想必埃佛瑞的事業相當成功，一時之間，我又重新考慮一下自己貿然離開的決定。或許我該留下來待久一點。或許我該告訴他我的電話號碼，或至少我姓什麼。

然後我想到這麼做的缺點。我的隱私會被人侵犯。他無可避免會有種種期望。他會一直打電話來，愈來愈堅持，糾纏不清，嫉妒。

不，還是離開比較好。

於是我離開了，不過把他的地址記住，所以我反正知道該去哪裡找他。因為事情很難講：像埃佛瑞．普瑞思柯這樣的男人，說不定哪天能派上用場。

8

「他們花了多少時間，才把他救活的？」莫拉問，同時忙著切斷卡珊卓．寇以爾的肋骨。珍．瑞卓利聽到莫拉剪斷骨頭的脆響，不禁皺起眉頭，喀嚓，喀嚓，喀嚓，像是在自家工坊裡的木匠。原先保護著卡珊卓心臟和肺臟的胸廓，現在只不過是一片骨頭柵欄，擋住他們的視線，害他們看不到裡頭的秘密。莫拉迅速而有效率地清除掉肋骨和胸骨所構成的障礙。

「他們花了大約十五、二十分鐘吧，」珍說，「不過總算讓他又恢復心跳。我今天早上打電話去醫院過，他還活著。暫時是這樣。」

莫拉又剪斷一根肋骨，珍看到佛斯特隨著骨頭斷掉的聲音而皺起臉。對於莫拉來說，停屍間的景象和氣味都是熟悉的領土；但是對於佛斯特來說（他在兇殺組裡是出了名的容易反胃），這個房間永遠都像是兩軍對峙之間的無人地帶，隨處有流彈和地雷，充滿危險。卡珊卓．寇以爾是他們所遭遇最新鮮的屍體之一，被發現時才死去一天，但室溫下的屍體很快就會發臭。佛斯特所聞到的氣味，已經足以讓他臉色發白，他舉起一手掩住鼻子。

「統計數字顯示，在醫院心臟病發，有大約百分之四十的存活率。最後活著出院的機率是百分之二十。」莫拉冷靜地引述統計數字，一邊剪斷最後幾根肋骨。「他醒來了嗎？」

「沒有，還在昏迷中。」

「那恐怕他的預後很不好。即使寇以爾先生活下來，他大概也會有缺氧性的腦損傷。」

「也就是說，搞不好他會變成植物人。」

「很不幸，有這個可能。」

肋骨現在都剪斷了，然後莫拉撬出整個胸部骨架。體液的臭味從打開的胸腔湧出，佛斯特連忙後退，但莫拉只是湊得更近，仔細看著胸部器官。

「肺臟看起來水腫了。充滿液體。」莫拉伸手去拿解剖刀。

「這表示什麼？」佛斯特問，聲音悶在摀住的手後頭。

「原因不明確。有好幾個可能。」莫拉往上看了一眼，對他的助理說：「吉間，你可以設法讓藥物與毒物篩檢進行得快一點嗎？」

「已經辦好了，」吉間說，依然是平常冷靜而有效率的聲音。「我已經要求做 AxSYM 和 Toxi-Lab A 兩種檢驗，外加氣相層析質譜的定量分析。這樣應該可以涵蓋幾乎每一種已知藥物。」

莫拉手探入胸腔內部深處，捧起溼淋淋的肺臟。「這個絕對超重了。我沒看到明顯的損傷，只有幾個瘀斑。一樣，原因不明確。」她把切下來的心臟放在一個托盤上，戴著手套的手指沿著冠狀動脈摸索。「有趣了。」

「哎，每一具屍體你都會說有趣。」珍說。

「因為每一具屍體都說出了一個故事，但這具屍體沒有透露任何秘密。頸部解剖和 X 光片很正常。舌骨也毫無損傷。另外看一下她的冠狀動脈有多乾淨，沒有血栓或梗塞的證據。這是個完全健康的心臟，而這位死者也似乎是個完全健康的年輕女人。」

這個女人看起來苗條而健康，絕對有辦法好好反擊的，珍心想。然而卡珊卓．寇以爾的指甲沒有破損，雙手沒有瘀青，沒有任何痕跡顯示她曾對攻擊者有絲毫抵抗。

莫拉接著處理腹腔。她有條不紊地切下肝臟和脾臟、胰臟和腸子，但她最感興趣的是胃。她小心翼翼地拿起來，放在解剖盤上。驗屍的這個部分總是令珍膽怯。無論被害人最後吃的是什麼，現在都已經兩天了，變成一灘胃酸和半分解食物的惡臭大雜燴。莫拉拿起解剖刀時，她和佛斯特都後退幾步。佛斯特紙口罩上方的雙眼瞇緊了，準備迎接即將出現的臭氣。

但是等到莫拉割開胃，唯一流淌出來的是泛紫的液體。

「你聞到沒？」莫拉問。

「我寧可沒聞到。」珍說。

「我想這是葡萄酒。從顏色這麼深來看，我想是比較濃郁的品種，比方卡本內蘇維儂或金芬黛。」

「怎麼，你不告訴我們年分嗎？還有酒莊呢？」珍嗤之以鼻。「你愈來愈混了，莫拉。」

莫拉察看胃腔。「我沒看到裡頭有任何食物，這表示她死前至少有好幾個小時都沒進食了。」

莫拉抬起眼睛。「你們在她公寓裡有沒有發現打開的葡萄酒瓶？」

「沒有。」佛斯特說，「料理台或水槽裡也沒有髒的葡萄酒杯。」

「也許她是在別的地方喝的，」珍說，「你想，她會是在酒吧裡認識這個兇手的嗎？」

「那他們一定緊接著就回家了。液體很快就會通過胃、進入空腸的，但她的胃裡還有葡萄酒。」

佛斯特說：「她大約下午六點離開製片工作室，到她家走路只要十分鐘。我會去查那一帶的酒吧。」

莫拉把那個胃裡的少量液體倒進一個標本瓶，然後走向屍體的頭部，站在那裡皺眉看著卡珊卓·寇以爾兩個空蕩的眼眶。之前她已經檢查過切除的眼球了，現在泡在一瓶保存液中，像是兩顆怪誕的橄欖漂浮在琴酒裡。

「所以她在某個地方暫停下來喝了杯葡萄酒，」珍說，設法拼湊出事件的順序。「然後她帶著兇手回家，或者是兇手跟蹤她回家。但接下來呢？他是怎麼殺她的？」

莫拉沒回答，只是再度拿起解剖刀。從一邊耳後開始，切入頭皮，一路往上劃過頭頂，到另一隻耳朵後方。

人類最容易辨識的面容，居然這麼輕易就去除了，珍心想，看著莫拉把頭皮往前剝，成了一片軟蓋。卡珊卓·寇以爾漂亮的臉垂塌成為一張人皮面具，染黑的頭髮往前覆蓋住臉，像是一片有流蘇的簾子。電動骨鋸的嗡響聲打斷了任何談話，珍聞到骨塵的氣味，於是別開臉。至少頭骨是沒有個人特色的。正在被鋸開的顱骨、即將暴露出的腦部，可以是任何人的。

莫拉撬開頭蓋骨，泛著光澤的腦部灰質表面露出來。這就是讓卡珊卓生前獨特的地方。在這個三磅重的器官裡，儲存著卡珊卓的各種記憶、各種經驗，以及她的一切所知、所感、所愛。莫拉輕輕拿起腦葉，割斷神經和動脈，然後把腦拿出來。「沒有明顯的出血，」她注意到，「沒有挫傷。沒有水腫。」

「所以看起來很正常？」佛斯特問。

「是的。至少表面上是這樣。」莫拉小心翼翼地把腦放入一桶福馬林中。「這個年輕女人的心臟、肺臟、腦部看起來都很健康。她沒被勒住，沒被性侵犯。她身上沒有瘀傷、沒有針孔，也沒有任何明顯的外傷，只有眼睛除外。不過眼睛也是死後切除的。」

「那麼她是出了什麼事？致死的原因是什麼？」珍問。

莫拉沒有立刻回答，目光仍注視著半浮在那桶福馬林裡的腦部。那個腦沒有提供任何答案。

她望了珍一眼說：「我不知道。」

珍口袋裡的手機發出嗡響。她脫掉手套，伸手到罩袍裡面拿出手機，看到螢幕上的號碼是她不認得的。

「我是瑞卓利警探。」她接了電話。

「嘿，抱歉我沒有更早回電，」一個男人說，「可是我才剛從佛羅里達州的波卡瑞通回來，要命，我真不想回家。這裡的天氣爛透了。」

「請問你是哪位？」

「我是班尼．黎瑪。你知道，黎瑪旅行社？你昨天晚上打到這裡來留了話，問起我的監視攝影機。就是對著尤提卡街的那個。」

「你的攝影機運作正常吧？」

「那當然。去年我們逮到一個小鬼丟石頭，砸破了櫥窗。」

攝影機這個字眼吸引了佛斯特的注意力，他忽然充滿興趣地觀察著珍講電話。

「我們需要你星期一晚間錄到的所有影片，」珍說，「你還有吧？」

「全都在這裡了，等你來拿。」

9

珍和佛斯特下了車，快步過馬路去對面的黎瑪旅行社。寒雨從天空灑下，像一根根細針刺痛了她的臉。他們鑽進店裡甩上門，門鈴上的鈴鐺響起，宣告著他們的到來。

「哈囉？」珍喊道，「黎瑪先生？」

辦公室裡看起來一片空蕩，從佈滿灰塵的塑膠蔓綠絨和褪色的遊輪海報看來，這裡已經有幾十年都沒重新裝潢過了。一部桌上型電腦，螢幕保護程式輪流秀出幾張誘人的熱帶海灘照片，在這個灰色的淒慘日子裡，那些海灘正是每個波士頓人渴望置身的地方。

後頭某處響起沖馬桶的聲音。過了一會兒，一名男子從後方辦公室裡蹣跚走出來。那龐大的身軀像是一山肉，笨重地朝他們移動，一隻潮溼的手已經伸出來歡迎他們。

「你們是波士頓市警局的人，對吧？」他給了珍一個多肉而熱誠的握手。「我是班尼．黎瑪。我真希望能早點回電給你，不過就像我之前電話裡講過的，我才剛從——」

「波卡瑞通。」珍說。

「是啊。我南下去參加我舅舅卡羅的葬禮。那是大事，真的很重大。他在那個退休社區裡就像個名人。總之，我直到今天上午進辦公室才聽到你的留言。我很樂意協助波士頓市警局，一定會盡力。」

「你之前說，你有那段監視錄影，黎瑪先生？」佛斯特問。

「是啊。我們的系統只保留四十八小時的影片，不過如果你們需要那段時間的，就應該還在。」

「我們需要星期天夜晚錄到的所有影片。」

「應該還在裡頭。進來後面，我找出來給你們看。」

班尼以一種悠閒得令人氣惱的步伐，帶著他們到後頭辦公室去，裡頭很小，只能勉強塞下他們三個人。佛斯特擠過班尼龐大的身軀，坐在電腦前。

「這套系統是三年前安裝的，當時我們一個月之內碰到三次有人闖入。這裡不會放任何現金，不過那些混蛋老是偷走我們的電腦。後來裝了攝影機，終於當場逮到其中一個。你能相信嗎——那小鬼就住在巷口，真是個小混蛋。」

佛斯特敲了幾個鍵，監視攝影機的畫面出現在螢幕上。攝影機指著路口，通向狹窄的尤提卡街，卡珊卓·寇以爾的住處就在這條街上。拍到的視野只有局部，而且畫質不高，不過在這附近的所有監視攝影機裡頭，這台是唯一有可能錄到任何人進出尤提卡街南端的。他們現在看著的影片是白天，裡頭有三個行人。根據上頭的時間碼，是星期一上午十點的影片。

當時卡珊卓·寇以爾還活著。

「這就是我們錄影的最開頭，」班尼說，「我一聽到你們的留言，就按了『儲存』，免得被新錄的影片蓋過去。」

佛斯特點了螢幕上「快速前進」的圖標。「往前到星期一傍晚吧。」

班尼看著珍。「這是有關這條街前面那個被謀殺的女孩嗎？我看到了電視上的新聞。那種事在這一帶不會發生的。」

「這種事在任何地帶都有可能發生。」

「但是我在這裡住了一輩子。我舅舅在一九七〇年代開了這家旅行社，當時大家喜歡有人幫他們做點旅行規劃。我們以前安排了很多到香港和台灣的旅行，因為唐人街就在這附近。現在每個人都上網，亂訂那些爛行程。這一帶向來很安全，我不記得發生過任何謀殺案。我的意思是，除了在幾個街區外那椿耐普街的槍擊案。」他暫停一下。「還有那個在倉庫裡被做掉的傢伙之外。」他又暫停一下。「還有，喔，對了，還有那次——」

「找到了。」佛斯特說。

珍專注盯著螢幕，上頭的時間碼是下午五點零五分。「你看到什麼了嗎？」

「還沒有。」佛斯特說。

「那個時間，我人在波卡瑞通，」班尼說，「我有機票收據和所有證明，以防萬一你們想看。」

珍不想看。她拉了一張椅子到佛斯特旁邊坐下。看監視錄影帶是最乏味的工作之一，要耗上無聊的幾個小時，偶爾會有讓你腎上腺素狂飆的興奮一刻。根據卡珊卓那三名同事的說法，她那天一整個白天都在瘋露比電影公司的工作室，忙著剪接《猿猴先生》，然後在傍晚大約六點時離開。從工作室那裡，走路回尤提卡街的家只要十分鐘。如果她從海灘街進入尤提卡街，就一定會經過這台攝影機。

所以她人呢？

佛斯特把影片加速，以雙倍速度播放。一輛輛汽車經過，行人以快動作進出畫面。沒有人轉入尤提卡街。

「六點半。」佛斯特說。

「所以她離開公司後，沒有直接回家。」

「或者我們沒拍到，」班尼說，好像他現在也是警方團隊的一員。他就站在珍背後，隔著她的肩膀緊盯著螢幕。「她有可能從尤提卡街的另外一頭進去，倪蘭街那邊。這麼一來，我的攝影機就不會拍到她了。」

這不是珍想聽到的話，但班尼說得沒錯；有可能卡珊卓進入尤提卡街時，沒被這台或任何一台攝影機拍到。

班尼呼出的氣就吹在她脖子上，而且他鼻塞了，害她想到冬天的病毒。她設法不理會，專注在眼前的影片。星期一的晚上非常冷，只有攝氏零下九度。經過攝影機的行人都穿著厚重的大衣、圍巾和帽子。如果其中一個是卡珊卓，他們有辦法認得出來嗎？珍湊近螢幕，班尼也跟進，隨著呼出的每一口氣，把病菌吹在她脖子上。

「黎瑪先生，可不可以拜託你幫個大忙？」她說。

「當然可以！」

「我發現這條街前面那裡有家咖啡店。我的搭檔跟我現在真的很需要喝點咖啡。」

「你們要喝什麼？拿鐵？卡布奇諾？他們有各式各樣的。」

她從皮包找出一張二十元鈔票遞過去。「黑咖啡加糖，兩杯都是。」

「沒問題。」他穿上一件龐大的羽絨服，看起來像一團積雲滾向前門。「很樂意能為波士頓市警局效勞！」

別急著回來，珍心想，門在他身後甩上。

在電腦螢幕上，影片的時間碼前進到八點十分，路上的行人逐漸稀少。此時卡珊卓應該已經到家了，這表示她是從另外一頭進入尤提卡街的。該死，沒拍到她。

「中獎了。」佛斯特忽然說。

珍趕緊恢復專注，雙眼回到螢幕上的畫面，佛斯特按了暫停。

兩個人融為一個輪廓，剛轉入尤提卡街。雖然珍看不見他們的臉，但是藉由身高和肩膀寬度，比較高的那個顯然是男人。比較小的那個身影似乎倚著他，頭部歇在他肩膀上。珍凝視著那個雙頭身影，想找出任何可識別的五官，但是他們的臉一片黑暗。

「卡珊卓是一六八公分。如果那個是她，那麼這個男人就至少有一八三公分了。」她說。

「這是在八點十五分，」佛斯特說，「如果她是六點離開工作室，那她先去了哪裡？在哪裡碰到這個傢伙的？」

珍盯著那名男子掛在一邊肩膀上的東西：一個背包。她想著那背包裡可能裝了什麼。乳膠手套。手術工具。一個準備充分的兇手所需要的一切，以便用來執行他古怪的死後儀式。

班尼一手放在她肩膀上，差點把她嚇得摔下椅子。

「嘿，是我啦！咖啡買來了。」班尼遞給她一杯。

她往後靠坐，心臟怦怦跳，然後她喝了一大口咖啡，燙到了舌頭。慢慢來。別著急。

「就是這個人嗎？」班尼問。

珍轉頭，看到他正瞪著螢幕。至少，他們可以把他從嫌疑犯名單中剔除掉了。這麼大的塊頭，光靠一件外套是隱藏不了的。「我們姑且說，他是個嫌疑人吧。」

「你們在我的監視攝影機裡面看到他了！好酷。」

但是他出現得太短暫了，只是兩個人從螢幕上匆匆掠過。「快速前進，」珍說，「看有沒有拍到他離開。」

時間碼迅速往前——晚上九點、十點。

到了十一點十分，佛斯特暫停畫面。

「你出現了。」珍輕聲說。那男人的臉罩在外套帽兜的陰影中，所以他們無法看清他的臉。再一次，他一邊肩膀掛著背包。

「他跟被害人在八點十五分進入尤提卡街，」佛斯特說，「大約三個小時之後，在十一點十分離開。」

這給了他綽綽有餘的時間，可以殺人並毀損屍體。在這三個小時裡，你在她的公寓裡還做了什麼事？享受那幅景象？她想著卡珊卓．寇以爾，躺在床上好平靜，死因依然不明。是藥物，還是毒素？你要怎麼說服被害人吞下毒藥？卡珊卓知道對方邀她吃下的，是致死毒藥嗎？

「他完全沒秀出臉，」佛斯特說，「我們無法分辨他的年齡或種族。唯一的假設就是，他是男人。或者是塊頭非常大的女人。」

「我們還知道另外一件事。」珍說。

「什麼事？」

「這個人不是陌生人，」珍看著佛斯特。「是她把他帶回家的。」

10

卡珊卓・寇以爾的葬禮是個戰場。

從聖安妮教堂第六排的座位上，珍觀察著怨毒的目光像箭矢般，在兩個敵對陣營間射來射去：一邊是馬修・寇以爾的前妻伊蓮，另一邊是他的現任妻子普麗西拉。在珍後面那排座位上，兩個女人正在講第二任妻子的八卦，而且都不太小聲。

「你看看她。假裝她還真在乎那個可憐的女孩。」

「馬修到底看上她哪一點？」

「當然是她的錢了，還會有什麼？她整個人全是塑膠的，從她的臉到她的信用卡都是。」

「可憐的伊蓮。在這麼可怕的一天，還得跟她坐在同一間教堂裡。」

珍回頭看了一眼，那兩個女人五十來歲，低著的頭湊在一起，兩人都很不滿。就像馬修・寇以爾的第一任妻子伊蓮，這兩個女人無疑都屬於大老婆婦女會，對於普麗西拉這種女人——搶走她們意志薄弱的丈夫——都畏懼又鄙視。這個婦女會今天可是全員出動，當普麗西拉起身要去向全場弔唁者致詞時，有些人還毫不掩飾地怒目瞪著她。針對這個非常公開的葬禮，普麗西拉可是不惜血本，她繼女的棺材以發亮的花梨木打造，還裝飾著大量的白色劍蘭。她走向麥克風的中途，還停下來摸了一下蓋著的棺木，那個戲劇化的暫停，連珍都覺得難為情。

「你們大部分人大概都聽說了，馬修今天沒辦法來，」普麗西拉說，「我知道他想來，但是他在醫院，還沒從失去他這個傑出女兒的震撼中恢復過來。所以我只好代表我們兩個人發言。我們失去了——這個世界失去了——一位美麗而有才華的年輕女性。我們的心碎了。」

珍後方有人哼了一聲，響亮得傳到走道另一邊，佛斯特就坐在那裡，位於普麗西拉那一方的弔唁者中。珍看到佛斯特不敢置信地搖了一下頭，很好奇他在普麗西拉的同盟群中會聽到什麼樣的評論，那邊的人現在正恨恨瞪著剛剛哼氣的那個女人。

「我認識卡珊卓時，她才六歲。當時她是個害羞又瘦削的小女孩，一雙長腿，一頭長髮。」普麗西拉繼續說，完全看不出她聽到了教堂裡那種不滿的暗流。她也避免去看第一排，她的對手伊蓮就坐在那裡。

「即使當時我們還不熟，卡珊卓還是雙手繞住我，給了我一個擁抱。她說：『現在我有另一個媽咪了。』那一刻我曉得，我們會成為真正的家人。」

「鬼扯。」珍後頭的那個女人低聲說。

一個年輕女人的屍體躺在棺材裡，她病重的父親在醫院，而這就是寇以爾家悲慟的方式，帶著憤恨和怒火。珍在其他被害人的葬禮上看過這種事。謀殺毫無警告地降臨，沒有機會平息宿怨或道別，留下永遠未完成的對話，而眼前就是結果：這一家人將永遠因為失去而分裂。

普麗西拉回座坐下來，接著致詞的是珍很熟悉的三個人。卡珊卓的電影人同事設法把自己梳洗得還算乾淨，兩個男生都穿了深色西裝、打了領帶；安柏則穿了一件陰鬱的黑洋裝，金鼻環在祭壇的燈光下亮得驚人。他們看起來像是三個茫然的探險者，不知怎地闖進了這個聚會中，不太確定該如何融入。

安柏顯然難過得說不出話來，班傑明則只是低頭看著他的銳跑運動鞋。結果是崔維斯．張代表三個人發言，在眾人的目光下，他緊張得猛眨眼睛。

「我們以前是四劍客，而卡珊卓是我們的達太安，」崔維斯說，「她是鬥士，也是個領袖。她是絕佳的說故事人，可以從童年的創傷中提煉出黃金。這就是我們的卡珊卓。我們四個人是在紐約大學的電影製作課認識的，在那堂課我們學到，從我們人生最傷痛的經歷中，可以找到最有力量的故事。我們正要把其中一個故事製作成電影時，卻失去了她。」崔維斯的嗓子啞了。他暫停下來好恢復鎮定，安柏握住他的手，班傑明的頭垂得更低了。

「如果我們在那堂課所學到的是真的，」崔維斯說，「如果傷痛才能生出最好的故事，那麼這件事會生出一個超棒的故事。失去她太痛苦了，讓我們三個不曉得該怎麼辦。但我們發誓，我們會完成你所開始的，卡珊卓。這部電影是你的故事、是你的寶貝。我們不會讓你失望的。」

他們離開講台，回到自己的座位。

一時之間，沒有人站起來去前面致詞。

在這段延長的沉默中，伊蓮．寇以爾站起來時，長椅突然發出的吱呀聲似乎太響了。四天前，珍和佛斯特曾去找伊蓮訪談，當時女兒驟然離世的震驚未消，她講起話來幾乎與耳語無異；但今天，卡珊卓的母親看起來要難以對付得多。她嚴肅而堅定地走向講台，站在那裡一會兒，審視著群眾。不像普麗西拉那張以各種整容手法修得一片光滑的、永遠青春的塑膠臉，伊蓮毫無歉意地展露自己蒼老的外貌，且因此更令人印象深刻。她往上盤起的頭髮裡夾著灰絲，她的臉鐫刻著五十年的歲月滄桑，但她散發出力量。

以及憤恨。

「我女兒受不了笨蛋，」她說，「她只選擇她相信的人當朋友，而且她會以千倍的忠誠回報。」她看著那三位年輕的電影人。「謝謝你們，崔維斯、班傑明和安柏，謝謝你們當我女兒的朋友。你們知道卡珊卓克服過什麼樣的難關。碰到不順的時候，你們陪在她身邊。不像有些人根本沒有忠誠的觀念。稍微有考驗，他們就拋下自己的責任不管了。」伊蓮的目光轉向普麗西拉，眼神更嚴厲了。

在珍背後，伊蓮隊的女人讚許地低聲附和。

「如果卡珊卓在這裡，她會告訴你真正的愛是什麼。她會告訴你，那表示不要拋棄一個只有六歲的小孩。你不可能用金錢和禮物去彌補這樣的背叛。小孩總是知道的。小孩永遠不會忘記的。」

「老天，誰去阻止一下吧？」一個男人低聲道。

普麗西拉站起來，走出教堂。

結果是牧師溫和地控制了場面。他走上講台，沒關的麥克風接收到他低聲講的話。

「我們請下一個人致詞吧，親愛的？」

「不，我話還沒有說完。」伊蓮堅持道。

「但是或許現在不是講的好時機？拜託，我陪你回到座位上吧。」

「不，我——」伊蓮忽然搖晃起來。她的臉色轉為死白，伸手要扶眼前的講台。

「拜託！誰來幫幫我？」牧師懇求著，一邊設法從腋下抓住她。他還抱著她時，伊蓮的雙腿一軟，整個人垮在地上。

✦

伊蓮坐在牧師的辦公室，喝著一杯加了很多糖的紅茶。她的臉逐漸恢復血色，強硬的姿態也回來了。她拒絕救護車，也完全不考慮去醫院急診。她只是一臉嚴肅而僵硬地坐在那邊，同時牧師忙著幫她的茶壺加水。她身後的書架裡排滿了有關同理心、信任和慈善的書，但伊蓮的雙眼裡絲毫沒有這些。

「到現在都一個星期了，」伊蓮看著珍和佛斯特說，「你們還是不曉得誰殺了我女兒？」

「我們正在追查每一條線索。」珍說。

「你們查到了什麼？」

「唔，我們知道你們家非常複雜。」還親眼看到了最殘酷的一面。珍拉了一張椅子過來，坐在伊蓮面前。「我必須說，你對普麗西拉很不客氣。」

「她活該。對於一個偷走你丈夫的女人，你還能說些什麼？」

「我會說，那個丈夫有責任。」

「啊，他們兩個都有責任。你知道事情是怎麼發生的嗎？」

我不確定我想知道。

「馬修本來是她的會計師。幫她報稅，記錄她各式各樣的帳目。他知道她身價有多少。他知道她可以讓他過很好的生活。當初他開始搭飛機去外地出差，我根本不曉得是跟她一起去。我就待在家裡，跟可憐的小卡珊卓，那陣子只剩我們兩個母女在家，真的很可怕。附近有個小女孩剛被綁架，所有人家都很慌張，可是他在乎嗎？不。他只忙著要追求那個有錢的婊子。」

牧師僵住了，冒著蒸氣的水壺停在茶壺上方。他紅著臉轉身離開。

伊蓮望著珍。「你跟她講過話，我敢說她告訴你一個完全不同的故事。」

「她跟我們說，你們的婚姻當時就已經出問題了。」珍說。

「她當然會這麼說。破壞別人家庭的女人向來會這樣說的。」

珍嘆氣。「我們不是家庭諮商師。我們只是想查出殺你女兒的兇手。你認為卡珊卓的死有可能跟你們家的種種衝突有關嗎？」

「我知道她們痛恨彼此。」

「你女兒恨普麗西拉？」

「另一個女人跑來偷走你爹地。想像一下那會是什麼感覺。換了你不會恨她嗎？」

要想像並不太難。珍想到她自己的父親法蘭克，他曾短暫跟一個女人（他們現在提到都只說是「無腦波霸」）交往過。她想著那樁外遇如何讓自己的母親安琪拉心碎。現在法蘭克的戀情結束了，回到家裡，那些破掉的碎片真的可以拼回去嗎？

「如果你們要找的是一個恨我女兒的嫌疑犯，」伊蓮說，「那就該好好去查普麗西拉。」

「還有其他我們該注意的人嗎？」佛斯特問，「今天很多人來參加葬禮。那些人你大部分都認得嗎？」

「你為什麼問這個？」

「因為有時候兇手會偷偷混進調查過程中。他會參加葬禮，看這樁死亡對被害人家庭造成什麼效果。他會問很多問題，看警方偵查的方向對不對。」

牧師瞪著佛斯特。「你認為兇手有可能在這裡？就在我的教堂？」

「總是有這個可能的。這就是為什麼我們在入口裝了那個監視攝影機，好把每一個進入者的臉拍下。如果兇手在這裡，可能就被我們錄到了。」佛斯特看著伊蓮。「你有看到什麼不太對勁的人嗎？不太像是你們的親友？」

「除了普麗西拉那些可怕的幫手？」伊蓮搖搖頭。「大部分人我都認識。卡珊卓的同學。幾個布魯克萊那邊的老朋友──她就在那裡長大的。好多人愛她，特地來致意。」她皺眉，厭惡地看著自己那杯冷茶。「感謝老天我不必看見他。」

「誰？」

「馬修。我聽說他昏迷了，而且預後不太樂觀。」她放下自己的茶杯時，發出一個勝利的碰撞聲。「如果他真死了，我可不會參加他的葬禮。」

✦

「再也沒有什麼比一個快樂大家庭更美妙的了。嘿，佛斯特？」珍說，此時他們正開著車要回波士頓市警局，珍坐在駕駛座。「她女兒被謀殺了，她前夫現在靠維生系統活著，可是她還不停地跟我們抱怨那個邪惡的第二任妻子。我本來以為普麗西拉已經很夠瞧的了，但是這位女士？」

「沒錯，她是經典。你怎麼會恨一個前任恨那麼久？我的意思是，他們離婚都十九年了。」

珍在紅燈前停下來，看著佛斯特，他也曾歷經痛苦的離婚，但是他似乎從來不曾忿忿不平。現在他又回去跟他的前妻看電影、吃披薩了。如果有人缺乏懷恨的基因，那就是佛斯特了，他出了名的好脾氣只讓珍顯得更糟糕。好脾氣的問題就是別人會欺負你。珍從小跟兩個兄弟一起長大，於是學會了：迅速踢對方小腿一下，通常會比講拜託你更快奏效。

「你一點都不氣愛麗絲？」她問。

「我們為什麼又要談愛麗絲？」

「因為我們在談憤怒的前任啊。」

「唔，我氣啊，」他承認。「一點點。」

「一點點？」

「但是氣一輩子有什麼用？那樣不健康。你得原諒，繼續往前走，就像你媽那樣。她又恢復原狀了，對吧？」

「對。麻煩的是，我爸也恢復原狀了。直接回到她的人生裡。」

「他們又復合了，這不是好事嗎？」

「來參加瑞卓利家的聖誕夜晚餐吧。你可以親眼看看他們兩個相處得有多好。」

「你這是脅迫，還是邀請？」

「我媽老在問說你什麼時候會再來吃晚餐。你就像是她從來沒有過的乖兒子，而且你那回幫她換過輪胎之後，她就一直很喜歡你。你最好來過節，因為到時候會有太多食物。我說的是超級瘋狂的量。」

「天啊。我很想去，但是我已經有約了。」

「別跟我說。」她望著他。「愛麗絲？」

「是啊。」

珍嘆氣。「好吧，我想你可以帶她來。」

「看到沒？這個就是為什麼我不能帶愛麗絲去吃晚餐。你對她的態度，她向來很敏感的。」

「我會有那種態度，是因為她對你所做的事情，我討厭看到你受傷。如果她再這樣對你，我就要過去踢她屁股了。」

「這個就是我不會帶她去吃晚餐的原因。不過幫我跟你媽問好，可以嗎？她是一位很棒的淑女。」

珍把車駛入波士頓市警局的停車場，關掉引擎。「真希望我可以找個藉口不要去。照我爸媽最近的互動看來，那不會是歡樂的一夜。」

「唔，你沒有辦法。他們是你的家人，而那是聖誕夜。」

「是啊，」珍哼了一聲。「呵呵呵。」

11

「所以那個眼球被挖出來的女孩是怎麼回事？」

珍皺眉望著晚餐桌對面的哥哥法蘭基，他正從烤羊腿切下一大片。他們的母親花了一整個白天在廚房，辛苦做出了一桌美食，現在光鮮地攤在瑞卓利家的晚餐桌上。羊腿撒上大蒜瓣，烤到完美的三分熟。周圍環繞著迷迭香脆烤馬鈴薯、杏仁四季豆、三種不同的生菜沙拉，還有自己烘焙的麵包捲。安琪拉坐在桌尾，一臉在廚房忙出來的發亮汗水，等待著家人恭維她擺出來的一桌子豪華大餐。

但是，不，法蘭基就非得談那個話題，直接跳到謀殺，還一邊切著他的肉，流出了一道帶血的肉汁。

「時間和地點都不對，法蘭基。」珍咕噥說。

「安琪拉，這桌子菜真是太了不起了，」嘉柏瑞說，一如往常扮演體貼的女婿。「每年聖誕節，你總是有辦法再度超越自己！」

「已經一個多星期了，」法蘭基頑強地繼續說，「老早超過了四十八小時黃金時間。」他轉向他父親老法蘭克說，帶著一種權威的姿態。「如果你沒聽過這個詞，老爸，謀殺發生後的四十八小時是最有可能破案的。聽起來波士頓市警局到現在連一名嫌疑犯都沒有。」

珍一臉嚴肅地幫她三歲的女兒瑞吉娜切著馬鈴薯和四季豆。「你知道這個案子正在偵辦中，我不能談的。」

「當然可以談。在這裡的都是家人。何況所有新聞都在播，說行兇者對那個女孩做了什麼。」

「首先，有關她眼球的那個細節是不應該公開的。有人洩漏了消息，我正想查出到底是誰。其次，她不是女孩。她已經二十六歲了，所以她是女人。」

「是啦，是啦。你一直在囉唆那些。」

「而你一直不聽。」她轉向安琪拉。「媽，這烤羊腿真是太完美了。你怎麼有辦法烤得這麼嫩？」

「重點是醃料，小珍。我去年給過你食譜，還記得嗎？」

「我要回去找出來。不過每次做都絕對不像你做的那麼好吃。」

「挖出一個女孩的眼球，那一定有一些深藏的心理意義，」法蘭基說，一副無所不知的權威口氣。「不曉得這象徵了什麼。這傢伙一定對女孩——對不起，是女人——看他的眼神很有意見。」

珍大笑。「所以你現在成了側寫專家了？」

「小珍，」老法蘭克說，「你哥哥完全有權利表達他的意見。」

「即使這個主題他完全不懂？」

「我懂得我聽說的那些事情。」

「什麼事情？」

「被害者的眼睛被挖出來了，行兇者把眼球放在她的手裡。」

安琪拉把手上的刀叉重重放下。「現在是聖誕夜。我們非得談這麼可怕的事情嗎？」

「這是他們的工作，」珍的父親說，把馬鈴薯塞進嘴裡。「我們得學著適應。」

「打從什麼時候開始，這種事變成法蘭基的工作了？」珍問。

「打從他去邦克山社區學院修了那些犯罪學課程開始。你是他妹妹；你應該鼓勵他。等到申請的時候，你可以幫他一把。」

「不過我不是申請波士頓市警局，」法蘭基說，那種高人一等的口吻讓人火大。「我已經在SASS進入第三階段了。看起來狀況很好，真的很好。」

珍皺眉。「什麼是SASS？」

「你老公知道。」法蘭基看了嘉柏瑞一眼。

在此之前，嘉柏瑞都專心地在幫瑞吉娜把肉切成可以入口的小塊。此時他一臉無奈的回答：「是探員選拔系統（Special Agent Selection System）的意思。」

「很酷吧，嗯？」老法蘭克說，拍著他兒子的背。「我們的法蘭基就要成為聯邦調查局探員了。」

「慢著，老爸，」法蘭基說，謙虛地舉起兩手抗議。「現在還早。我通過了第一回考試。接下來要多去參加面談。這個時候，有個妹婿在聯邦調查局，就會對我很有利了。對吧，嘉柏瑞？」

「不會有壞處的，」嘉柏瑞含糊地回答，然後轉向安琪拉。「可以把四季豆傳給我嗎？原先拿的都被瑞吉娜吃光了。」

「所以我才會想留意目前的調查案，」法蘭基說，「就像這個眼睛被挖出來的女孩。我想看看地方層級怎麼處理這個案子。」

「這個嘛，法蘭基，」珍說，「我不認為我有什麼可以教你的。因為我只是在地方層級工作嘛。」

「這什麼態度？」她父親兇巴巴地說，「法蘭基不配成為你的同行嗎？」

「不是配不配的問題，爸。這是偵辦中的案子。我不能談的。」

「你那個讓人毛骨悚然的朋友負責解剖嗎？」法蘭基問。

「什麼？」

「我聽說警察都說她是『死亡天后』。」

「誰告訴你的？」

「我有我的來源。」法蘭基朝他父親咧嘴笑了。「我不介意跟她在停屍間待一晚。」

安琪拉把椅子往後一推，站起身來。「我幹嘛還要費事做菜？下回直接訂披薩就好了。」她推開雙向門，進入廚房。

「哎，別擔心她了。她不會有事的。」老法蘭克說，「給她幾分鐘冷靜一下。」

珍啪地放下叉子。「幹得好，你們兩位。」

「什麼？」她父親問。

「你和媽才剛復合。你就是這樣對待她的？」

「有什麼問題？」她哥哥說，「我們向來都是這樣的啊。」

「所以這樣就是可以的嗎？」珍扔下她的餐巾站起來。

「現在你也要離桌了？」她父親說。

「得有人去幫媽給那些甜點下毒啊。」

在廚房裡，珍發現安琪拉站在水槽邊，給自己倒了一大杯葡萄酒。

「要我幫你喝嗎？」珍問。

「不，我想這一切是我自找的。」安琪拉喝了一大口。「我又回到老日子了，小珍。什麼都沒變。」

你變了。以前的安琪拉對她丈夫欠考慮的評論不會在乎，會撐完整頓晚餐。但對於這個新的安琪拉，那些評語一定就像在她靈魂割一千道小傷口。於是她來到這裡，設法用義大利奇昂第葡萄酒治療自己的傷痛。

「你確定你想一個人喝酒？」珍說。

「啊，好吧。來，跟我一起喝吧。」安琪拉說，倒了一杯給珍。兩個人喝了一大口，然後嘆氣。

「你今天做的菜真的很棒，媽。」

「我知道。」

「爸也知道。他只是不曉得該怎麼表達他的感激。」

她們又喝了一口。然後安琪拉輕聲問：「你最近碰到過文斯嗎？」

聽到這個名字，珍驚訝得一時愣住了，文斯・考薩克是退休警察，曾和安琪拉短暫交往過，讓她度過一段甜美的快樂時光。直到法蘭克回頭，搶回自己的妻子。直到安琪拉那種天主教徒的負罪感以及責任感，逼得她結束和考薩克的戀情。

珍皺眉看著自己的葡萄酒說：「有，我偶爾會跟文斯碰面，通常是在杜爾酒吧吃午餐。」

「他看起來怎麼樣？」

「老樣子。」珍撒謊。其實文斯・考薩克看起來很悲慘。他看起來像是決心要把自己吃死、喝死了。

「他有沒有……交新女朋友？」

「我不知道，媽。文斯和我一直沒機會聊太多。」

「如果他有新的女朋友，我不會怪他的。他有權利重新開始，但是……」安琪拉放下杯子。

「啊，老天，我想我犯了錯。我不該跟他分手的，現在都太遲了。」

廚房的門被推開，珍的哥哥腳步沉重地走進來。「嘿，老爸想知道甜點是什麼。」

「甜點？」安琪拉很快抹了一下眼睛，轉向冰箱。她拿出一盒冰淇淋，遞給法蘭基。「喏。」

「這個就是？」

「怎麼，你還希望是火烤阿拉斯加[1]？」

「好吧，好吧。只是好奇而已。」

「家裡還有巧克力醬。自己去挖一點，分給大家。」

[1] Baked Alaska，一種冰淇淋甜點。冰淇淋外罩蛋白霜、稍微火烤定色。

法蘭基正要離開廚房，然後又回頭看著安琪拉。「媽，一切都能恢復正常，真的太好了。我是指你和爸。事情本來就該是這樣的。」

「當然了，法蘭基，」安琪拉嘆氣。「事情應該是這樣的。」

珍的手機響了。她從口袋掏出來，看了一眼來電者號碼，然後俐落地開口：「我是瑞卓利警探。」

讓珍很煩的是，法蘭基目光銳利地觀察著她。這位想當聯邦探員的先生準備好要偷偷介入這個案子。「我馬上到，」她說，然後掛了電話。她看著安琪拉。「媽，對不起。我得離開了。」

「有另一個案子了？」法蘭基問，「是什麼？」

「你真的想知道？」

「是啊！」

「看明天的報紙吧。」

✦

「我們兩個好像老是接到怪案子，只有我這樣覺得嗎？」佛斯特說。

他們站在傑佛瑞斯角的碼頭邊打哆嗦，掠過內港吹來的海風感覺上像是冰錐刺著珍的臉。她拉高圍巾，遮住已經凍僵的鼻子。才正式進入冬天四天，海港中已經漂著薄餅似的浮冰。在附近的羅根機場，一架噴射機升上天空，引擎的轟響暫時壓過了海水拍打基樁那種有節奏的聲音。

「每一件兇殺案都有各自奇怪的地方。」珍說。

「這不是我希望度過聖誕夜的方式。正當一切感覺開始舒適的時候，我就得離開愛麗絲了。」他低頭看著把他和珍各自拖離他們假期大餐、來到這個荒涼地點會合的原因。「至少這一個的死因不會太難猜。」

在兩人手電筒的光線下，躺著一名年輕的白人男子，沒穿上衣的胸部暴露在冬日寒風中。除此之外，他穿著一身整齊：毛料長褲、鴕鳥皮腰帶，腳上是雕花皮鞋。長得不錯，或許二十五、六歲吧，珍心想。鬍子刮得很乾淨，梳洗打扮得很整齊，時髦的髮型，額頭還有一小撮金髮。他指甲底下沒有污垢，雙手沒有老繭。就是可能會在市中心企業辦公室上班的那種人。而不是裸著上身，躺在大風吹襲的碼頭上，胸膛插著三枝箭。

車頭燈的光束接近，珍回頭，看到一輛凌志汽車在警方巡邏車後頭停下。莫拉．艾爾思下了車，長大衣下襬被風吹得敞開，像是一件斗篷。她穿著一身冬日的黑：靴子、長褲、高領毛衣。很適合波士頓死亡天后的裝束。

「聖誕快樂，」珍說，「有一個特別的禮物要給你。」

莫拉沒回答；她的注意力集中在腳邊躺著的那個青年。她脫掉羊毛手套，塞進口袋。新戴上的紫色乳膠手套在這麼大的風中沒有什麼保護作用，趁著凍傷形成之前，她趕緊蹲下來，審視著那些箭。三枝都是從前胸穿入，兩枝在胸骨左側，一枝在右側。三枝都深入胸部，只剩半枝箭桿露在外面。

「看起來，有人聖誕節收到了一套全新的弓箭。」珍說，「而且把這個可憐的傢伙當成練習的箭靶。」

「這裡是怎麼回事？」莫拉問。

「保全警衛巡邏時發現了被害人。他發誓三個小時前經過的時候，這裡還沒有屍體的。這個地方很偏僻，所以沒有監視攝影機。我猜想目擊證人也很難找，尤其是在聖誕夜。」

「這些看起來是標準規格的鋁箭，有同樣的橘色箭羽。大概任何運動用品店都買得到，」莫拉說，「三枝插入的角度有點不太一樣。我沒看到其他任何傷口……」

「我覺得這一點好像很詭異。」佛斯特說。

珍笑了起來。「你覺得好像很詭異的只有這一點？」

「這傢伙被三枝箭射中，全都在前胸。把箭搭上弓要花上一兩秒鐘。同時，這個傢伙不是應該會轉身逃跑嗎？但是現在這個樣子，好像他就只是呆呆站在那裡不動，讓別人朝他胸口連射三箭。」

「我想這些箭不是他的死因。」莫拉說。

「至少有一枝箭應該刺破了肺臟或什麼的。」

「根據這些箭的位置，那是一定的。不過看看三個傷口流出來的血那麼少。麻煩把手電筒往這裡照。」珍和佛斯特都把手電筒照向屍體的上身，莫拉手伸入右邊腋下，戴了手套的手指按壓皮膚。「右邊腋窩已經有一些淡淡的屍斑，看起來已經固定了。」她起身繞到屍體的另一側，檢查另一邊腋下。「但是左邊這裡沒有屍斑。幫我把他翻成側躺。我想仔細看一下他的背部。」

珍和佛斯特都在屍體旁蹲下來，留意著不要動到任何一枝箭，然後協力把屍體翻成往右側躺。隔著珍的乳膠手套，那肉摸起來冷冷的，像是剛從冰箱裡拿出來的冷肉。她的雙眼被風吹得刺痛，於是瞇著眼睛往下看著暴露出來的背部，現在被莫拉的手電筒照亮了。

「這具屍體被發現之後，有改變過位置嗎？」莫拉問。

「保全警衛說他碰都沒碰過。怎麼了？」

「你看到屍斑只出現在軀幹右側嗎？重力作用使得血液沉積在那裡，可見他死後至少有幾個小時，是往右側躺的。可是他在這裡，卻是仰天躺著。」

「所以他是在別的地方被殺害。或許裝在汽車的後行李廂裡頭，運到這裡來。」

「屍斑的模式顯示是這樣沒錯。」莫拉抓住屍體的手臂彎曲一下。「屍僵才剛出現在四肢。我估計死亡時間是二到六個小時之前。」

「那麼他是被搬過來，讓他仰天躺在這裡。」珍低頭看著那三枝箭，橘色的箭羽在風中顫動。「如果他當時已經死了，那為什麼要用箭插在他身上？這是某種詭異的狗屎象徵嗎？」

「有可能是一時氣憤殺人，」莫拉說，「行兇者殺了這個人，還是無法完全發洩怒氣。所以用箭刺穿他，就等於多殺幾次。」

「也或許那些箭的確代表什麼，」佛斯特說，「你猜這讓我想到什麼？羅賓漢。劫富濟貧。他的腰帶是鴕鳥皮做的，那可不便宜。這傢伙看起來過得很寬裕。」

「但是他最後卻沒穿上衣，死在一處碼頭。」珍說。她轉向莫拉。「如果致死原因不是那些箭，那是什麼？」

正在此時，又一架噴射機從羅根機場升上天空。莫拉站在那裡沒說話，巡邏車的藍白閃燈照著她的臉，她等到噴射機的轟響逐漸淡去才開口。

「我不知道。」她說。

12

莫拉記憶中從來沒碰到過這麼冷的聖誕節早晨。她站在自家廚房窗前，雙手捧著一個裝了咖啡的馬克杯，望著外頭冰雪覆蓋的後院。戶外溫度計顯示是攝氏零下十四度，加上風寒的因素就更冷了，而且鋪石板的露台現在滑得像溜冰場。今天早上她走出去拿報紙時，就在前走道上打滑，差點摔倒，而且當時她因為扭著身子要恢復平衡，背部肌肉到現在都還在痛。今天不適合出門，她也很慶幸自己不必離家。今天法醫處負責待命的是她的同事艾伯・布里斯托，她白天可以閒散地讀一些早該閱讀的東西，然後晚上獨自享用一頓安靜的大餐。一條羊腿已經放在水槽裡退冰，還有一瓶義大利阿瑪羅內葡萄酒等著開瓶。

她又在杯子裡加了咖啡，然後坐在餐桌前看《波士頓環球報》。聖誕節版的報紙好薄，簡直不值得翻，不過這是她休假日的早晨例行儀式：兩杯咖啡，一個英式馬芬鬆餅，外加看報紙。真正的報紙，不是筆記型電腦上發亮的畫素。她沒理會那隻一直在喵喵叫、磨蹭著她腳踝、鬧著還想吃第二頓早餐的灰色虎斑貓。一個月前，她發現這隻貪婪的貓在犯罪現場徘徊，於是收留了牠，從此，她沒有一天不後悔當初把這隻她取名為「小獸」的貓帶回家。現在太遲了；這隻貓屬於她了。或者她屬於這隻貓了。有時很難分辨到底誰才是主人。

她一腳輕推開小獸，把手上的報紙又翻了一頁。昨天夜裡在碼頭邊發現的那具屍體還沒上報，但是她看到有一則關於卡珊卓・寇以爾謀殺案的新進展。

女子死因仍不明

上星期二所發現一名死去的年輕女子，調查人員說死因「可疑」。死者卡珊卓・寇以爾二十六歲，在與她父親的午餐之約未出現後，被她父親發現陳屍家中。法醫處星期三已進行驗屍，但尚未判定死因……

那貓跳上餐桌，坐在報紙上，屁股就正好壓著那篇報導。

「謝謝你的評論。」莫拉說，把小獸拎起來，扔回地上。那貓不屑地看了她一眼，然後趾高氣揚地走出廚房。所以到頭來就是這樣，莫拉心想。我現在居然在跟我的貓說話。她是什麼時候變成老套的孤單養貓女，被一隻貓控制？她不必獨自過聖誕節。她可以開車去緬因州，去那個寄宿學校，拜訪她所監護的十七歲男孩朱利安。她可以開個派對邀請鄰居來，或者去慈善食堂當志工，或接受任何晚餐邀請。

我可以打電話給丹尼爾。

她想到了那個聖誕夜，她太想看他一眼了，即使遠遠的都好。於是她溜進他的教堂，坐在後排長椅上，聽他主持的聖誕彌撒。她這個不信神的人，聽著他談著上帝、愛和希望，心想他們對彼此的愛卻只為兩人帶來心碎。在這個聖誕節的早晨，當丹尼爾站在他的會眾面前，他會掃視著長椅，期望能再看到她嗎？或者他們會各自變老，兩人的人生再也不交會？

門鈴響了。

她被那聲音嚇了一跳，猛地坐直身子。她之前太專心想著丹尼爾了，於是腦海裡第一個想到的，就是丹尼爾正等在門口要見她。在聖誕節的早晨，還有誰會來按她的門鈴？誘惑來敲門了。我有膽子應門嗎？

她走到門廳，深吸一口氣，然後打開門。

結果站在門廊的不是丹尼爾，而是一個中年女人，抱著一個大大的紙箱。她全身裹著蓬鬆的羽絨大衣和羊毛圍巾，一頂針織帽拉低了遮住眉毛，只看到一部分的臉。莫拉看到疲倦的褐色眼珠和被風吹得龜裂的臉頰。幾綹金髮從帽子裡溜出來，在風中飄動。

「你是莫拉．艾爾思醫師嗎？」那女人問。

「是的。」

「她要我帶這個來給你。」那女人把紙箱遞給莫拉。那箱子並不重，但裡頭裝的東西發出嘩啦聲。

「這是什麼？」莫拉問。

「不知道。我只是被要求送這個來你家。聖誕快樂。」那女人轉身下階梯，走上結了冰的走道。

「慢著。誰要求你送來的？」莫拉喊道。

那女人沒回答，只是走向一輛停在人行道邊、沒熄火的白色廂型車。莫拉困惑地看著那個女人爬上車開走。

刺骨的寒冷逼得莫拉回到屋裡，她一腳把門踢上時，感覺到紙箱裡的東西滑動且喀啦作響。

她把箱子拿進客廳，放在茶几上。箱頂用防水膠帶封住了，上頭沒有標記，沒有任何說明可以指出這個箱子屬於誰、或裡頭可能裝了什麼。

她去廚房拿了一把剪刀，回來後發現那隻貓已經爬上了茶几，現在正抓著那個封住的紙箱，急著想爬進去。

她劃破膠帶，把紙箱蓋往兩邊掀開。

裡頭是一堆亂糟糟的雜物，看起來像是從舊貨店裡隨便買來的：一只舊女錶，指針凍結在四點十五分。一個塑膠袋裡裝著廉價人造珠寶。一個漆皮手拿包，都破裂且表皮剝落了。再往下是一打照片，裡頭的人她都不認得，是在不同地點拍的。她看到一棟老農舍、一條小鎮街道、一場樹下的野餐。從衣服和髮型看來，這些照片是在一九四〇或五〇年代拍的。為什麼有人要送這些東西來她家？

繼續往下，她發現一個信封裡裝著更多照片。她翻閱著，忽然瞪著一張她認得的臉，頸背寒毛直豎起來。那疊照片掉落在地板上，像一條毒蛇般盤繞在她腳邊。

她衝進廚房打電話給珍。

✦

「你看到她的車牌號碼了嗎？」珍問，「你能不能告訴我任何事，可以幫我追查那輛車的？」

「那是一輛白色廂型車，」莫拉說，在她的客廳踱步。「我只記得這些了。」

「新的、舊的？福特、雪佛蘭？」

「你明知道我看不出差別的！我覺得所有的車看起來都一樣！」莫拉氣沖沖地呼出一口氣，在沙發上坐下。「對不起，我不該在聖誕節打電話給你的，但是我嚇壞了。我大概是反應過度了。」

「反應過度？」珍不敢置信地笑了一聲。「你才剛收到一個讓人毛骨悚然的禮物，就送到你家門口，而且是來自一個應該關在最高警戒監獄的連續殺人犯。這應該要讓你驚恐才對。我就很驚恐。問題是，艾曼爾提亞想從你這邊得到什麼？」

莫拉凝視著那張之前讓她恐懼不已的照片。裡頭是一名黑髮的女人，站在一棵樹蔭廣大的櫟樹下，雙眼毫不畏縮地直望鏡頭。她的白洋裝薄得像紗，展現出苗條的腰身和纖細的手臂。如果是某個陌生人的照片，莫拉會認為這是在一條漂亮的鄉村小路上拍的迷人畫面。但她知道照片裡面那個年輕女人是誰。她抱住自己輕聲說：「她看起來好像我……」

珍慢吞吞逐一看著那些照片，同時莫拉沉默坐著，雙眼瞪著她上星期隨便裝飾的聖誕樹。她還沒有拆開樹下的禮物，大部分都是法醫處的同事送的。珍的禮物用俗氣的紫銀兩色錫箔紙包著，就放在中央前排。她本來打算今天早上拆開所有禮物，但那個送來的紙箱把這棟房子裡的聖誕氣氛全都趕跑了。那個紙箱是打算當成某種和解的禮物嗎？或許艾曼爾提亞以她自己扭曲的邏輯，認為莫拉會想要這些來自她親生家庭的紀念品。那個惡魔家庭，莫拉但願她從來沒聽說過。

現在那些惡魔中的最後一個快死了，是癌症造成的，死法緩慢而痛苦。等到艾曼爾提亞死了，我就終於能擺脫他們了嗎？莫拉心想。我可以回到以前，把自己想成舊金山可敬的艾爾思夫婦的女兒莫拉．艾爾思嗎？

「天啊。瞧這個快樂的家庭，」珍說，看著一張艾曼爾提亞和丈夫與兒子的合照。「媽咪、爹地，還有小殺人魔。這小孩看起來很像她。」

這小孩，我兇殘的弟弟，莫拉心想。她第一次親眼看到他，是檢查他的屍體。這張照片裡是她的血緣，這一家人的職業就是以謀殺獲利。艾曼爾提亞派人送這些紀念品給她，是不是為了提醒：她永遠無法擺脫真正的自己？

「她只不過又在跟你玩心理遊戲了，」珍說，扔下那些照片。「她一定是把這個紙箱藏在某個地方，或許是個人倉庫的儲存空間。然後她讓那個女人送來給你，居然就在聖誕節。可惜你沒辦法多告訴我有關那輛廂型車的資料，不然就可以幫我查出那個女人是誰了。」

「就算你查到了，又能怎麼樣？送一箱照片過來又不犯法。」

「這是恐嚇。艾曼爾提亞在跟蹤你。」

「從她在醫院的病床上？」

「莫拉，這件事一定搞得你心裡很亂；否則你不會打電話給我的。」

「我不曉得還能打給誰。」

「我是你的最後依靠？天啊，我是你打電話該找的第一個人。你不該只靠自己處理這件事。還有你這是怎麼回事，一個人過聖誕節，只有你和那隻該死的貓？我發誓，明年我一定要把你拖去我媽家吃晚餐。」

「老天，聽起來還真有趣呢。」

珍嘆氣。「告訴我，你希望我怎麼處理這個紙箱。」

莫拉低頭看著那隻貓又在她腳邊磨蹭，假裝很喜歡她，其實只是想再多吃一頓而已。「我不知道。」

「好吧，那我就告訴你我打算怎麼處理。我會確保艾曼爾提亞沒辦法再這麼做。顯然她外頭有人在幫她跑腿。我會釘牢她，讓她再也沒辦法動你一根寒毛。」

莫拉腦袋裡忽然出現一個念頭，讓她當場僵住，頸背寒毛豎起。就連那貓似乎也感受到她的不安，以一種新的戒備姿態看著她。「如果派人送這個來的，不是艾曼爾提亞呢？」

「不然還會有誰？她丈夫死了。她兒子死了。那一家人沒有其他人活著了。」

莫拉轉向珍。「這點我們確定嗎？」

13

聖誕節過後的那個星期不是公定假日，但如果你跟我一樣，是做公關這一行的，那還不如放假算了。今天沒有人回覆我的電話或電子郵件。我平常的報社熟人都不想聽我介紹一本充滿醜聞的回憶錄新書，作者是一位電視名人，也是我很討厭的客戶。如果你想賣書或推銷有關書的故事，十二月的最後一個星期是一段空白期，但電視實境秀明星維多麗亞．阿弗隆小姐的回憶錄正好就在這個時候上市。當然，這本書不是阿弗隆小姐親自寫的，因為她近乎文盲。一個可靠的捉刀寫手貝絲受雇幫她寫，她交來的稿子雖然沒什麼創意，但是乾淨俐落，而且總是很準時。貝絲討厭維多麗亞，或者謠傳是如此。身為新書宣傳人員，我因而得知很多內部八卦，而這則八卦幾乎可以確定是真的，因為維多麗亞非常惹人厭。我也討厭她。但我同時很欣賞她那副「我才不鳥你怎麼想」的態度，因為要在這個社會出人頭地，你就是需要這種態度。在這方面，維多麗亞和我很像。我也其實不鳥的，只不過我比較善於隱藏這種態度。

事實上，我超會隱藏的。

於是我坐在自己的辦公桌前，臉上帶著微笑，在電話裡向維多麗亞解釋，為什麼我們想安排的電台或電視訪問都沒回音。因為才剛過聖誕節，我告訴她，每個人都還滿肚子火雞和酒，沒辦法回我的電話。是的，維多麗亞，真的很過分。是的，維多麗亞，每個人都知道你多麼有名。

（你的露乳照上了《君子》（*Esquire*）雜誌！你嫁給職業美式足球隊新英格蘭愛國者隊的一名邊

鋒長達八個月！）維多麗亞認為，沒有人搶著要來找她訪問宣傳都是我的錯，邦諾書店那一山又一山她寫的書（其實是貝絲寫的）都賣不掉也是我的錯。

即使她開始吼我，我仍保持微笑。微笑是很重要的，就算是講電話時也不例外，因為別人可以從你的聲音裡聽到微笑。另外很重要的是，因為我的老闆馬克正從他的座位上看著我，我不能讓他看到我們的客戶正在大發脾氣，可能會把我們書智媒體炒掉，換另外一家宣傳公司。她罵我是愚蠢的小芭比時我仍保持微笑。甚至她摔電話時，我還在微笑。

馬克說：「她很生氣嗎？」

「是啊，她希望能上暢銷書排行榜的。」

他嗤之以鼻。「他們都希望。你把她應付得很好。」

我不知道他是在討好我，還是真心的。我們都曉得維多麗亞．阿弗隆絕對上不了任何暢銷書排行榜。而且我們也都知道她會怪到我頭上。

我得幫她的蠢書安排一些媒體報導，愈快愈好。我轉向我的電腦，想找找看維多麗亞的名字是否出現在任何媒體上。就連八卦專欄都行。休眠的螢幕醒來，亮出《波士頓環球報》的首頁。此時我看到最新消息——不是關於維多麗亞的，我忽然間根本不鳥她了。不，這則頭條報導是有關前兩天夜裡在傑佛瑞斯角碼頭上發現的那名年輕男屍。昨天的電視新聞說被害人是被箭射死。現在警方查出被害人名字了。

「或許我們該把她的書再去找亞瑟宣傳，」馬克說，「我想他只是需要有人提醒一下。她的回憶錄的確是談到了一些美式足球，我想他的運動專欄應該很適合。」

我抬頭望著馬克。「什麼？」

「維多麗亞跟那個美式足球員結過婚。這是運動專欄可以切入的角度，你不覺得嗎？」

「對不起。」我抓了我的皮包，趕忙站起來。「我得出去一下。」

「好吧。反正今天也沒什麼事情。不過如果你有機會，就看一下我們要幫愛麗森·瑞夫的書發出去的宣傳資料……」

剩下的我沒聽到，因為我已經跑出門了。

14

他們現在知道那個男性死者的名字了。躺在解剖台上的是提姆．麥都葛，二十五歲，未婚會計師，住在波士頓北城區。三枝箭的箭頭仍嵌在他的胸部，但吉間已經用斷線鉗把箭尾剪掉了，只留下胸部伸出來的金屬箭身。即使如此，要做Y字形切口的挑戰還是很大，莫拉的解剖刀沿著胸部往下，割出一道扭曲的切割線，以避開三枝箭的穿刺傷口。每根箭的刺入角度都已經拍了X光，顯然其中一根箭刺穿了下行主動脈，絕對有資格成為致命傷。

只不過，在那根箭插入這個男人的胸部之前，他就已經死了。

停屍間的門打開，珍走進來，一邊戴上口罩。「佛斯特不來了。他又去拜訪死者的妹妹了。她很難接受這件事。有史以來最糟糕的聖誕節。」

莫拉低頭看著提姆．麥都葛的屍體，他活著被看到的最後一次，是在十二月二十四日下午走出他所住的公寓大樓，還開心地跟鄰居揮手。次日上午，他本來應該去布魯克萊他妹妹家吃早午餐的，結果他沒出現。此時傑佛瑞斯角發現一具年輕男子屍體的事情已經上了新聞，他妹妹擔心有最壞的事情發生，於是打電話給警方。

「他們的父母都過世了，只留下他們兩兄妹，」珍說，「想像你才二十二歲，所有的家人都不在了。」

莫拉放下解剖刀，拿起園藝剪。「你們從他妹妹那邊問出什麼了？有任何線索嗎？」

「她堅持提姆沒有敵人，從來沒惹上麻煩。有史以來最棒的哥哥。每個人都愛他。」

「只除了這個用箭射他的人。」吉間說。

莫拉把肋骨都剪斷，然後把胸部的骨架提起來。她皺眉看著袒露的胸腔問：「他有濫用藥物的紀錄嗎？」

「他妹妹說絕對沒有。說他很注重健康飲食。」

「他家裡有任何藥物嗎？」

「佛斯特和我仔細檢查過他的公寓。那其實只是個工作室，所以也沒什麼好搜的。我們沒找到任何藥物，也沒有販毒設備，連一袋大麻都沒有。只有冰箱裡放著一些葡萄酒，櫥子裡有一瓶龍舌蘭酒。這傢伙真的是乾淨無瑕。」

「或者每個人都這麼認為。」

「是啊，」珍聳聳肩。「你不會曉得真相是什麼。」

每個人都有秘密，而莫拉往往會發現這些秘密：正直公民被發現死時手裡抓著兒童色情照片。完美主婦死時手裡握著海洛因針筒，注射針還插在手臂上。幾乎可以確定，提姆．麥都葛也有秘密，而現在莫拉必須找出其中最難解的。

是什麼殺了你？

她望著打開的胸部，還看不出答案，雖然從X光片看來，死因似乎很明顯。現在胸部打開了，她可以看到那枝箭，感覺到鋼箭頭穿透了主動脈血管壁。下行主動脈是主要公路，所有要流到下半身的血液都會經過這裡。如果這條血管破了，隨著每一次心跳的推動，血液就會像大砲似的噴射出來。如果這個男人死於大量內出血，這個胸腔就應該是充滿了血液，但結果她看到的積血沒多少，這表示那根箭刺破主動脈時，他的心臟已經停止跳動了。

「從你的表情，我看得出有某種不對勁。」珍說。

莫拉沒回答，只是伸手去拿解剖刀。她不喜歡不確定，於是她切割時，帶著一種新的急迫性。她切下一個健康年輕男子的心臟和肺臟，沒看到心臟疾病，沒有肺氣腫，沒有抽過菸的證據。肝臟和脾臟沒有疾病，胰臟應該可以供應他一輩子胰島素無虞。

她把割下來的胃放在解剖盤上，劃開來。流出的褐色液體帶著強烈的酒臭味。她暫停下來，解剖刀停在托盤上方，忽然想到另一個切開的胃，以及另一股酒味。「威士忌。」她說。

「所以他死前喝了酒。」

莫拉望著珍。「這一點讓你想起了另一個被害人嗎？」

「你是指卡珊卓．寇以爾。」

「她胃裡有葡萄酒。我也找不出她的死因。酒是兩個人的公分母嗎？酒裡放了什麼東西？」

「我們訪查過卡珊卓家那一帶的所有酒吧。走路距離能到的都去過了。」

「結果沒有人記得看過她？」

「一個女侍說卡珊卓的照片看起來很面熟，但是她說，她認為是卡珊卓的那個女人是跟另外一個女人去喝酒。她不記得有任何男人跟她在一起。」

「這兩個被害人彼此認識嗎？或者有同一票朋友？」

珍想了一下。「我不曉得有任何關聯。他們住在不同的地帶，工作也完全不同。」她掏出手機。「佛斯特應該還跟提姆的妹妹在一起，可以問一下她是不是認識卡珊卓。」

珍跟佛斯特講電話的時候，莫拉把胃攤開來，確定裡頭沒有未消化的食物。被害人最後一次被看到時，是假日的下午，一個年輕男子有可能會在晚餐前跟朋友碰面喝杯酒。卡珊卓的胃也是尚未進食的狀況，裡頭只有葡萄酒。跟朋友喝一杯是他們兩個的共同元素嗎？

她望著吉間。「卡珊卓・寇以爾的毒物篩檢報告出來了嗎？」

「還不到兩星期，不過我在上頭標示了急件。我去查一下。」他說，然後走向電腦。

珍掛了電話。「提姆的妹妹說她沒聽過卡珊卓・寇以爾這個名字。我也不認為這兩個被害人之間有什麼關聯，只除了他們兩個都年輕、健康，而且死前都喝了酒。」

「而且兩個人死後，屍體都遭到毀損。」

珍頓了一下。「唔，是啊，這一點沒錯。」

「有了，」吉間朝他們喊。「卡珊卓・寇以爾的毒物篩檢結果，她體內有酒精，還有K他命。」

「K他命？」莫拉走到房間另一頭的電腦前，看著報告。「血液酒精濃度零點零四。K他命濃度是每公升二毫克。」

「那不是一種約會強姦藥嗎？」珍問。

「事實上，它是一種麻醉劑，有時會有人用來當約會強姦藥。不過我在卡珊卓身上沒發現任何被強暴的跡象。」

「所以我們現在知道她的致死原因了。」珍說。

「不，其實沒有。」莫拉從電腦前抬起頭來。「她不是死於K他命。這個血液濃度還是在麻醉的醫療範圍之內，足以讓她昏迷，但是沒高到能害死一個健康的年輕女人。」

「或許她被下藥的藥物，不在你們篩檢的範圍內。」

「我想得到的藥物都請他們篩檢了。」

「那會是什麼殺了她，莫拉？」

「不曉得。」莫拉回到解剖台前，凝視著提姆．麥都葛。「我也不曉得殺了這個男人的是什麼。我們現在有兩個年輕被害人，都沒有明顯的死因。」莫拉搖搖頭。「我漏掉什麼了。」

「如果兇手利用酒和K他命讓被害人昏迷，那他接下來做了什麼？他們失去意識，很容易攻擊。他是怎麼殺了他們，又沒有留下任何痕跡——」她忽然轉向吉間。「去把那台CrimeScope多波域光源器拿出來。在繼續解剖之前，我想先檢查一下他的臉。」

「你認為我們會看到什麼？」珍問。

「戴上護目鏡，我們來看看吧。」

肉眼在普通光線下看不到的東西，有時經過鑑識光源的不同波長照射，就會神奇地出現。纖維和體液會發出螢光，而在蒼白皮膚的背景下，本來看不見的殘餘物和墨水會現出深色斑塊。這個搜索並不完全是隨便碰運氣的；莫拉已經知道自己要找什麼了。也知道會在哪裡找到。

「關燈。」她對吉間說，於是吉間按了開關。

房間裡陷入一片黑暗。莫拉打開CrimeScope多波域光源器，調整著波長，在那片光線照射下，許多新的細節忽然看得見了。一縷縷頭髮在地板上發著光，不同警察和法醫處人員留下的碎屑。手套、罩袍、鞋套都無法百分之百防止毛髮和纖維的掉落，眼前就是證據。

莫拉把光對著提姆．麥都葛的臉。

「犯罪現場回應小組的人已經在現場尋找過微物跡證了。」

「我知道，但我是在找另一個東西，我甚至不確定會不會出現。」她在死者臉上沒看到，於是將光往下移到脖子，再度調整著不同的波長，沒理會她在做Y字形切口時濺血所形成的深色細點。她在尋找不那麼隨機的、幾何形的東西。

然後，就在甲狀軟骨的高度，她看到了。一條模糊的帶狀環繞著喉嚨，朝頸背延伸，然後消失了。

「那到底是什麼？」珍問，「繩子的印記嗎？」

「不。我已經檢查過頸部，皮膚上頭沒有瘀青，沒有壓痕。而且X光上頭顯示他的舌骨完整無損。」

「那麼那個痕跡是是怎麼形成的？」

「我想那是殘留物。黏著劑工廠有時會在他們的產品裡加上二氧化鈦或一氧化鐵之類的物質。我本來就希望這個會在多波域光源器下顯現，果然。」

「黏著劑？你是說比方防水膠帶？」

「有可能，但這個膠帶不是用來捆綁他，看到那個痕跡只環繞著他的頸部正面沒有？膠帶是用來貼住某樣東西的，但沒緊到會留下瘀青。如果這個人的毒物篩檢結果，K他命也是陽性的，那麼我就大概猜得到他發生了什麼事。還有卡珊卓·寇以爾發生了什麼事。吉間，麻煩開燈。」

珍摘下護目鏡，皺眉看著莫拉。「你認為他們是被同一個行兇者殺害的？」

莫拉點點頭。「而且我知道他是怎麼殺害的。」

15

看到我站在他家門口，藍眼珠一臉驚訝。自從我們那回上了床、然後我像個小偷似地溜出他臥室之後，到現在將近兩個星期了。中間我沒試著聯絡過他，一次都沒有，因為有時候一個女生的生活裡不需要更多責任。想讓一個男人保持快樂實在太費事了，我得照顧我自己的種種需要。

這就是為什麼我現在站在他門口：因為我需要他。確切地說，不是他這個人，而是看到《波士頓環球報》網站上那則令人不安的新聞之後，我需要一個可以讓我再度覺得安全的人。我甚至不確定自己為什麼選擇來找他。或許是因為直覺告訴我：他很可靠且完全無害，我可以背對著他，也不必擔心他會在背後捅我一刀。或許是因為他是個比較陌生的人，搞不懂哪些是真相、哪些是我偶爾亂編的故事。我只知道，就我記憶中第一次，我渴望有某種人與人之間的聯繫。我想他也是。

但是他似乎不急著邀我進門，只是皺眉看著我，好像我是附近某個討厭的傳教人，他只想趕緊擺脫掉。

「外頭好冷，」我說，「我可以進去嗎？」

「你之前連再見都懶得說。」

「我真的很差勁。對不起。我當時工作上剛好碰到一段艱難的時期，搞得我都不像自己了。那天夜裡跟你在一起，就有點把我壓垮了。我需要時間想清楚我們之間的事情。搞懂那一切的意義。」

他無奈地嘆了口氣。「好吧，荷莉，進來吧。外頭大概有零下十度了，我可不希望你凍出肺炎。」

我沒費事糾正他說肺炎不會是凍出來的，只是跟著他進門。再一次，他的這棟聯排屋讓我非常驚嘆，比起我那戶狹小的公寓，這裡感覺上像個宮殿。埃佛瑞是我過世的母親會稱之為優質的泛泛之交，值得培養成男朋友的。我擔心我已經把我們之間的事情搞砸了，而他實在人太好，沒把我趕出去罷了。他穿著一件藍色牛仔褲和法蘭絨舊襯衫，所以今天他一定是休假，這樣我就有時間可以補救我們之間的狀況。我們尷尬而沉默地站在那裡一會兒，打量對方。我被他那對眼珠中的藍色催眠了。他的頭髮沒梳，襯衫缺了一顆釦子，但是這些細節似乎只讓他顯得更真誠。難得一次，這是個我不需要提防的男人。

「我想解釋一下我那天為什麼沒說再見就離開，」我告訴他。「那天我們認識，你——唔，我被你迷倒了，無法自拔。我太快就跟你上床。第二天早上，我覺得……好羞愧。」

他的目光瞬即柔和下來。「為什麼？」

「因為我不是那種女生。」其實呢，我就是那種女生，但是他不必知道。「我第二天早上醒來時，知道你大概會怎麼想我，於是無法面對你。我太羞愧了。所以我爬下床，穿上衣服，然後……」我的聲音愈來愈小，在他的沙發上坐下來。這是一套漂亮的黑色皮革沙發，非常舒服，而且一定很昂貴。是我絕對買不起的。

這幫他又加了一分。

他坐在我旁邊，握住我的手。「荷莉，我完全明白你的意思，」他低聲說，「我雖然是男人，但是也有同樣的感覺，我太快就跟你上床了。我很怕你會以為我只是利用你。我不希望你覺得我是什麼混蛋。因為我不是。」

「我從來沒那樣想過你。」

他深吸一口氣，露出微笑。「好吧，我們可不可以重新開始？」他伸出一隻手。「你好，我是埃佛瑞．普瑞思柯。很高興認識你。」

我們握了手，朝對方咧嘴笑著，兩人之間的一切立刻就好轉許多。我感覺到溫暖的血液流遍全身，這回不是性慾的激情，而是一些更深刻的，讓我有點驚訝。那是一種聯繫。愛上一個人的感覺就是這樣嗎？

「接下來告訴我，你為什麼又回來？」他問，「為什麼是今天？」

我低頭看著我們交握的雙手，決定跟他說實話。「有件可怕的事情發生了。我今天早上在新聞裡看到。」

「什麼事？」

「有個男人在聖誕夜被謀殺。他們在傑佛瑞斯角發現了他的屍體。」

「是的，我聽說了那個新聞。」

「重點是，我認識他。」

埃佛瑞瞪著我。「老天，我很遺憾。他是你的好友嗎？」

「不是，我們只是上過同一所學校，在布魯克萊。但是那個新聞讓我很震驚，你知道？讓我想起任何事隨時都可能發生在我們身上。」

他一手把我攬過去，讓我靠在他身上。我臉頰貼著他柔軟的法蘭絨襯衫，聞到了洗衣粉和鬍後水。那些氣味好舒服，讓我覺得自己又像個小女孩，安全地窩在爹地的懷裡。

「不會有什麼發生在你身上的，荷莉。」他低聲說。

我父親也總是這麼說，但兩個人我都不相信。

我對著他的襯衫嘆氣。「任何人都沒辦法這樣保證的。」

「唔，我就有辦法。」埃佛瑞一手抬起我的下巴，好讓我抬起目光。他審視著我，想了解是什麼讓我如此震驚不安。我已經告訴他關於提姆的事情了，但那只是故事的一部分。他不必知道剩下的。

他不必知道死去的其他人。

「我可以做什麼讓你覺得安心呢？」他問。

「當我的朋友就好，」我吸了口氣。「眼前這就是我需要的。一個信得過的人。」一個不會問太多問題的人。

「你願意讓我陪你去參加葬禮嗎？」

「什麼？」

「你朋友的葬禮。如果他的死讓你這麼心亂，你就應該去參加。承認悲慟很重要，荷莉。那會給你一種了斷的安慰感，而我會陪在你身邊。」

有他陪著我去提姆的葬禮，可能會有一些優點。多了一雙耳朵幫忙聽八卦，收集資訊，好了解提姆是怎麼死的、警方有什麼想法。但是其中也有危險。在莎拉．勃恩的葬禮上，我很快就溜掉了。在卡珊卓．寇以爾的葬禮上，我自稱是名叫莎夏的大學同學，因為沒有人認得我。但是埃佛瑞知道我名叫荷莉。他知道一點事實，不是全部，而這就足以把我必須說的任何謊言複雜化。有一首舊詩說：啊，我們一開始為了欺瞞，編織出一個糾纏不清的網。但眼前的狀況顛倒過來。真正的問題不是來自欺瞞；而是來自真相。

「我可以當你的磐石，荷莉。如果你希望的話。」他說。

我望進埃佛瑞眼裡，看到了清楚無疑的痴迷。沒錯，我現在才想到，他可以派上用場。

「你覺得怎麼樣？」

我微笑。「我想我很願意。」

但是當我們的嘴唇相觸接吻時，我忽然想到，磐石不光是可以讓你抓住、讓你覺得安全而已。它也可能把你往下拖，沉入波浪之下。

16

「我覺得，這是唯一合理的死亡機制，」莫拉說，「問題是，我幾乎不可能證明。」

莫拉坐在波士頓市警局會議室裡，看著桌子對面的犯罪心理學家羅倫斯．札克醫師，從他的表情看不太出他是否被說服了。珍和佛斯特都保持沉默，讓莫拉提出她的理論，沒有打斷她。而現在莫拉必須為自己的理論辯解，說服一個她無法讀透表情的男子。札克醫師是兇殺組很熟悉的常客，當波士頓市警局需要協助、以了解行兇者的行為時，就常常找札克醫師諮詢。雖然莫拉很尊重這位同業的專業能力，但從來沒有喜歡過他，而且也難怪。他那種刺探的冰冷眼神，看起來比較像是屬於機器人，而非真正的人類。而這種機器的設計，就是要用來無情地鑽入眼前之人的腦部深處，不管這個人是誰。

而那目光現在就對準了莫拉。

「你有任何證據，可以支持你所提出的死亡機制嗎？」札克醫師問，灰白的雙眼眨也不眨。

「被害人頸部的採樣結果，有聚異戊二烯和一種碳五烴成分，」莫拉說，「兩種都常用在防水膠帶的黏著劑裡。另外常見的成分還有一些無機物質，所以殘留的黏著劑，就會在多波域光源照射下顯現了。」

珍說：「從他頸部的照片，你可以看到那個殘留的輪廓。」她把自己的筆電螢幕轉過去，面對著札克醫師。

札克醫師瞇起眼睛看著。「很不明顯。」

「但是絕對存在。證明他皮膚上曾經貼了膠帶。」

「說不定那膠帶是用來拘束他的。」

「他的脖子上沒有瘀青或劃傷。」莫拉說，「他雙手也沒有任何痕跡可以顯示他曾掙扎。我相信他被殺死的時候，已經失去意識了。實驗室證明他的血液裡有酒精和K他命，就像卡珊卓・寇以爾一樣。但是那個血液濃度還不足以讓他送命。只會讓他昏迷而已。」

「所以如果不是為了要拘束他，在他脖子上貼膠帶是要做什麼？」

「我相信那是用來把某個東西固定在他皮膚上，而且是需要封得相當不透氣的。我一明白他脖子上的是黏著劑殘留物，就立刻想到『天堂之門』（Heaven's Gate）。我指的不是麥克・齊米諾的經典電影。」莫拉暫停，等著看札克是否明白她指的是什麼。

「我想，你指的是聖地牙哥的那個教派？」札克問。

莫拉點頭，看著佛斯特。「事情發生在一九九七年，天堂之門是一個古怪的新世紀教派，由一個名叫馬歇爾・阿普懷特的男人所領導，他相信自己是耶穌基督的後裔。他告訴他的信徒，這個世界即將被外星人摧毀，唯一倖存的方式就是離開地球。當時剛好海爾－博普彗星（Comet Hale-Bopp）接近，阿普懷特相信那個彗星的尾巴有一艘外星人的太空船，等著要運送他們的靈魂。但是要登上那艘太空船，他們首先就得拋棄自己塵世的身軀。」她暫停。「我想，你們全都猜得到接下來意味著什麼了。」

「自殺。」佛斯特說。

「三十九個教派成員都穿著黑襯衫、運動長褲、耐吉運動鞋。他們吃下了足量的苯巴比妥混合伏特加，讓自己昏迷，這樣他們就不會經歷到任何焦慮或恐慌。然後他們在自己的頭上套了塑膠袋封好。所有的人都死於窒息。」

「在那個案例中，死因很明顯。」札克醫師說。

「那當然。被害人頭上如果套著塑膠袋，死亡的機制就很明顯了，他們發現天堂之門的大規模自殺就是這樣。但如果在被害人死了之後，有人拿走塑膠袋呢？那就很難證明是兇殺，因為這種窒息沒有留下任何特定的病理變化。我解剖卡珊卓・寇以爾和提姆・麥都葛的屍體時，只發現輕微的肺水腫和零星的肺淤斑。要不是因為兩具屍體死後都遭到毀損，我恐怕就很難判定任何一個是兇殺。」

「我來把狀況搞清楚，」札克醫師說，「你的意思是，有個人執行了完美謀殺案。然後又故意毀損屍體，好讓我們知道這其實是謀殺？」

「是的。」

札克醫師在椅子上往前傾，那對爬蟲類的冰冷雙眼亮著興味。「這太有趣了。」

「我覺得是病態。」珍說。

「想想這個兇手試圖傳達的訊息，」札克說，「他在告訴全世界他有多聰明，他在說：如果我想要，我就可以殺人，而且不被發現。但是我想讓你們知道我做了什麼。」

「所以他在炫耀。」珍說。

「沒錯，但是對誰炫耀？」

「當然是對我們了。他在嘲笑警方，告訴我們他太聰明了，不會被逮到。」

「你確定他想溝通的對象是我們？黑道槍殺也會留下類似名片的憑據，表明下手的幫派，用意是恐嚇。」

「我們從這兩名被害人身上，都沒查到任何與黑道幫派的關聯。」

「那麼，這個訊息有可能完全是要給另一個人的。這個人了解切下眼球、用箭插在身上的象徵意義。再多說一點第二個被害人的事情，就是那個年輕男人。你們之前說過他陳屍在碼頭，但他是在哪裡遇害的？」

「我們不知道。最後一次有人看到他，是在他屍體被發現的五個小時前，大約下午四點，他當時正要離開他位於北城區的公寓大樓。在他長褲上發現的深藍色纖維符合一般車用地毯，所以他被殺害之後，屍體大概是被放在車裡，載到碼頭。」

札克往後靠，雙手指尖相觸呈尖塔狀，瞇起眼睛思索著。「我們的兇手刻意把他的被害人放在一個公共地點。他大可以把屍體扔進海港，或藏在樹林裡。但是，不，他希望屍體被發現。他想要宣傳。這絕對是某種訊息。」

「這就是為什麼，我請艾爾思醫師向你簡報她的理論。」珍對札克說，「我想，我們是涉入了某種很深、很黑暗的心理學狗屎了。我們想聽聽你的意見，看我們是在對付什麼樣的怪胎。」

這種案子正是札克醫師喜歡的類型，莫拉看到他思索時興奮的眼神。她很好奇，什麼樣的人會這麼熱心地選擇去探索黑暗，去了解一個兇手的心靈。你的腦袋必須同樣扭曲嗎？這表示我是什麼樣的人呢？

「你為什麼相信殺害這兩名死者的是同一個兇手？」札克問莫拉。

「我覺得似乎很明顯。兩個被害人血液裡都有酒精和K她命。兩人都沒有明顯的死因。兩具屍體死後都被毀損。」

「挖出眼球的象徵意義，跟用箭插入胸膛是非常不一樣的。」

「這兩個案子，都是要非常病態的精神病才幹得出來的。」珍說。

「毒物篩檢中發現有K他命，其實沒有那麼特別，」札克說，「這是很常見的夜店藥物。根據一份最近的研究，現在連高中學生都會嗑K他命了。」

「沒錯，」莫拉承認。「的確是很常見，但是——」

「另外，第一個被害人是女性，第二個是男性，」札克說，「這兩個人之間有什麼關係嗎？他們認識彼此？還是有共同的朋友或工作？」

他望著珍。「他們認識彼此？還是有共同的朋友或工作？」

「據我們所能查到的，沒有。」珍承認。「住的地帶不一樣，朋友圈不一樣，上的大學不一樣，工作也不一樣。」

「網路上有聯繫？社交媒體？」

「提姆．麥都葛沒有Facebook或推特的帳戶，所以我們找不出他們這方面的關聯。」

「我也查過他們的信用卡帳單，」佛斯特，「過去六個月，他們常去的餐廳、酒吧，甚至雜貨店都沒有相同的。提姆的妹妹對卡珊卓的名字沒印象。卡珊卓的繼母也沒聽過提姆．麥都葛。」

「那麼兇手是怎麼選中這兩個人的，而且為什麼？」

接下來是一段很長的沉默。沒人有答案。

「他們兩個胃裡都有酒。」莫拉說。

札克醫師之前一直默默地在他的黃色拍紙簿上寫筆記，此時抬起頭來。「喝的酒裡面有K他命，聽起來是約會強暴的前奏。」

「兩個被害人都沒被性攻擊。」莫拉說。

「你確定？」

莫拉迎視他的目光。「他們身上的每個孔洞都用棉籤採樣過。所有的衣服也都檢查過精液的痕跡。沒有性攻擊的有形證據。」

「但是不能排除有性動機。」

「這個我沒有辦法評論，札克醫師。我只能談證據。」

札克的雙唇彎出一個隱約的微笑。這個男人有個什麼讓人深感不安，彷彿他知道莫拉的一些細節，是連她自己都不曉得的。他當然知道關於艾曼爾提亞的事情。波士頓市警局人人都知道這個痛苦的事實：莫拉的親生母親因為殺了好幾個人，而被判終身監禁。他在她的臉上、她的性格中，看到了艾曼爾提亞的某些痕跡嗎？他剛剛露出的那個微笑，是認出那些痕跡的意思嗎？

「我無意冒犯，艾爾思醫師。我知道你的職責就是憑證據說話，」札克說，「但是我的角色，是了解兇手為什麼挑選這兩個人——如果真的是同一個兇手的話。因為這兩個被害人有很多明顯的不同之處。性別、交友圈、活動區域、死後屍體毀損的手法。兩個星期前，佛斯特和瑞卓利警探來詢問我對卡珊卓・寇以爾那個案子的意見，我們談到兇手為什麼切除眼球，推演出一套完全不同的心理學理論。」他看著珍。「你說那是不要看到邪惡。」

「你當時也同意。」珍說。

「因為切除眼球是一種很強烈的象徵行動，而且也非常有針對性。一個兇手選擇雙眼，是因為對他來說，眼睛代表了某種意義，而他從切除雙眼會得到性興奮。我現在是想搞懂，為什麼接下來兇手選擇的目標是男性，而且採用了截然不同的毀損屍體方式。」

「所以你不認為這兩個案子有關係。」珍說。

「我還需要更多東西，才有辦法相信。」札克闔上他的筆記簿，看著莫拉。「等到你們有進一步資訊，再通知我吧。」

札克醫師離開會議室時，莫拉還坐在椅子上，無奈地看著攤在桌上的各種文件。

「我沒想到他這麼不接受。」珍說。

「但是他說得沒錯，」莫拉承認。「我們還沒有足夠的證據，可以證明是同一個兇手。」

「可是你看到了一個關聯，這對我來說就夠了。」

「我不懂為什麼。」

珍身體前傾。「因為你通常不相信直覺。你總是在嘮叨所謂的證據，非常煩。你上一次有直覺，我不相信你，但結果你是對的。當時你看到了其他人都沒看到的關聯，包括我都沒看到。所以這一回，莫拉，我決定聽你的。」

「我不確定你應該聽我的。」

「別告訴我你現在開始懷疑自己了。」

莫拉收拾著桌上的文件。「我們得找出這兩個被害人的共同點，讓他們倆都能跟這個兇手連到一起的。」他把提姆·麥都葛的犯罪現場照片放進一個檔案夾，正要闔上時，忽然暫停下來，瞪著照片上的影像。一段回憶突然浮現，記憶中的畫面，是陽光照過一片片宛如珠寶的彩繪玻璃。

「怎麼了？」珍問。

莫拉沒回答。她抽出一張卡珊卓·寇以爾的屍體照片，放在提姆·麥都葛的犯罪現場照片旁。兩個不同的被害人，一個是男人，另一個是女人。男人身上插著幾根箭，女人雙眼被挖出。

「我不敢相信我之前都沒看出來。」她說。

「你要告訴我你在想什麼嗎？」珍說。

「先不要。先等我再做進一步的研究。」莫拉匆匆把照片放進她的檔案夾，走向會議室的門。「我得去找個人諮詢。」

「誰？」

莫拉在門口暫停。「我寧可不要告訴你。」她說，然後走出會議室。

17

中立區。這是他們講好的，找個公開的、兩人都必須表現得像專業人士的地方。當然不能約在她家，因為他們在那裡共度過太多時光，而且誘惑會從臥室裡低聲召喚他們。也不能約在聖母榮光教堂，教堂工作人員或堂區教友可能會看到他們又在一起而犯疑心。不，杭亭頓大道的這家小餐館安全得多了，而且下午三點夠清靜，可以讓他們在這裡不受注意，且不被打擾。

她先到，挑了餐館後方的一個卡座。她背對著牆坐在那裡，像個受雇殺手等著敵人到達，但真正的敵人不是丹尼爾，而是她的心。她點了咖啡，但是一口都還沒喝，她的心跳就開始加速。為了讓自己分心，她抽出檔案夾，審視著犯罪現場的照片。暴力和死亡的場景竟然能讓她冷靜下來，真是太怪異了。死人向來是好同伴。他們不強求，不期望任何恩惠。

也不會喚起你的情慾。

她聽到店門打開，趕緊抬頭，看到丹尼爾走進餐館。他裹著冬天的厚大衣和圍巾，看起來似乎只是又一個逃離寒冷、想喝杯咖啡暖暖身子的顧客，但丹尼爾．布洛菲可不是隨便什麼人。正在擺餐具的女侍在他經過時暫停下來，盯著他看。也難怪，他一頭深色頭髮和黑色長大衣，看起來就像《咆哮山莊》裡那位憂鬱的男主角希斯克里夫剛從英格蘭沼澤荒原中大步走進來。丹尼爾沒注意到那名女侍流連不去的目光；他已經看到莫拉了，於是只專注盯著她，走向她的卡座。

「好久不見了。」他低聲說。

「沒那麼久。我想上次見面是四月吧。」其實，她記得當時是幾月幾日、幾點、什麼情況。他也記得。

「羅斯柏瑞十字區，」他說，「有個退休警察被殺害的那一夜。」

現在犯罪現場是他們唯一會相遇的地方。當她專注在死者身上時，丹尼爾·布洛菲身為波士頓市警局特別委任的神父，其角色就是協助生者，因為這些人往往還處於暴力犯罪餘波中，悲慟欲絕或飽受創傷。他們兩人有各自的責任，沒理由在死亡現場跟對方交談，但她總是能意識到他的存在。即使他們連目光短暫交會都沒有，但只要他在附近，她總是知道，而且可以感覺到她井然有序的世界起了波動。

現在圍繞著她的那個世界似乎傾斜了。

他脫下大衣，解開圍巾，露出脖子上聖職人員的衣領。那條無情的白領只不過是一塊漿過的布料，卻有力量隔開兩個彼此相愛的人。

她避免去看那衣領，同時開了口：「你辭掉當市警局委任的神父了嗎？我好一陣子沒在犯罪現場看到你了。」

「我在加拿大待了六個月。才剛回波士頓幾個星期。」

「加拿大？為什麼？」

「為了一趟心靈的避靜。是我要求的。我得離開波士頓一陣子。」

她沒問他為什麼需要離開一段時間。她從他臉上看到更深的皺紋，從他深色頭髮裡看到多了新的銀絲。他逃離的不是波士頓，而是她。

「你今天打來的時候，我很驚訝，」他說，「上回我們講話時，你要我永遠不要再跟你聯絡。要做到並不容易，但是我只希望你得到最好的，莫拉。我唯一期望的只是如此而已。」

「丹尼爾，這件事不是關於我們的，而是關於——」

「先生，請問要點什麼？」

他們兩個都抬頭看著站在桌邊的女侍，她手裡拿著紙筆。

「咖啡就好了，麻煩你。」丹尼爾說。

他們沉默等著女侍替他倒咖啡，接著又補滿莫拉的杯子。那女侍會對這兩位愁眉苦臉、沉默坐在卡座裡的古怪男女感到好奇嗎？她會認定莫拉只是在諮詢神父，尋求安慰嗎？或者她會看到更多、明白更多呢？

直到女侍離開，莫拉才對丹尼爾說：「我打電話給你，是因為有個調查碰到了狀況。我需要你的意見。」

「關於什麼的？」

「你能不能看一下這個？跟我說你第一個想到什麼。」她把一張犯罪現場的照片推過桌子給他。

他皺眉看著照片。「你為什麼給我看這個？」

「被害人的名字是提姆．麥都葛。聖誕節前一天晚上，他被發現陳屍在傑佛瑞斯角的一處碼頭。到目前為止，警方沒有任何線索和嫌疑犯。」

「我不確定我能怎麼幫你。」

「先記住這個畫面就好。接著看這張。」她把卡珊卓・寇以爾的照片推向他。是她臉部的特寫，有兩個眼珠挖掉後留下的空眼眶。他瞪著照片看的時候，她沒說話，等著看他是否會受到同樣的領悟所刺激。當他終於抬起目光看著她，他雙眼中有震驚。「聖璐琪。」

她點頭。「我也是想到她。」

「你從來不上教堂，但是你認得出這個象徵？」

「我父母是天主教徒，而且……」她猶豫著，不太情願供認自己的秘密。「你不曉得，但是我以前常常坐在你的教堂裡，只是去沉思。有時候教堂裡只有我一個人。最後一排長椅的左邊，我通常都坐在那裡。」

「為什麼？你根本不信神啊。」

「我想感覺自己接近你。即使你人不在那兒。」

他伸手過來，碰觸她的手。「莫拉。」

「在我所坐的長椅旁邊，沿著左邊牆壁，有一些美麗的彩繪玻璃窗，是描繪聖人的故事。我總是看著那些玻璃窗，想著他們的一生。有關他們殉道時所遭受的苦難。很奇怪，我就會因此覺得撫慰，因為他們的痛苦，讓我想到自己所蒙受的種種恩典。我還特別記得有一扇窗。裡頭是一名男子雙手綁在柱子上，他抬頭望著天空，身上被亂箭射中。」

他點點頭。「聖思天，弓箭手和警察的守護聖人。中世紀藝術裡最容易辨認的殉道者之一。他本來是羅馬帝國的軍官，改信基督教，拒絕崇拜以往的諸神，於是就被綁在一根柱子上處決。」他輕敲那張提姆・麥都葛的照片。「你認為這是仿照聖思天殉道的畫面？」

她點頭。「很高興你也看出了其中的象徵意義。」

他指著卡珊卓．寇以爾的照片。「告訴我關於這個被害人的事情吧。」

「二十六歲的女性，被發現死在自己的臥室裡。死後雙眼都被剜除，然後眼球放在她一隻張開的手掌上。」

「經典的聖璐琪形象，她是盲人的守護聖人。她在童貞女時期就立誓侍奉基督，後來她拒絕結婚，預定娶她的那名男子就讓她關進監獄、受盡折磨。折磨她的人剜出她的雙眼。」

「一旦你認出來，那個象徵意義簡直就像是對著你大喊。一個被害人身上插了箭，像聖思天。另一個被害人眼睛剜出來，像聖璐琪。」

「波士頓市警局的人怎麼想？」

「我還沒跟他們提到這個象徵。我想先聽聽你的反應。你了解聖人的歷史，所以你會有答案。」

「我知道教會曆，也熟悉大部分聖人的生平。但是我不算是什麼專家。」

「是嗎？我還記得你曾鉅細靡遺地解釋宗教藝術的象徵意義。你跟我說過，當你看到一個老人握著一把鑰匙，幾乎就可以確定是在描繪聖彼得，握著上天堂的鑰匙。看到一個女人拿著香油瓶，就是抹大拉的馬利亞；看到一個跛足男人穿破爛衣服，就是施洗者聖約翰。」

「任何一個藝術史學者都可以告訴你這些。」

「但是有多少藝術史學者像你這麼精通宗教象徵？你有可能幫我們找出這個兇手的其他被害人。」

「還有其他的被害人？」

「不曉得。或許我們只是還沒認出來而已。也所以我們需要你幫忙。」

他一時沒說話。她知道他為什麼猶豫。那是因為他們曾是戀人的過往歷史。一年前他們走向各自的方向，分手的傷口至今沒有癒合。那傷還太新、太痛了。她既希望、也害怕他會同意她的請求。

他冷靜地伸手拿大衣和圍巾。所以這就是他的回答了，莫拉心想；當然了，很明智的決定。他現在離開要好得多，但他起身時，她卻覺得好失望。將來會不會有那麼一天，當她看著丹尼爾·布洛菲時，可以毫無感覺？顯然今天不是那麼一天。

「現在就過去吧，」他說，「我們在教堂會合。」

她皺眉看著他。「教堂？」

「如果要我給你建議，那我們就得先掌握基本的狀況。我們在教堂見了。」

✦

有多少次，她縮在聖母榮光教堂的長椅上，沉浸在自己的悲慘中？她不信神，但她渴望來自某種更高權威的指引，而且她從這座教堂裡處處可見的熟悉象徵中獲得撫慰：奉獻的蠟燭在陰影中搖曳，祭壇罩著豔紅色的天鵝絨，壁龕裡的聖母石像慈愛地往下注視。有多少次，她審視著彩繪玻璃窗的那些聖人圖像，思索著他們所受的苦難？今天，照進那些玻璃窗的光線，在丹尼爾的臉上投下一片冰冷的冬日微光。

「我以前沒花太多時間認真研究過這些彩繪玻璃，不過它們很美，不是嗎？」他說，和莫拉站在那裡欣賞著第一面窗。窗玻璃的四個角落裡，各有一個不同的聖人圖像。「據說這些玻璃窗不是太古老——頂多只有一百年。玻璃是在法國製作的，傳統風格，跟全歐洲各地中世紀教堂裡的都很類似。」

她指著左上角。「聖思天。」

「沒錯，」丹尼爾說，「從他的殉道方式，很容易辨認出來。他常常被描繪成綁在柱子上，身上插了亂箭。」

「那右上角的那個男人呢？」他問，「是哪個聖人？」

「那是巴多羅買，亞美尼亞的守護聖人。你看到他手上拿的刀嗎？那是他殉道的象徵。」

「他是被刀刺死的？」

「不，他的死法要更糟糕得多。巴多羅買因為勸服了亞美尼亞國王改信基督教，受到的懲罰是被活活剝皮。在某些畫中所描繪的他，手臂上搭著他自己被割下來的皮，像是一件血淋淋的披風。」丹尼爾朝她露出悲傷的微笑。「他是屠夫和製革工人的守護聖人，不意外。」

「那左下角的那個聖人是誰？」

「那是聖女佳德，另一個殉道者。」

「她手上那個盤子裡放的是什麼？看起來像是麵包。」

「那個，呃，其實不是麵包。」他停頓了一下，顯然非常不安，搞得她皺眉望著他。

「她是怎麼殉道的？」

「她的死法特別殘酷。她拒絕崇拜羅馬以前的諸神，於是就被折磨。她被逼著走過碎玻璃，被燒紅的熱炭炙燒。最後，他們們還用鉗子夾斷她的乳房。」

莫拉瞪著那盤子上的東西，現在她明白那不是麵包，而是被切除的乳房。她搖搖頭。「老天，這些故事。」

「很恐怖，沒錯。但是你不可能完全沒聽說過。因為你的養父母是天主教徒。」

「只是名義上的。他們頂多就是參加聖誕彌撒而已，而且我十二歲以後就再也不去教堂了。接下來，我很多年都沒進過教堂，直到……」她停了一下。「直到認識你。」

他們沉默站著一會兒，都避免去看對方的眼睛，只是望著前方的彩繪玻璃，彷彿所有的答案，以及治癒他們痛苦的方式，都刻在那塊玻璃上。

「我從來沒有停止愛你，」他輕聲說，「以後也永遠不會停止。」

「但是我們卻沒有在一起。」

他看著她。「說再見的人不是我。」

「你都這麼全心全意相信這個了，我還能有什麼選擇？」她朝聖人彩繪玻璃點了個頭，又朝祭壇和長椅點了個頭。「這些我沒有辦法相信，也不想相信。」

「科學無法解答一切，莫拉。」

「沒錯，那當然。」她說，口氣中帶著一絲怨恨。科學無法解釋為什麼有些人選擇要愛得這麼悲慘。

「除了我們的快樂之外，還有更多要考慮的事情。」他說，「這個堂區有很多人仰賴我，有很多深陷痛苦的人需要我的幫助。另外還有我妹妹。過了這麼多年，她還活著，依然健康。我知道你不相信奇蹟，但是我相信。」

「治癒她白血病的是醫學。這不是奇蹟。」

「如果你錯了呢？如果我違背當年的誓言，離開教會，而我妹妹又生病……」

那麼他永遠不會原諒自己，莫拉心想。他永遠不會原諒我。

她嘆氣。「我來這裡不是要談我們的。」

「沒錯，那當然了。」他抬頭看著彩繪玻璃窗。「你來這裡，是要談謀殺的。」

她又重新把注意力放在那片彩繪玻璃上的第四個聖人，又是另一個選擇悲慘下場的女人。這個聖人莫拉自己就認得；她已經知道她的名字。

「聖璐琪。」她說。

他點頭。「手上的盤子裝了她的眼睛。她的刑求者剜出了她的雙眼。」

在教堂外，陽光忽然破雲而出，照亮了那扇窗子，玻璃的色彩華麗得有如珠寶。莫拉皺眉看著窗上那四個聖人圖像。「他們都在這裡，同一扇窗戶。聖思天和聖璐琪。他有可能來過這個教堂，就站在我們現在這個位置上嗎？」

「你是說兇手？」

「感覺上，我們好像正看著他的分鏡腳本，這裡就是他的兩個被害人：一個男人被亂箭射中，一個女人被剜出雙眼。」

「這扇窗子並不獨特，莫拉。這四個聖人到處都有，大概在全世界的天主教教堂裡都可以找到。另外，聽我說，這裡還有其他一打聖人。」他走向下一扇窗。「這是帕度亞的聖安東尼，拿著麵包和百合。福音書作者聖路加和他的公牛。聖方濟和他的野鳥。另外那個，是殉道的聖雅妮和她的羔羊。」

「她是怎麼殉道的？」

「聖雅妮跟聖璐琪一樣，都是選擇基督的美麗女孩，拒絕嫁給追求她的男人，於是因此受苦。被拒絕的那個男人是一個羅馬總督的兒子，他氣得讓人砍下她的頭。在畫中，她通常被描繪抱著一隻羔羊，還拿著代表性的棕櫚枝。」

「棕櫚枝的意義是什麼？」

「在教會中，某些植物和樹都有特殊的象徵意義。比方雪松，就是基督的象徵。三葉草象徵三位一體，常春藤代表永生不朽。棕櫚枝則是殉道的象徵。」

她走向第三扇窗，看到彩繪玻璃上有兩個女人並肩而立，兩個人都拿著棕櫚枝。「所以右上角的那兩個聖人，她們也是殉道者？」

「是的，因為她們是一起死的，所以通常畫在一起。兩個人都是在改信基督教之後被處決。

你看到聖芙思卡拿著一把劍嗎？那就是殺死她們的工具。兩個人都是先被劍刺，然後斬首。」

「她們是姊妹嗎？」

「不，右邊那位是聖芙思卡的護士，聖——」他停下，猶豫著，然後轉向她。「聖莫拉。」

18

珍把一疊紙放在莫拉的花梨木辦公桌上，那桌子仍一如往常，整齊得出奇。珍在兇殺組的辦公桌看起來像是真正有在做事的地方，每一平方吋都覆蓋著檔案和便利貼。而莫拉的桌子則像機器人的辦公桌，完美得不像真的，連一枚亂放的迴紋針都沒有，也看不到任何灰塵。在乾淨無瑕的桌面上，珍．瑞卓利那疊亂七八糟的紙顯得特別礙眼，很需要弄整齊。

「我們正在研究你的理論，相信我，莫拉。」珍說，「佛斯特和我一直在做功課，研讀殉道的聖人，而且要命，那可是一堆露骨的鮮血和內臟。」她指著她帶來給莫拉的那疊紙張。「這些資料真的令人很不安。我小時候上教義問答的時候應該要更認真點的。」

莫拉拿起第一張紙。「聖阿波羅妮亞，童貞女與殉道者，」她唸道，「牙醫和牙痛者的守護聖人？」

「喔，是啊，那個死法太可怕了。他們把她的牙齒全部拔掉，在畫裡的她，通常手裡都拿著一把拔牙鉗。」珍朝剩下的那疊紙點了個頭。「裡頭你會發現有斬首、刺死、石頭砸死、十字架釘死、淹死、燒死，以及亂棒打死。喔，還有我最喜歡的：用絞盤機把你的腸子扯出來。如果你能想出一個恐怖的殺人方法，大概都已經有某個聖人經歷過了。而且這就是我們的問題所在。」

「問題？」莫拉的目光從那張有關聖阿波羅妮亞的紙抬起來。

「或許這個兇手以前殺過人，但是我們不曉得他選擇什麼方式去毀損屍體。我們無法用性別縮小被害人範圍，因為男人和女人他都殺過。要是我們得去檢查每一樁毆打致死、刺死、斬首的懸案，可能會浪費很多時間。」

「我們知道一些更精確的細節，珍。我們知道他會用K他命迷昏被害人，然後把他們悶死。我們知道他是在被害人死後毀損屍體的。」

「對，我們查詢聯邦調查局『暴力犯罪逮捕計畫』資料庫，首先就是查這些。任何體內有K他命、而且死後屍體遭到毀損的。」然後珍搖搖頭。

「一個都沒有？」莫拉問。

「一個都沒有。」

莫拉在她的皮椅上往後靠，手上的銀鋼筆輕敲著桌面。她身後的牆上掛著一個怪誕的非洲面具，似乎跟她困惑的表情相呼應。珍有回問莫拉，為什麼要在辦公室裡放那麼多令人毛骨悚然的工藝品，結果被莫拉上了一堂課，講述馬利的儀式面具中的美感與象徵意義。但是每當珍抬頭看著那個面具，她唯一看到的，就是一個準備往下猛撲的妖怪。

「那麼，或許他以前沒殺過人，」莫拉說，「也或許我們所搜尋的那些細節，其實當初驗屍時漏掉了。不是每個被害人都會做全面的毒物篩檢。而且窒息而死有時候也未必查得出來。就連我第一次都漏掉了，就是卡珊卓．寇以爾。害我懊惱得要命。」

「其實呢，聽你這麼說，讓我鬆了口氣。」

「鬆了口氣？」

「很高興知道你並不完美。」

「我從來沒說過我是完美的。」莫拉身子往前靠，皺眉看著珍拿來的那一疊紙，有幾十、上百頁，充滿了教會歷史上最駭人聽聞的一些片段。「我們的兩名被害人，他們有任何宗教上的關聯嗎？」

「這個我們也追查了。卡珊卓和提姆都是在天主教家庭長大的，但是兩人都沒有謹守天主教的教規。提姆的妹妹說，她不記得她哥哥上次去教堂是什麼時候了。卡珊卓在那個電影工作室的同事則說，她很鄙視制度性的宗教，這也很符合她的哥德式風格。這兩名被害人，我不太相信會是在教會裡認識兇手的。」

「不過，裡頭一定有個什麼跟聖人和殉道者有關。」

「也許你看到的象徵根本不存在。或許這兩個案子跟教會完全沒有關係，兇手只是個喜歡任意毀損屍體的神經病。」

「不，這點我很確定。而且我不是唯一這麼想的。」

珍打量著莫拉泛紅的臉，看到她發亮的雙眼，還有一種新的、激動的專注。「我想，丹尼爾也同意你的看法了？」

「他立刻就認出來了。丹尼爾很熟悉宗教象徵，而且他可以協助我們了解這個兇手的想法。」

「這真的是你去找他的理由嗎？或者你把他扯進這個案子，還有別的理由？」

「你認為我在找藉口，想再跟他糾纏不清？」莫拉問。

「你大可以找個哈佛的藝術史教授諮詢。你可以隨便找個修女問，或者上維基百科查。但是，不，你偏要打電話給丹尼爾．布洛菲。」

「他跟波士頓市警局合作好幾年了。他很謹慎，你知道我們可以信任他的。」

「協助這個案子，沒錯。但是我們可以信任他協助你嗎？」

「我們已經超越那個階段了。現在純粹是專業上的合作。」

「你說了算。但是你的感覺怎麼樣？」珍低聲問，「再度看到他？」

莫拉的反應是避開珍的目光。沒錯，這是典型的莫拉——避免衝突，一如往常：迴避任何可能激起不愉快情緒的對話。她們已經是好幾年的同事和好友了，曾經一起面對過死亡，但是莫拉從來不曾讓珍看到她內心最深處的脆弱。這個女人永遠舉著盾牌，永遠把她擋在外頭。

「再度看到他很痛苦，」莫拉終於承認。「這幾個月來，我一直忍著不要拿起電話打給他。」她諷刺地笑了一聲。「到今天我才發現，他根本好幾個月都不在波士頓，而是去加拿大避靜了。」

「是啊，我想我之前應該告訴你的吧。」

莫拉皺眉看著她。「你知道他不在波士頓？」

「他要我別告訴你。反正他要去那邊暫時隱居，所以也不應該跟你聯絡的。我想他離開是個明智的決定。而且老實說，我是希望你拋開過去、往前走了。我希望你找到另外一個人，可以讓你快樂的。」珍暫停下來。「但是你們之間還沒有結束，對吧？」

莫拉低頭看著紙頁。「結束了。這回結束了。」她說了兩次，好像是想說服自己。

不，沒有結束，珍心想，看到莫拉臉上的掙扎。對你們兩個來說都沒有結束。

珍的手機響起熟悉的鈴聲：兒歌〈雪人佛斯提〉，所以她知道是佛斯特打來的。「嘿，」她接了。「我還在莫拉這邊。什麼事？」

「有時候男人就是會走運。」佛斯特說。

珍哼了一聲。「好吧，那個幸運的女孩叫什麼名字？」

「我不知道。但是我開始在想，我們的兇手可能不是男人。」

✦

「我根本沒在找女人。所以第一次看這些監視錄影檔的時候，才會漏掉她。」佛斯特說，「當時我們還不曉得這兩個案子可能有關聯，所以我從來沒想到要把這些影片一起看。不過莫拉想出她那個理論之後，我又回去看了一次這些影片。看會不會有人在卡珊卓和提姆的追悼儀式上都出現過。」他把自己桌上的筆電轉過去面對珍。「結果看看我發現了什麼。」

珍湊近了，審視著佛斯特筆電上那個暫停的畫面。裡頭是半打人排隊走向攝影機，全都一臉凝重，穿著黑色的冬衣。

「這是卡珊卓・寇以爾的追悼儀式，」佛斯特說，「攝影機就裝在教堂入口上方，所以會拍到每個走進門的人。」他指著筆電螢幕。「你還記得這兩個女人，對吧？」

「怎麼忘得掉？伊蓮隊的人。她們就坐在我後面，從頭到尾一直在講普麗西拉・寇以爾的壞話。」

「還有那三個。」佛斯特指著走在這兩個女人後頭那三名熟悉的年輕人。「卡珊卓那個電影工作室的同事。」

「絕對不會搞錯。那天教堂裡沒有其他人把頭髮染成藍紫色。」

「現在看這位年輕小姐，就在三個電影人的左邊。你記得在葬禮上看過她嗎？」

珍湊近了，審視著那張臉。那女人看起來跟卡珊卓大約同齡，或許二十五歲上下，苗條、迷人的褐髮女郎，額前是剪齊的瀏海。「沒什麼印象，可能在人群裡看過她，但是教堂裡有兩百個人。你為什麼會注意到她？」

「其實我沒有。至少第一次是這樣。我檢查這個影片和提姆．麥都葛葬禮的影片時，焦點集中在男人身上，根本沒太注意女人。然後我碰巧在這個時候把影片暫停。能看清楚那女人臉的只有這段影片，她剛好從崔維斯．張的肩膀後方看過來。往後就沒辦法清楚看到她了，因為她都低著頭。記住她的臉。」佛斯特把畫面縮小，調出另一段影片。又是另一個暫停畫面，裡頭有十來個人，同樣穿著深色衣服，同樣一臉憂鬱。

「不同的教堂。」珍說。

「對。這是提姆．麥都葛葬禮的影片。接著注意這些人走進教堂。」佛斯特讓影片一格接一格前進，然後停住。「看看誰也出現在這個葬禮上。」

珍瞪著那個深色頭髮的女人，以及她心形的臉蛋。「你確定是同一個人？」

「看起來絕對是很像她。同樣的髮型，同樣的臉。另外你仔細看一下她圍的格子圍巾。同樣的顏色，同樣的圖案。那是她，不會有錯。但是看起來，這回好像有人陪著她。」佛斯特指著那女子身邊一名沙褐色頭髮的男子。他們手牽著手。

「你在卡珊卓．寇以爾葬禮的影片中看到過這個男人嗎？」

「沒看過。他只去了提姆的葬禮。」

「所以在這兩樁謀殺案之間，我們終於找到一個關聯了。」珍輕聲說，驚愕地轉向佛斯特。

「就是一個女人。」

19

埃佛瑞逐漸成為一個麻煩了。

我就知道這種事會發生。他是那種渴望深層關係的男人，喜歡跟他前一夜嘿咻過的女人在同一張床上醒來。以我的經驗，我這個年紀百分之九十的男人都不想跟女人一起醒來。他們寧可上Tinder這類約會App找個女生，享受速戰速決的約炮，然後各走各的路。沒有晚餐，沒有約會，不必害她們貧乏的小腦袋絞盡腦汁去想聊天話題。現在我們全都像是撞球用的那些球似的，短暫互相碰撞，然後就各自滾向不同方向。大部分時候，這也正是我喜歡的方式。不複雜也沒負擔。

來吧，寶貝，讓我爽翻天；接著就滾出去吧。

這不是埃佛瑞想要的。他站在我這戶公寓門口，手裡拿著一瓶紅葡萄酒，臉上一抹不確定的笑容。「你這幾天都沒有回我電話，」他說，「我想或許我過來一趟，我們這個傍晚可以聊聊天，或者出去吃頓晚餐，或者喝杯葡萄酒。」

「對不起，但是我最近忙瘋了。而且我正要出門。」

他看著我的大衣——我正在扣上釦子——然後嘆了口氣。「當然了，你有別的約。」

「其實，我是要去工作。」

「在傍晚六點？」

「不要這樣，埃佛瑞。我應該不必為自己辯解的。」

「對不起，對不起！只不過我真的對你很有感覺。然後忽然間，你又說變就變。是我做錯了什麼嗎？還是說錯了什麼？」

我接過了他的那瓶酒，放在門邊的小几上，然後出門進入走廊。「眼前我需要一點喘息的空間，如此而已。」我把門鎖上。

「我明白。你很獨立：這個你告訴過我了。我也喜歡你的獨立性。」

是喔。這就是為什麼你站在我家門口，像隻崇拜的幼犬望著我。這其實不是什麼壞事。女生總是用得著一隻忠犬的，有個人深愛她，忽略她的錯誤，讓她在床上開心。一個會借她錢，她生病時會帶雞湯來給她的男人。一個對她任何要求都使命必達的男人。

即使是他不該做的事情。

「啊，時間不早了，我真的得走了。」我告訴他。「我得在半個小時內趕到哈佛合作社書店。」

「那個書店有什麼事？」

「我的一個客戶在那邊有簽書會，而我的任務就是要確保一切順暢進行。歡迎你過去，但是你不能當我的男伴。你必須表現得像是她的粉絲。」

「這個我做得到。作者是誰？」

「維多麗亞・阿弗隆。」

他眼神茫然，讓我對他的評價更加分。任何聽過維多麗亞・阿弗隆這個名字的人，照我的定義，都是蠢貨。

「她是一個電視實境秀的明星，」我解釋，「曾經短暫嫁給路克・傑爾科。」他還是那個茫然的眼神。「你知道，那個邊鋒？新英格蘭愛國者隊的？」

「喔，美式足球。對。所以你的客戶寫了一本書？」

「總之書上印的名字是她。在出版這一行裡頭，這樣就算是寫書了。」

「你知道嗎，我很願意去。我已經好一陣子沒去哈佛合作社書店的簽書會了。去年我去參加一個簽書會，那位女作者寫出了一本建築師布爾芬奇的最佳傳記。結果好慘，去參加的只有三個人。」

為了一本查爾斯・布爾芬奇的傳記，三個人都已經夠多了。

「我向上帝祈禱，今天出現的不會只有三個人而已，」我跟他說，一起走出公寓大樓。「否則我就會失業了。」

✦

就連勢利眼的哈佛學生，也對名人豐乳肥臀的召喚沒有抵抗力。他們成群出現，哈佛合作社書店三樓那個小小表演區的每個座位都被佔據了。他們還擠滿了科學和技術書區的走道，甚至擠到了弧形的樓梯上。幾百個超級天才，自由世界未來的領導人，都跑來拜倒在維多麗亞・阿弗隆——我發誓這是真的，她有回問我：「IQ要怎麼拼？」——的腳邊。這麼多人出現，讓維多麗亞今晚很開心。才上個星期，她還在電話裡吼我，因為我幫她的回憶錄所安排的媒體報導不夠多。今晚她的魅力全開，滿面笑容，扭腰擺臀，碰觸每個來要簽名粉絲的手臂。無論男女，所有人都被她迷倒了。女人想要成為她，男人想要——唔，我們很清楚男人想要什麼。

我站在維多麗亞的左邊協助，把一本本書翻到書名頁，推到她面前。她用紫色墨水在上頭簽了大大的、扭動的花體姓名縮寫VA。男人色瞇瞇盯著她看（有很多地方可以讓他們色瞇瞇，因為她的雙峰幾乎要從那件低胸連身裙裡蹦出來了），女人則逗留著不肯走，跟她聊、聊、聊個不停。我的職責是趕緊讓他們的交談結束，輕推著粉絲往前走；否則我們會困在這家書店裡一整夜。維多麗亞大概不在乎，因為她渴望這些愛慕就像吸血鬼渴望血一樣，但是我急著要趕緊結束這一晚。雖然我在人群中看不到埃佛瑞，但是我知道他正在耐心等著我把事情辦完，而且我感覺到兩腿之間那種熟悉的、期待的刺麻感。或許他今天跑來找我是好事。伺候了一整晚這個需索無度的賤貨之後，我需要性愛來讓我放鬆一下。

維多麗亞花了兩個半小時，才招呼完所有的粉絲。她簽了一百八十三本書，平均每本不到一分鐘，但是等到簽完了，書店裡準備的書還是有六十本沒賣掉。這當然讓維多麗亞不高興。要是她這輩子能有片刻感到滿足，那也不會是她了。她簽著剩下沒賣掉的那些書時，就在抱怨地點（「要不是得開車到劍橋市，一定會有更多人來的！」），天氣（「今天實在太冷了！」），還有日期（人人都曉得今天晚上《與明星共舞》要播最後一集了！）。我把她的抱怨當耳邊風，繼續把一本本書推過去讓她簽名。從眼角，我看到埃佛瑞望著我，一臉同情的微笑。是的，這就是我謀生的工作。現在你明白為什麼我真的、真的很期待喝那瓶你送的葡萄酒了。

維多麗亞簽完最後一本書後，我看到一個書店的店員抱著一大把花走向我們。「阿弗隆小姐，很高興你還沒離開。這些給你的花是剛剛才送到的！」

看到那把花，維多麗亞的臭臉立刻變成一千瓦的笑容。這就是為什麼她能成為名人；她的表情可以立刻打開或關上，像是有開關似的。她唯一需要的，就是一點適當分量的愛慕，而眼前就有，那些愛慕化為一把塑膠紙包著的玫瑰。

「啊，太漂亮了！」維多麗亞誇張地讚嘆。「是誰送的？」

「送花的人沒說。不過裡面有張卡片。」

維多麗亞打開信封，皺眉看著裡頭手寫的卡片。「唔，這就有點奇怪了。」

「上頭寫什麼？」我問。

「記得我嗎？上頭只寫了這個。而且沒簽名。」她把卡片遞給我，但我只匆匆看一眼，目光忽然轉向那把花，看著那些玫瑰裡裝飾的綠葉。那不是一般花店會用來裝飾鮮花的蕨類或一葉蘭葉子。那些綠色對維多麗亞沒有任何意義，她連繡球花（hydrangea）和消防栓（hydrant）有什麼差別都不知道，但是棕櫚葉對我是有意義的。

殉道者的象徵。

那卡片從我指尖滑落，飄到地板上。

「這花一定是我哪個老朋友送的，」維多麗亞說，「他沒簽名好奇怪。啊，沒關係。」她笑了。「女人的確喜歡生活中有點小秘密。他其實可以上來跟我打個招呼的，不曉得他現在人在哪裡？」

我慌張地對書店內四下張望。我看到幾個女人在瀏覽書架，三個好學模樣的年輕男子低頭看著他們的教科書。還有埃佛瑞。他注意到我的不安，於是皺眉走向我。

「荷莉？出了什麼事？」

「我得回家。」我抓起我的大衣，雙手顫抖。「我會再打電話給你。」

20

站在瘋露比電影工作室的門外，珍和佛斯特聽到一個驚恐的女人尖叫聲，珍冷哼一聲。「如果那些小鬼想體驗真正的噩夢，可以跟我們共度一夜。」

門打開了，一臉茫然的崔維斯・張站在那裡眨著眼睛。他身上還是他們初次見面時同一件破爛的「尖叫電影節」T恤，沒洗的頭髮一叢叢豎起來，像是油膩的惡魔角。「啊。嘿，你們又來了。」

「沒錯，我們又來了。」珍說，「我們得給你們看個東西。」

「呃，我們正在忙剪接。」

「不會花太多時間的。」

崔維斯難為情地回頭看了一眼。「我只是想先警告你們，裡頭有點不好聞。你知道當你進入狀況的時候，一切就會是什麼樣。」

從工作室的狀況判斷，珍可一點也不想進入狀況。這個地方比他們第一次來訪時更噁心，垃圾桶內塞滿了披薩紙盒和紅牛能量飲料空罐。每個檯面上都堆滿了揉成團的餐巾紙、筆、筆記本，以及電子儀器。空氣聞起來像是燒焦的爆玉米花和髒襪子。

垮坐在沙發上的，是崔維斯的同事班傑明和安柏，從他們蠟黃的臉看來，這兩個人已經好幾天沒離開這棟大樓了。他們甚至沒抬頭看訪客一眼，只是繼續盯著大螢幕電視，裡頭一個穿著低胸T恤的豐滿金髮女郎正拚命用東西抵住一扇門，同時外頭有個什麼反覆撞著門。一把斧頭劈入木門，那金髮女郎尖叫。

崔維斯按了暫停鍵，金髮女郎尖叫的臉凍結在螢幕上。

「你幹嘛啊，大哥？」班傑明抗議道，「我們現在正在跟時間賽跑耶。」

「我們想趕上幾個恐怖電影節的截止時間，」崔維斯向珍和佛斯特解釋。「《猿猴先生》得在三個星期內交出去。」

「我們什麼時候可以看？」珍問。

「還沒有。我們還沒剪接完，音樂也還在進行中。另外有幾個特殊效果還要調整一下。」

「你們不是沒錢了嗎？」

他們三個面面相覷。安柏嘆了口氣。「我們的確是沒錢了。」她說，「所以我們都辦了貸款。班傑明還賣掉了他的車。」

「你們真的是把一切都賭上了？」

「如果不賭自己的創作，那我們還能賭什麼？」

他們大概連身上那些髒兮兮的襯衫都保不住了，但是珍不得不佩服他們的信心。

「《我看見你》我找來看了，」佛斯特說，「那部電影不錯，應該要賺錢的。」

崔維斯精神一振。「你這麼認為？」

「拍得比我看過的很多恐怖片要好。」

「一點也沒錯！我們可以拍出不輸任何大片廠的電影，這個我們知道。我們只是得撐下去，繼續說出好故事。即使這表示要冒著失去一切的風險。」

珍指著電視螢幕裡的金髮女郎。「我想我看過這個女演員。她還演過什麼？」

「據我所知，這是她第一次演戲。」班傑明說，「她就是長了一張大眾臉。」

「典型的性感金髮女郎，還有完美的牙齒。」珍說。

「是啊，這種是最佳被害人。」班傑明暫停一下。「對不起，我想這樣的品味很糟糕，有鑑於——」

「你剛剛說想給我們看個東西。」崔維斯說。

「對。我們想拜託你們看一張照片。」珍看了房間一圈，想找個地方放她的筆電。

崔維斯把茶几上吃剩的披薩撥到一邊。「這裡。」

珍避開一團黏在茶几上的乳酪，把她的筆電放下，打開照片檔案夾。「這些是卡珊卓葬禮的螢幕截圖。我們裝了個監視攝影機對準教堂入口，錄下了每個來參加葬禮的人。」

「你們全都錄下了？」安柏說，「實在讓人毛骨悚然，暗中錄下這些人。那就像是有個老大哥在監視我們。」

「那就像是一樁兇殺案的調查工作。」珍把筆電螢幕轉過去對著他們三個人。「你們認得這個女人嗎？」

他們三個擠在筆電前，珍聞到一陣濃烈的口臭和髒衣味，那氣味讓她彷彿回到小時候，她哥哥或弟弟的一堆朋友來他們家過夜，地毯上的每一吋都擠著睡袋和十來歲的男生。

安柏瞇起眼睛，隔著她的黑框眼鏡看著螢幕上的照片。「我不記得看過她，不過那天人好多。加上待在教堂裡搞得我很不舒服。」

「為什麼？」佛斯特問。

安柏眨著眼睛看她。「我老擔心我會做錯什麼事，然後上帝會用閃電轟死我。」

「嘿，我想我記得這個女人。」班傑明說。他身子前傾，心不在焉地摩挲著下巴大概一星期沒刮的鬍碴。「她就坐在我們旁邊，中間隔著走道。我仔細打量了她好久。」

安柏捶他手臂一記。「你死性不改。」

「不，不，是因為她的臉很有趣。我向來很注意那種上鏡頭的臉，你們看看她。漂亮的顴骨，臉部結構很棒，打光很容易。而且她有個大腦袋。」

「這是好還是不好？」珍問，「有個大腦袋？」

「啊，是好事。大腦袋會塞滿銀幕，本身就很吸引人注意。哎呀，不曉得她會不會演戲。」

「我們連她是誰都不曉得，」珍說，「本來還希望你們其中之一認得她的。」

「我只見過她那一次，」班傑明說，「在卡珊卓的葬禮上。」

「你確定沒在別的地方見過她？她會不會來過這個工作室，跟卡珊卓碰面什麼的？」

「沒有。」班傑明看了一下其他兩個同事，他們也都搖頭。

「你們為什麼問起這個女人？」崔維斯問。

「我們是想查出她跟卡珊卓有什麼關係，還有她為什麼出現在教堂。卡珊卓的繼母不認得她。卡珊卓的鄰居也沒人認出她是誰。」

「這有什麼大不了的呢？出現在陌生人的葬禮上又不犯法。」安柏說。

「沒錯。但是這樣很怪。」

「那天參加葬禮的人很多。為什麼你特別問起這個女人。」

「因為她還出現在另一個地方。」珍敲了鍵盤，神秘女人的第二張圖像出現在螢幕上。那是在冬天的早晨冷光中拍到的，光線刺眼。

「又是她。」安柏說。

「但是背景不同，光線不同。而且是不同天拍的。」班傑明說。

「一點也沒錯。」珍說，「這張是來自另一個葬禮上的監視影片。注意一下，有個男人跟我們的神秘女人牽著手。你們認得他是誰嗎？」

三個電影人都搖頭。

「所以這個女人是怎麼回事？她喜歡隨便找個葬禮參加嗎？」班傑明問。

「我不認為她是隨機挑選葬禮的。第二個葬禮的死者，是另一宗兇殺案的被害人。」

「喔，哇。她對謀殺入迷了？」班傑明又看著另外兩個同事。「這完全就像《再殺她一次，山姆》。」

「什麼？」佛斯特問。

「這是我們幾年前籌拍的一部電影，製片人是我們在洛杉磯的一個好朋友。電影是有關一個哥德風女孩喜歡隨便找個葬禮去參加。最後她吸引了一名兇手的注意。」

「卡珊卓也參與了那部電影？」

「我們四個都參加了，不過其他工作人員還有很多。那部劇情沒什麼特別的。真的是有些人會跑去參加陌生人的葬禮。他們會從悲慟中得到安慰。或者他們想成為社群中的一分子。或者他們對死者有種迷戀。說不定她就是這樣，只是個怪人，根本不認識卡珊卓。」

珍看著螢幕上的那個年輕女子。深色頭髮，美麗，不知名。「不曉得她去參加這兩個葬禮的原因是什麼。」

「誰曉得？這就是為什麼我們喜歡拍恐怖片，」崔維斯說，「有無窮盡的可能性。」

21

綁在火刑柱上，殉道的聖坡旅甲平靜地望向天空，同時火焰包圍著他，燒灼他的皮膚，吞噬他的肉。彩色插圖中的這個男人被火葬柴堆活活燒死時，沒有懇求或尖叫；不，他看起來歡迎這種極度的痛苦，可以帶領他到救世主的懷裡。審視著這張坡旅甲死亡的圖片，珍想到自己有回炸雞肉時被熱油噴濺到，她想像著那種灼痛放大一千倍，想像著火焰燒著了她的衣服，她的頭髮。不同於聖坡旅甲，她不會狂喜地望著天空，而是鐵定尖叫得死去活來。

這個看夠了。她翻到這本書的下一頁，看到了另外一個殉道者，另一幅極度痛苦的人像。那張彩色圖片中描繪出福爾米亞的聖伊拉斯莫的死，血腥到極點。伊拉斯莫躺在一張桌子上，凌虐者劃開他的腹部，把他的腸子繞上一具絞盤。

珍聽到女兒的臥室傳來咯咯的笑聲，瑞吉娜正聽著嘉柏瑞唸睡前故事給她聽，笑聲尖銳又歡樂，使得眼前這本《殉道者之書》裡的圖片似乎更加怪誕了。

門鈴響了。

珍鬆了一口氣，把那本無情又恐怖的圖畫書放下，離開廚房去迎接訪客。

才七個月不見，丹尼爾·布洛菲神父看起來更瘦，也更憔悴了。他的臉讓她想到剛剛正在研讀的那些殉道者，一個接受自己悲慘境遇的男人。

「謝謝你過來，丹尼爾。」珍說。

「我不確定能幫上多少忙，不過我很願意試試看。」他掛大衣時，瑞吉娜的臥室又傳來一陣童稚的笑聲。

「嘉柏瑞正在哄她睡覺。我們去廚房談吧。」

「莫拉會來嗎？」

「不，只有我們兩個。」

她在他眼中看到的那個表情，是失望還是解脫？她帶著他進入廚房，他打量著她攤了滿桌的書和紙張。

「我正在惡補各種聖人的資料，」她說，「沒錯，我早該知道這些了，可是能說什麼？我小時候是教義問答中輟生。」

「我以為你不相信莫拉的理論。」

「我現在還是不確定我相信，但是我已經學到，忽視她的理論並不聰明。因為到頭來，她往往是對的。」珍朝桌上卡珊卓・寇以爾和提姆・麥都葛的檔案夾點了個頭。「現在的問題是，我沒辦法查出任何東西把這兩個被害人連在一起，除了那個在兩場葬禮都出現的神秘女人之外。他們沒有共同的朋友，住在不同的區域，工作的領域不同，上的大學也不同。但他們兩個死前都喝了酒、體內都有K他命，而且兩具屍體死後都被毀損。根據這些毀損，莫拉相信兇手很迷天主教故事。這時候就該你上場了。」

「因為我是聖人和殉道者專家？」

「而且你也熟悉藝術裡的宗教象徵。莫拉是這麼告訴我的。」

「我大半輩子身邊都環繞著宗教藝術，這方面的圖像學我還算是熟悉。」

「那麼，你能不能再看一下這些犯罪現場照片？」珍把她的筆電推到他面前。「如果有任何東西吸引你的注意，任何有可能讓我們更了解兇手想法的，就跟我說一聲。」

「莫拉跟我已經仔細討論過這些照片了。如果現在要談，不是應該找她來嗎？」

「不，我寧可分別聽你們的意見。」她又低聲補充。「這樣對你們兩個都比較單純，你不覺得嗎？」

她看到他雙眼中閃過一抹痛苦，明顯得就像她剛朝他胸口捅了一刀。他在椅子上往後垮坐，點點頭。「她之前打電話給我的時候，我以為我已經準備好要面對了。我以為我們兩個人可以繼續當朋友。」

「你去加拿大避靜，不是應該有助於改變狀況嗎？」

「沒有用。那場避靜感覺上更像是被麻醉。一場又長、又深的昏迷時間。整整六個月，我一直設法不要有任何感覺。然後當她打電話來，當我又見到她，那就像是從昏迷中忽然甦醒。然後痛苦又回來了，一點都沒有好轉。」

「我很遺憾，丹尼爾。我為你們兩個都感到遺憾。」

臥室傳來瑞吉娜的聲音，響亮喊道：「晚安，爹地！」珍看到丹尼爾皺了一下臉，心想：他後悔從未結婚、從未有子女嗎？他是否曾渴望過當年若沒有成為神父、便可以擁有的人生？

「我希望她快樂，」丹尼爾說，「對我來說，沒有比這個更重要的了。」

「只除了你的誓言。」

他憂愁的雙眼看著她。「我十四歲的時候向上帝承諾。我保證要——」

「是的，莫拉跟我說過關於你妹妹的事情。她得了兒童白血病，對吧？」

他點頭。「當時醫生跟我們說已經是末期了。她才六歲，我唯一能幫她做的就是祈禱。上帝回應了我的祈禱，現在蘇菲還健康活著，領養了兩個漂亮的子女。」

「你真的相信你妹妹還活著，只是因為你跟上帝談的這筆交易？」

「你不明白的。你不信神。」

「我相信我們每個人都要對自己人生的種種選擇負責。你十四歲時做了你的選擇，那個原因當時看起來很正確。但是現在？」她搖搖頭。「上帝真有那麼殘忍嗎？」

這番話必定很傷人，因為他沒回答。丹尼爾沉默坐著，雙手放在那本聖人與殉道者的圖畫書上。他也是個殉道者，就像聖坡旅甲那樣堅定地接受命運，在火焰中犧牲。

就在這段沉默中，嘉柏瑞走進廚房，看到一臉挫敗表情的客人垮坐在椅子上，於是他疑問地看了珍一眼。身為一個經驗豐富的調查人員，嘉柏瑞很擅長評估現場狀況，他立刻明白自家廚房裡正在討論的不光是犯罪而已。「一切都還好吧？」他問。

丹尼爾抬頭，看到嘉柏瑞嚇了一跳。「恐怕我幫不上太多忙。」

「不過那個理論很有趣，你不覺得嗎？一個兇手執迷於宗教圖像學。」

「聯邦調查局也參與了這項調查？」

「沒有。這回我只是感興趣的配偶。珍告訴我所有細節了。」

珍笑了。「如果當夫妻不能分享精采刺激的謀殺案，那幹嘛還要結婚？」

嘉柏瑞朝筆電點了個頭。「你覺得怎麼樣，丹尼爾？波士頓市警局漏掉了什麼嗎？」

「這些象徵手法似乎很明顯，」丹尼爾說，心不在焉地點著那些犯罪現場照片。「那位年輕女人的屍體毀損，看起來當然很像是模仿聖璐琪。」他暫停下來，看著一張卡珊卓廚房裡的照片，裡頭的料理台上有一瓶鮮花。「如果你是在尋找宗教象徵，在這束花裡就可以找到很多。白色百合象徵純淨和貞潔。紅色玫瑰象徵殉道。」他暫停。「這束花是哪裡來的？有沒有可能是兇手——」

「不，那是她父親送的生日花束。所以任何你在那束花裡看到的象徵，都純粹是意外。」

「她在她的生日被殺害？」

「三天後。十二月十六日。」

一時之間，丹尼爾瞪著那些花，受贈的年輕女郎只能再活三天了。

「第二個被害人是什麼時候被殺害的？」丹尼爾問，「就是那個年輕男子？」

「十二月二十四日。怎麼了？」

「那他的生日是哪一天？」丹尼爾抬頭看著珍，她看到他眼中有一絲興奮的亮光。嘉柏瑞也注意到房間裡新出現的張力，於是來到桌邊坐下，雙眼盯著丹尼爾。

「我來找一下驗屍報告。」珍說，翻著那些檔案夾。「找到了。提姆．麥都葛。他的生日是——」

「一月二十日？」

她震驚地抬頭，輕聲說：「沒錯，一月二十日。」

「你怎麼會知道他的生日？」嘉柏瑞問。

「教會曆。每個聖人都會有某個特定的紀念日。一月二十日，就是聖思天紀念日，在藝術作品裡面，他被描繪為身上插著亂箭。」

「那聖璐琪呢？她的紀念日是哪一天？」珍問。

「十二月十三日。」

「卡珊卓．寇以爾的生日。」珍驚訝地轉向嘉柏瑞。「就是這個！兇手選擇毀損屍體的方式，就是根據被害人的生日！但是他怎麼知道他們的生日是哪一天？」

「駕駛執照，」嘉柏瑞說，「年輕人去酒吧，幾乎都會被檢查身分證件。而且這兩名被害人胃裡都有酒。所以現在就是要查酒保，或是侍者……」

「提姆．麥都葛屍體上插著箭，」珍說，「兇手剛好有一套箭，只為了萬一他碰巧遇到一個生於一月二十日的人？那麼他的裝備一定很齊全。想想所有殉道者被殺害的兇器，有石頭和箭，有剁肉刀和鉗子。甚至還有一個是被木鞋打死的。」

「特倫托的聖維吉利烏斯，他的紀念日是六月二十六日，」丹尼爾說，「他通常被描繪成拿著殺死他的木鞋。」

「是啊，唔，我不太相信這個兇手的汽車行李廂內有一隻木鞋，只為了或許他會碰到一個六月二十六日生日的人。不，這個行兇者是先挑好他的被害人，然後才去準備工具的。這表示，他有管道得知這些被害人的生日。」

嘉柏瑞搖搖頭。「這個範圍太大了。要查別人的生日很容易。員工紀錄、病歷，還有Facebook。」

「但至少我們知道他的模式了！毀損屍體的方式符合被害人的生日。如果這個兇手之前殺過人，現在我們可以從聯邦調查局的『暴力犯罪逮捕計畫』資料庫查到。」她在筆電上打開一個新的檔案夾，把螢幕轉向丹尼爾。「好，我有個新的任務要給你。」

「這個檔案裡是什麼？」他問。

「這些是新英格蘭地區過去一年所有沒破案的兇殺案。佛斯特和我整理出一份清單，列出每一個有死後損傷的被害人。我們刪去了槍擊死亡之後，就把範圍縮小到這三十二個被害人了。」

「有他們的死亡日期嗎？」

她點頭。「都在附加的驗屍報告上頭。你熟悉教會曆。如果有任何被害人的損傷和生日，符合那些聖人紀念日的，就跟我講一聲。」

丹尼爾緩緩檢視著那份清單時，珍站起來再去沖一壺咖啡。這一夜會很漫長，但還沒吸收新的咖啡因，她的神經就已經開始振奮起來了。我們發現了，她心想。每一個新名字、每一個新日期，都讓他們更有機會，去查出被害人和兇手之間的關鍵連結。她補滿了三個人的咖啡杯，坐下來看丹尼爾點閱那些檔案。

一個小時後，丹尼爾嘆氣搖著頭。「沒有一個符合的。」

「你全都看完了？」

「三十二個案子都看完了。沒有一個損傷跟被害人生日有關的。」他看著珍。「或許你的這兩個案子是他頭兩次殺人。或許目前還沒有其他被害人。」

「也或許我們搜索的範圍不夠大，」珍說，「我們應該回溯到兩年前，甚至三年前。另外應該把地理範圍擴大到新英格蘭之外。」

「不曉得，珍，」嘉柏瑞說，「如果莫拉的理論錯了，你要找的連結根本不存在呢？到頭來可能只是白白浪費太多力氣而已。」

她狠狠瞪著那本研讀了一整晚的聖人書，忽然專注在封面的聖坡旅甲，肉身被火焰吞噬。火。它摧毀了一切。屍體。證據。

她伸手去拿手機。在嘉柏瑞和丹尼爾困惑的注視下，她打給佛斯特。

「你那份火災相關的死亡清單還在嗎？」

「還在啊，怎麼了？」

「E-mail給我。包括所有被歸類為意外的案子。」

「我們之前已經排除了意外的部分。」

「我現在要再包括進來。只要有單獨一個成人被害者的火災死亡案件，就都給我。」

「好，我正在處理。去查你的收件匣。」

「火災意外死亡？」嘉柏瑞一看她掛了電話，就立刻開口問。

「火摧毀了證據。而且火災的被害人未必都會做毒物篩檢。我想知道這些意外死亡中，會不會有些根本不是意外。」

她的筆電發出叮咚聲，顯示佛斯特的電子郵件寄到了。

她打開附加檔案，一份新的案件清單出現了。裡頭有兩打被害人，是過去一年在新英格蘭地區因意外火災而死亡的。「看一下吧。」她說，把筆電轉向丹尼爾。

「被判定為意外火災死亡，通常表示驗屍時發現死者吸入煙霧，」嘉柏瑞說，「這並不符合你那名兇手的模式。另外兩個被害人都是塑膠袋套住頭部、窒息而死的。」

「如果你的被害人已經昏迷了，你就可以讓大火幫你完成任務，不必讓他窒息而死。」

「不過，這樣的手法還是不一樣，珍。」

「我還不準備放棄這個理論。或許窒息對他來說是個新技術，或許他一直在精進——」

「莎拉・貝思特拉許，二十六歲，」丹尼爾說。他的目光從筆電螢幕上抬起來。「她死於羅德島州紐波特的一椿住宅失火。」

「紐波特？」珍站在丹尼爾的肩後閱讀螢幕上的檔案。「十一月十日，單戶獨棟住宅完全燒毀。被害人獨自在家，陳屍在臥室。沒有創傷的痕跡。」

「K他命呢？」嘉柏瑞問。

她懊惱地嘆了口氣。「沒做毒物篩檢。」

「但是你看她的生日，」丹尼爾說，「是五月三十日。而且她死於大火中。」

珍皺眉看著他。「哪個聖人的紀念日是五月三十日？」

「聖女貞德。」

22

珍上一回拜訪紐波特時是盛夏，狹窄的街道上擠滿遊客。她還記得穿著短褲和涼鞋在炙熱的大太陽下緩慢行走，融化的草莓冰淇淋流淌到手臂。她當時肚裡懷著八個月的瑞吉娜，腳踝腫得像香腸，一心只想睡個午覺。然而，這個小城的歷史建築物和人潮熙攘的海岸，都深深吸引著她，而且她和嘉柏瑞當天晚上吃的濃郁龍蝦羹，是這輩子最美味的一餐。

但今天，在這個寒冷的一月天，紐波特完全變了樣。

佛斯特開過這個小城，珍望著車窗外如今門窗緊閉的紀念品店和餐廳，看著遊客絕跡的冬日街道。只有兩個人站在一家酒館外抽菸發抖。

「你以前來這裡的時候，參加過那些小屋的導覽之旅嗎？」

「有。我當時還覺得好笑，他們居然說那些大豪宅是小屋。我們全家人都可以搬到其中一個櫃子裡了。」

「我們去參觀過聽濤山莊後，愛麗絲就一直抱怨。我覺得那棟大宅很酷，但是她說，光一個家族就控制了那麼多錢，實在太過分了。」

「啊，對了。我都忘記愛麗絲是共產黨了。」

「她不是共產黨。她只是有很強的社會正義感。」

珍狐疑地看他一眼。「你最近可談了不少愛麗絲的事情啊。你們兩個真的又復合了？」

「或許吧。而且我不想聽你說她任何壞話。」

「你那位可愛的前妻，我幹嘛要說她任何壞話？」

「因為你就是忍不住。」

「顯然你也忍不住。」

「嘿，你看。」他指著碼頭。「那裡有一家很不錯的鮮魚餐廳。不曉得有沒有開？或許我們可以去那邊吃午餐。」

「讓我猜一下。你跟愛麗絲去那邊吃過。」

「那又怎樣？」

「那我就沒有心情陪你去重溫你和愛麗絲的各種歡樂回憶了。我們回程隨便買個漢堡吃吧。」她看了一眼GPS螢幕。「左轉。」

他們開進美景街，經過那些會點燃愛麗絲社會主義者怒火的大豪宅。在早些年代，這裡就是富豪世家度假的地方，夏天帶著他們的僕人和晚禮服，搭乘馬車來到。到了秋天，那些家族就會回到市區裡同樣奢華的住處，留下這些空蕩而寂靜的宮殿，等著明年夏天的派對季節。珍沒有錯誤的幻想，她很清楚自己在那種社會階層裡屬於哪個位置。她會在廚房洗鍋子，或者去洗束腹和內衣。她當然不會是那些幸運的年輕小姐，在跳舞廳裡搖曳起舞。珍知道自己在這個世間的位置，而且她也學會了知足。

「就是這條街，」她說，「右轉。」

他們離開了豪宅區，駛入一條街道。這裡的住宅沒有那麼巨大，但還是很昂貴，遠遠不是一個波士頓警察住得起的。莎拉・貝思特拉許的丈夫在一家大型出口公司上班，莎拉一定很享受住在這一帶的生活，車道上停著凌志和Volvo汽車，每家人的前院都有完美無瑕的園藝造景。在這條充滿美麗住宅的街道上，忽然出現那處燒黑的石地基，讓人心頭一驚。

珍和佛斯特下了車，望著曾經是貝思特拉許家的那片空地。雖然燒黑的殘餘物都已經清掉了，但是從四周樹木燒黑的樹皮看來，很明顯曾有一場大火肆虐過，而當珍吸氣時，她想像著自己仍能嗅到煙霧與灰燼的臭味。附近鄰居完全沒被波及，那些房子像是不屈的倖存者，在貝思特拉許的產業兩旁聳立，擁有完美的前廊和修剪整齊的樹籬。但是這片鄰舍毀掉的地基，證明了這個悲劇可以找上任何人。火災不會區分富人或窮人；火焰一燒起來，會將他們全部吞噬。

✦

「事情發生的時候，我正好到北京出差，」凱文・貝思特拉許說，「我們公司是出口農產品的，我正在談一筆生意，要把奶粉運到中國。」他的聲音愈來愈小，低垂的雙眼看著米色地毯，那是最近才鋪的，還散發著新家的化學氣味。他的公寓很寬敞且採光明亮，但是其中的一切，從光禿的牆壁到空蕩的書架，都讓珍覺得是暫時性的。兩個月前，在一場火災中，凱文・貝思特拉許失去了他的房屋和他的妻子。現在這裡是他稱之為家的地方，一批毫無特色的公寓大樓，離他和莎拉曾經夢想生兒育女的舊家只有八公里。在這個了無生氣的客廳內，沒有陳列半張照片。

大火奪走了一切。

「我接到消息時，就在午餐時間之前，北京時間，」他說，「紐波特這邊的鄰居打電話給我，說我的房子失火了，消防車已經抵達。他們還沒找到莎拉，那個鄰居當時說，希望她剛好出門不在家。但是我已經知道了。因為莎拉那天早上沒有像平常那樣打電話給我。她每天都會在同一個時間打來的。」他看著珍和佛斯特。「他們說那是意外。」

珍點頭。「根據火災調查員的報告，你太太把點燃的蠟燭放在床頭桌上，然後就睡著了。他們發現她床邊有一瓶蘇格蘭威士忌，所以他們假設——」

「他們假設她喝醉了，疏忽了。」凱文憤怒地搖頭。「那不像莎拉。她從來不會粗心大意。沒錯，她喜歡睡前喝一兩杯，但那不表示她會醉到連火災都吵不醒。我當初就是這麼告訴警方、告訴火災調查人員的。問題是，我愈堅持不可能是意外，他們就愈認真調查我。他們問我是不是有外遇，問莎拉和我是不是在吵架。事發時我在中國又怎樣？我大可以買兇殺人！過了一陣子，我就是不得不接受那一定是意外。因為誰會想要傷害她？一個都沒有。」他看著珍。「然後我接到你的電話。現在一切都改變了。」

「不見得，」珍說，「這只是一個大型調查的一部分。我們正在偵辦波士頓的兩樁兇殺案，想搞清這兩個案子跟你太太的死是否有任何關係。提姆．麥都葛這個名字，對你有任何意義嗎？」

凱文搖頭。「我不認得這個名字。」

「那卡珊卓．寇以爾呢？」

這回他猶豫了。「卡珊卓，」他喃喃道，好像努力要回想起一張臉、一段回憶。「莎拉提到過一個叫卡珊卓的朋友，但是我不記得她姓什麼了。」

「是什麼時候提起的？」

「去年初。莎拉說有個她童年認識的女生打電話給她，約了要吃午餐。我始終沒機會認識她這個朋友。」他自責地搖頭。「大概是因為我又去出差了。」

「你太太是在哪裡長大的，貝思特拉許先生？」佛斯特問。

「麻州。她後來在紐波特的蒙特梭利學校找到工作，就搬來這裡了。」

「她常回波士頓那一帶探望嗎？有朋友或家人在那裡？」

「沒有。她父母都死了，所以布魯克萊那邊其實沒有人可以探望了。」

珍筆記寫到一半，抬起目光。「莎拉是在布魯克萊長大的？」

「對。她在那裡住到中學畢業。」

珍和佛斯特看了彼此一眼。卡珊卓・寇以爾和提姆・麥都葛也都是在布魯克萊長大的。

「你的太太是天主教徒嗎，貝思特拉許先生？」珍問。

他皺眉，顯然對珍的問題很困惑。「她父母是天主教徒，但莎拉好幾年前就離開教會了。」

他哀傷地笑了一聲。「她說，從小是天主教徒，害她到現在都還有創傷。」

「她這話是什麼意思？」

「那只是開玩笑。她以前老是說，聖經太暴力了，應該被列為限制級。」

珍身體前傾，脈搏加快。「你太太對天主教聖人有多熟？」

「比我熟很多。我從小就是不可知論者，但是莎拉可以看著一幅畫說，那是聖司提反，他是被眾人丟石頭砸死的。」他聳聳肩。「我猜想天主教的主日學就是在教小孩這些。」

「你知道她小時候去的是哪一所教堂嗎？」

「不曉得。」

「哪所中學？」

「抱歉，我不記得了。」他暫停一下。「我可能從來不曉得。」

「你知道她在布魯克萊有什麼童年好友嗎？」

這個問題他想了好久，還是無法回答。反之，他只是看著窗子，窗簾還沒裝上，因為這裡還不是真正的家。或許永遠都不會，或許這裡只是凱文．貝思特拉許的暫時住處，讓他悲慟、療傷，然後他才能重新開始。

「不，」最後他終於說，「我因此責怪自己。」

「為什麼？」佛斯特輕聲問。

「因為我從來沒有守候在她身旁。我老是到處出差，一半的時間都不在家，只靠一個行李箱生活。當我應該在家的時候，卻在亞洲忙著談生意。」他看著他們，珍看到他眼中閃現著內疚。「現在你們來了，問這些有關莎拉童年在布魯克萊的問題，而我一個都答不出來。」

或許另外一個人答得出來，珍心想。

✦

她好幾個星期沒跟伊蓮．寇以爾談過話了，珍撥電話時，很擔心伊蓮幾乎一定會問的那個問題：你們逮到殺害我女兒的兇手了嗎？這是每個家屬都想聽到的消息。他們不想回答更多問題。

他們不想聽藉口。他們希望不確定的狀況能終止。他們想要正義。

「對不起，」珍不得不告訴伊蓮。「我們還沒有嫌疑犯，寇以爾太太。」

「那你打電話來做什麼？」

「你聽過莎拉．貝思特拉許這個名字嗎？」

暫停一下。「不，我不認為我聽過。她是誰？」

「一個年輕女人，最近在羅德島州死於一場火災。她是在布魯克萊長大的，我想知道她是不是認識卡珊卓。她跟你女兒年紀差不多，所以她們可能上過同一所學校，或去過同一所教堂。」

「抱歉，但我不記得任何姓貝思特拉許的女孩。」

「她結婚前叫莎拉．勃恩。他們家以前就離——」

「莎拉．勃恩？莎拉死了？」

「所以你認識她了。」

「是的，沒錯。勃恩家以前就跟我們住在同一條路上。法蘭克．勃恩幾年前死於心臟病發。然後他太太——」

「我還有另外一個名字要問你，」珍打斷她。「你記得提姆．麥都葛嗎？」

「佛斯特警探上星期也問過我這個名字。就是聖誕夜被殺害的那個青年。」

「是的。但現在我要問的是一個叫提姆．麥都葛的男孩。跟你女兒年紀差不多，可能小時候跟她讀同一所學校。」

「那個青年是在布魯克萊長大的？佛斯特警探從沒告訴過我。」

「當時我們認為這不重要。你記得他嗎？」

「有個叫提姆的男孩，但是我不確定他姓什麼。而且那是好久以前發生的事情了。二十年前……」

「二十年前發生了什麼事？」

接下來是好長一段沉默。等到伊蓮終於回答，聲音小得只剩氣音。「蘋果樹。」

23

「蘋果樹安親班虐童案審判時，我還在讀中學，所以我曉得的不會比你多。但是從這堆文件裡，你應該可以查到你需要的。」諾福克郡的檢察官戴娜．史綽特說。雖然她才三十五歲左右，但是灰色髮根已經在她的頭髮間探頭，明白顯示她身為檢察官的壓力沉重，忙得沒空去她很需要的髮廊一趟。「你們應該可以從這幾箱開始。」戴娜說，又把另外一箱檔案放在會議室桌上。

佛斯特喪氣地看著那六個排列在桌上的紙箱。「這些只是讓我們開始？」

「蘋果樹安親班虐童案是諾福克郡有史以來最漫長的刑事訴訟案。這幾箱只是審判前調查的資料，那些調查進行了一年多。所以你們有很多功課要做。祝兩位好運了。」

佛斯特一副絕望的口氣問：「地檢署裡有沒有人能給我們摘要版？當時負責這個案子的檢察官是誰？」

「首席檢察官是愛芮卡．薛伊，但是她這個星期不在波士頓。」

「還有其他人記得這個案子嗎？」

戴娜搖頭。「審判是二十年前了，參與這個案子的其他檢察官全都換了工作。你們也知道從事公職是什麼狀況，警探。太多工作，太少薪水。很多人會換個比較好的工作。」她又低聲說，「我自己也正在考慮。」

「當年審判時曾提供證據的那些小孩，我們必須查出他們所有人的下落。但是我們到處都查不到他們的名字。」

「因為被害人的身分大概都被法庭下令封存了，以保障他們的隱私。這就是為什麼他們的名字不會出現在Google搜尋或媒體報導上。不過因為你們正在進行兇殺案調查，我已經給你們相關資料，可以查閱所有你們需要的紀錄。」戴娜審視著那些紙箱，然後把其中一個推向珍。「來，這個大概就是你想要的。裡頭是那些小孩的審判前訪談紀錄。不過，記住，他們的身分還是要保密的。」

「那當然。」珍說。

「任何東西都不能帶出這個房間，好嗎？如果需要就寫筆記，想影印就跟職員說一聲。但是正本不能帶出去。」戴娜走向門，在門口暫停下來，回頭看。「只是讓你知道一下，我們地檢署真的很不希望這個案子又被挖出來，成為眾所矚目的焦點。就我所聽說的，對於當年參與的每個人來說，那段時間都很痛苦。沒有人想再重溫蘋果樹。」

「我們也是沒辦法。」

「你們確定這個案子跟你們的調查有關嗎？那個審判已經是很久以前的事情了，而且我保證，如果這個案子又登上報紙頭版，愛芮卡．薛伊一定會不高興的。」

「她不肯把這些資訊跟我們分享，有什麼原因嗎？」

「什麼意思？這些箱子不是都搬出來給你們了？」

「但是我們還得打電話去州長辦公室，才能取得這些資料。以前進行兇殺案調查時，我們從來不必這麼做的。」

戴娜好一會兒都沒說話，只是看著那些排列在桌上的紙箱。「我真的不能評論。」

「有人要求你不能多說？」

「聽我說，我唯一能告訴你的就是，那場審判非常敏感。連續好幾個星期都是頭條新聞，而且也難怪。一個九歲女孩失蹤。一個由戀童癖家庭經營的安親班。他們一家人被以謀殺和撒旦儀式虐待的罪名起訴。愛芮卡讓他們的虐待定罪，但是她無法說服陪審團謀殺罪成立。所以你就可以了解，為什麼她會不高興這個案子又被挖出來。」

「我們得找薛伊女士問話。她什麼時候會有空？」

「就像我之前講過的，她出城了，而且我不知道她什麼時候會有空跟你們談。」戴娜再度轉向門。「你們最好趕緊開始。這個辦公室再過兩小時就要下班了。」

珍看著那些箱子嘆了口氣。「我們需要的時間會比兩小時多很多。」

「一個月可能比較夠。」佛斯特咕噥著，從紙箱裡抱出一疊檔案。

珍也抓了一疊檔案，坐在他對面。她先翻閱那些標籤，看到裡頭是訪談紀錄、醫學報告，還有心理學家的評估。

她打開的第一個檔案夾標示著荷莉．迪凡。

她和佛斯特之前閱讀過《波士頓環球報》上有關這樁審判的報導，所以已經很熟悉這個案子的一些基本事實。蘋果樹安親班在布魯克萊，由愛琳娜與康拉德．司坦尼克夫婦以及他們二十二歲的兒子馬丁經營，提供五到十一歲兒童的課後照顧。他們還會在下午直接派巴士去當地小學把小孩接走，對於忙碌的上班族父母來說，是非常有價值的服務。蘋果樹自稱是同時培育頭腦和靈魂的地方。司坦尼克一家在當地天主教堂是風評很好的成員，愛琳娜和康拉德都在教堂教導教義問答。馬丁最近才成為蘋果樹校車巴士的司機，他喜歡用變魔術和氣球玩偶逗小孩開心。經營了五年，蘋果樹安親班連一次值得注意的投訴都沒有。

然後九歲的麗琪．迪帕瑪失蹤了。

十月的一個星期六下午，麗琪走出她家，戴著一頂裝飾著銀色管珠的針織帽，騎著她的腳踏車離開了，從此再也沒有人看到她。兩天後，一個小孩在馬丁．司坦尼克的巴士上發現了麗琪的管珠帽。因為馬丁是那輛巴士唯一的駕駛人，所以他立刻成為麗琪失蹤的主嫌犯。後來不利於他的狀況變得確定，是因為十歲的荷莉．迪凡透露了一個驚人的秘密。

珍打開荷莉．迪凡的檔案，閱讀心理學家對這個小女孩的訪談。

評估對象是十歲女性，跟父母伊麗莎白與厄爾．迪凡同住在麻州布魯克萊。她沒有兄弟姊妹。有兩年，她都是蘋果樹安親班的課後學生。十月二十九日，她跟母親說「蘋果樹發生了不好的事情」，而且她不想再回去。等到被逼問細節，她說：「馬丁跟他媽咪和爹地摸我那些不該摸的地方。」

珍愈來愈驚駭地閱讀著司坦尼克一家對荷莉．迪凡做的事情。搧耳光、撫弄、挫傷，還有插入。她不得不闔上檔案，深吸幾口氣，好讓自己平靜下來。她無法擺脫掉那三個掠食者和他們十歲受害人的畫面，也不免想到自己的女兒，才三歲的瑞吉娜。她想到要是讓她逮到這種惡魔虐待她的女兒，自己會有什麼反應。她想到等到她報復完畢，他們恐怕會屍骨無存。要是珍有朝一日犯了法，那麼她會做的事，就是像一頭母熊會對任何威脅到她幼熊子女所做的。

「提姆．麥都葛當時才五歲，」佛斯特說，從他正在閱讀的檔案抬起頭來，一臉厭惡的表情。「他父母原先根本不曉得他被猥褻了，直到警方打電話去，說他們的兒子可能是被害人。」

「他們都不曉得他被虐待了？」

「完全不知道。莎拉．勃恩也是。心理諮商師訪談了六次，莎拉才終於說出發生的事情。」

珍不太情願地又回去看荷莉．迪凡的檔案。

……他手指放進我裡面，好痛。然後愛琳娜對我這樣做，接著是那老頭也這樣做。比爾和我尖叫，但是沒有人聽得見，因為我們在秘密房間。莎拉、提姆和卡珊卓也在裡頭。我們全都被鎖在那個房間理，他們不肯停止……

她把檔案放在一邊，打開她的筆電，上網搜尋荷莉．迪凡這個名字。她找到Facebook有兩個荷莉．迪凡。一個四十八歲，住在丹佛。另一個是三十六歲，住在西雅圖。波士頓沒有荷莉．迪凡，別處也沒有任何荷莉．迪凡符合當年曾在蘋果樹遭受虐待那個小女孩的年齡。或許她結婚了，現在改成夫家的姓。也或許她只是沒在網路出現而已。

至少她的姓名沒出現在任何訃聞裡。

珍在心理學家的報告上查到荷莉家的電話。二十年後，那個女孩的父母會不會還住在布魯克萊的同一個地址、用同樣的電話號碼？她掏出手機撥號。

響了三聲後，一個男人的聲音接了。「喂？」聲音低沉而冷漠。

「我是波士頓市警局的珍・瑞卓利警探。我在查荷莉・迪凡的下落。你會不會剛好知道——」

「她不住在這裡。」

「你可以告訴我她現在人在哪裡嗎？」

「沒辦法。」

「你是迪凡先生嗎？喂？」

沒有回應，電話掛斷了。

唔，這就怪了。

「天啊。」佛斯特說，瞪著他的筆電。

「怎麼了？」

「我正在看比爾・薩勒文的檔案，當時十一歲。他是被司坦尼克一家虐待的小孩之一。」

比爾。她又打開荷莉・迪凡的檔案，看到那個名字。

比爾和我尖叫，但是沒有人聽得見，因為我們在秘密房間……

「我上Google查了那個名字，」佛斯特說，「一個叫比爾・薩勒文的年輕男人才剛在布魯克萊失蹤。」

「什麼？這是什麼時候的事情？」

「兩天前。這個失蹤的男人年紀一樣，所以可能就是同一個比爾·薩勒文。」他把筆記型電腦轉過來讓珍看。

螢幕上是《波士頓環球報》的一則簡短報導。

星期四清晨，推桿原高爾夫球場附近發現了一輛汽車，車主是一名布魯克萊男子比爾·薩勒文，現年三十一歲，星期一晚上失蹤，他母親蘇珊次日上午報警協尋。他失蹤前的最後身影，是出現在監視錄影的影片裡，正要離開他孔維爾投資公司的辦公室。那輛車是新款的BMW，警方發現車內有血跡，於是把他的失蹤歸類為可疑。

薩勒文先生是投資顧問，身高一八五公分，體重約七十七公斤，金髮藍眼珠。

「同樣的名字。同樣的年齡。」珍說。

「而且這個小男孩的檔案裡，母親的名字也是蘇珊。一定就是同一個小孩。」

「但這不是兇殺案，而是失蹤案。這並不符合模式。」她看著佛斯特。「那個男孩的生日是哪一天？」

佛斯特看了一下比爾·薩勒文的檔案。「四月二十八日。」

珍調出筆電裡頭的教會曆。「四月二十八日，紀念的是米蘭的聖維大理。」

「他是殉道者嗎？」

珍瞪著螢幕。「是的，聖維大理是被活埋的。」

這就是為什麼比爾・薩勒文的屍體還沒被發現。

她跳起來。佛斯特就緊跟在她後面，兩人走出會議室，沿著走廊往前，直奔戴娜・史緯特的辦公室。那位檢察官正在講電話，旋轉椅轉過來，一臉驚訝地看著珍和佛斯特闖入。

「司坦尼克一家，」珍說，「他們還在監獄裡嗎？」

「可以麻煩你們先等我講完這通電話嗎？」

「我們現在就要知道答案。」

戴娜對電話裡說：「他們現在就站在我辦公室裡。我稍後再打給你。」她掛斷電話，看著珍。「這一切是怎麼回事？」

「司坦尼克一家人在哪裡？」

「真的，我不懂為什麼要這麼急。」

「司坦尼克一家去坐牢，是因為安親班裡的小孩指控他們虐待。那些小孩的其中三個現在死掉了。還有一個剛剛失蹤。我再問你一次。司坦尼克一家人在哪裡？」

一時之間，戴娜只是拿著筆輕敲桌面。「審判不久後，康拉德・司坦尼克就死在監獄裡，」她說，「他太太愛琳娜大約四年前過世，也是在監獄裡。」

「那他們的兒子馬丁呢？他人在哪裡？」

「我剛剛就是在跟當初的檢察官愛芮卡・薛伊講電話。她說馬丁・司坦尼克服完刑期，已經出獄了。」

「什麼時候？」

「三個月前。十月。」

24

爹地打電話給我，他的聲音低而急促。

「有個女人打了好幾次電話來這裡，問起有關你的事情。」他說。

「就是之前打過電話的那個女人嗎？」我問。

「不，這回是另外一個。說她是波士頓市警局的警探。說事情很緊急，要你跟她聯絡，因為她很擔心你的安全。」

「你相信她的話嗎？」

「我查過了。波士頓市警局兇殺組的確有一位瑞卓利警探。但是很難講，反正再小心也不為過，寶貝。我什麼都沒告訴她。」

「謝謝，爹地。如果她再打來，別跟她講話了。」

我聽到電話那頭的他在咳嗽。那咳嗽久治不癒，已經好幾個月了。我以前都跟他說那些該死的香菸有一天會害死他，後來他被我唸叨得煩了，才終於戒掉，但是咳嗽卻沒能停止，進駐他胸部，而且我聽到了溼痰的呼嚕聲。我好久沒去探望他了。我們講好我應該離得遠遠的，因為有個人可能正在監視他的房子，但他的咳嗽讓我很擔心。他是我唯一真正信任的人，要是沒了他，我不曉得該怎麼辦。

「爹地？」

「我沒事的，小貓。」他喘著氣說，「我只希望我的寶貝女兒平安，得想辦法對付他一下了。」

「我也沒辦法做什麼。」

「但是我可以。」他低聲說。

我頓了一下，聽著我父親呼吸得好大聲，然後我想著他剛剛的提議。我父親不是說空話的人，他是會說到做到的。

「你知道我會為你做任何事的，荷莉。什麼事都行。」

「我知道，爹地。反正我們一定要小心，一切都會沒事的。」

但不是一切都沒事，我掛上電話時心想。瑞卓利警探正在找我，我很驚訝她這麼快就把我和其他人連接起來了。但是她不可能知道故事的全貌，而且她永遠都不會知道。

因為我永遠不會說出來。

他也不會。

25

位於里維爾的這棟樓房是整條街最破敗的，三層樓無電梯公寓，再破一點就會被宣告為危樓了。大部分的油漆都早已剝落，珍和佛斯特爬上室外樓梯到三樓時，她感覺欄杆搖晃不穩，想像著整個不結實的樓梯結構就會從樓房脫落，像玩具樓梯般垮下去。

佛斯特敲了門，然後他們顫抖著暴露在戶外，等著有人來開門。他們知道他在屋裡；珍聽得到電視的聲音，而且隔著邊緣磨損的窗簾，她瞥見了些許動靜。最後門終於打開了，馬丁．司坦尼克站在那邊兇巴巴瞪著他們。

二十年前馬丁被逮捕時所拍的照片，是一個戴著眼鏡的二十二歲青年，小麥色的頭髮，仍有張圓胖可愛的娃娃臉。如果珍在街上碰到當年的馬丁，她完全不會提防，只會把他當成一個無害、太溫順而不敢直視她眼睛的年輕人。她本來以為看到的馬丁，會是照片裡那名男子比較老的版本，或許禿了些、胖了些，所以這會兒站在門口的那名男子讓她大吃一驚。獄中二十年，把他變成一個肌肉發達的機器，有著古羅馬格鬥士的壯碩肩膀。他的頭髮剃光了，臉上沒有留下絲毫的柔軟痕跡，且現在有個被打扁的拳師鼻。一道有如醜陋鐵路的疤痕橫過他左眉上方，他的臉頰扭曲，彷佛骨頭被打碎過，然後歪扭著癒合了。

「馬丁．司坦尼克？」珍問。

「你們是誰？」

「我是波士頓市警局的瑞卓利警探。這位是我的搭檔佛斯特警探。我們得跟你問幾個問題。」

「你們恐怕遲了二十年吧。」

「我們可以進去嗎？」

「我已經服完我的刑期，不必再回答任何問題了。」他說著就要關上門。

珍伸出一隻手擋住。「你不會想這樣的，先生。」

「這是我的權利。」

「我們可以現在就在這裡談，也可以去波士頓市警局談。你喜歡哪一個？」

他考慮了一會兒，然後明白自己其實沒有選擇。於是他一個字都沒說，只是讓門開著，自己轉身回到公寓裡。

珍和佛斯特跟著他進去，把寒氣關在門外。

她看了公寓裡一圈，注意力放在一幅聖母與聖子的畫像，裱著金色畫框，掛在牆上一個顯眼的位置。下頭一張桌上有半打家庭照片：一對微笑的男女帶著一個小男孩擺好姿勢面對鏡頭。同樣那對夫婦成了中年，手臂攬著彼此的腰。一家三口圍著營火。所有的照片都是司坦尼克一家，在監獄把他們拆散之前。

馬丁關掉電視，在突來的寂靜中，他們聽得到薄薄的牆壁外傳來的車聲，還有廚房裡冰箱的低沉嗚響。雖然爐子和料理台都擦乾淨了，碗盤也都洗好且放在瀝水板上，但整戶公寓聞起來還是有一股霉味和油耗味，那種臭味大概是建築物本身既有的，是過往歷任房客所留下的遺跡。

「這是我唯一租得到的地方，」馬丁說，看出珍臉上的嫌惡。「我不能回到我布魯克萊的老家，雖然房子還在我名下。我是被定罪過的性犯罪加害人，以前的老家靠近一個小公園遊樂場。我不能住在有小孩活動的區域。為了繳稅，我只好把房子委託出售。所以現在就是這樣。甜蜜的家。」他朝著有污漬的地毯、破爛的沙發一揮手，然後看著他們。「你們來這裡做什麼？」

「我們想問一下有關你的活動，司坦尼克先生。看你某幾天人在哪裡。」

「在我受過那麼多罪之後，為什麼要配合你們？」

「你受過的罪？」珍說，「你認為你是被害人？」

「你知道一個被定罪的戀童癖在監獄裡會發生什麼事嗎？你以為警衛會保護你的安全嗎？根本沒人在乎你的死活。他們只會幫你把傷口縫合，又把你丟回狼群裡。」他的嗓子變了，然後轉身，坐在餐桌旁的一張椅子上。

過了一會兒，佛斯特拉出一張椅子也坐下。他低聲問：「你在監獄裡發生了什麼事，司坦尼克先生？」

「發生了什麼事？」馬丁抬頭，指著自己那張有疤痕的臉。「你看得到發生了什麼事。第一天晚上，他們就打掉了我三顆牙齒。第二個星期，他們打裂了我的顴骨。接下來又打斷了我右手的幾根手指，然後是我的左睪丸。」

「我很遺憾，先生。」佛斯特說。他的口氣聽起來的確很遺憾。在審訊中「好警察、壞警察」的老戲碼裡，佛斯特永遠都是當好警察，因為他扮演這個角色是渾然天成。大家都說他是兇殺組裡的童子軍，他是貓狗的朋友，小孩子和老婆婆都喜歡他。你不可能讓這個人變壞，所以從來沒人去試。

就連馬丁似乎也明白他不是在演戲。佛斯特輕柔的同情語氣讓馬丁忽然別過頭，眼中帶著一抹淚光。「你們想問我什麼？」他問。

「你十一月十日人在哪裡？」珍問，她扮演壞警察。這回不光是演戲而已，自從當了媽媽，任何對兒童的犯罪對她都是觸發點。生下瑞吉娜，讓珍在馬丁．司坦尼克這類人面前覺得自己很脆弱。

馬丁怒目瞪著她。「我不曉得我十一月十日在哪裡。你還記得你兩個月前在哪裡嗎？」

「那十二月十六日呢？」

「一樣。我不知道，八成就坐在這裡。」

「那十二月二十四日呢？」

「聖誕夜？那天我就知道了。我在聖佳蘭教堂吃晚餐。他們每年都準備特別的假期大餐，給我這種人，沒有朋友和家人的。烤火雞、玉米餡麵包和洋芋泥。甜點是南瓜派。問問他們，他們大概還記得我當時在那裡。我夠醜，應該很難忘的。」

珍和佛斯特互看一眼。如果這點確認的話，針對提姆．麥都葛的謀殺，司坦尼克就有不在場證明。這當然會是一個問題。

「你為什麼問這些？」馬丁問。

「還記得你二十年前猥褻過的那些小孩嗎？」

「從來沒發生過。」

「你被審判、定罪了，司坦尼克先生。」

「因為那個陪審團相信一堆謊言。因為那個檢察官要獵女巫。」

「因為幾個小孩有勇氣說出來。」

「他們太小了不懂事。隨便大人教什麼，他們就說出來。一堆瘋狂的事情，不可能的事情。你自己去看那些證詞抄錄稿。馬丁殺了一隻貓，逼我們喝下貓血。馬丁帶我們到樹林裡跟魔鬼見面。馬丁讓一隻老虎飛起來。你相信其中有任何一件事發生過嗎？」

「陪審團相信。」

「他們聽了一堆胡說八道。檢方說我們崇拜魔鬼——甚至是我媽，她一星期去參加三次彌撒。他們說我開著巴士去接了小孩，然後載他們去樹林猥褻他們。他們甚至指控我殺了那個小女孩。」

「麗琪．迪帕瑪。」

「只因為她的帽子在我的巴士上。然後那個可惡的迪凡太太跑去報警，忽然間，我就成了個惡魔。我殺害小孩，還拿來當早餐吃掉。」

「迪凡太太？荷莉的母親？」

「那個女人到處都看到魔鬼。她看我一眼，就宣稱我很邪惡。難怪她女兒有那麼多故事可以講。說我怎麼把小孩綁在樹幹上，吸他們的血，用樹枝猥褻他們。然後那些檢察官又讓其他小孩重複那些故事，最後的結果就是這樣。」他再度指著自己的臉。「坐牢二十年，斷掉的鼻子，打爛的下巴。一半的牙齒都掉了。我能活下來，只因為我學會了反擊，不像我爸。他們說他是死於中風。他們說他一根血管爆開，流進腦部。其實是監獄摧毀了他。但是沒有摧毀我，因為我不允許。我要活得夠久，看到正義實現。」

「正義？」珍說，「或是復仇？」

「有時候兩者沒有差別。」

「坐牢二十年，給了你很多時間去思考，去累積一腦袋憤怒。有時間去策劃要怎麼報復那些害你坐牢的人。」

「我當然想要報復他們。」

「即使當時他們只是小孩？」

「什麼？」

「你猥褻過的那些小孩，司坦尼克先生。當初他們跟警方說出你對他們做的事，你要讓他們為這個付出代價。」

「我指的不是那些小孩，而是那個起訴我的賤貨。愛芮卡·薛伊明知道我們是無辜的，但她無論如何還是要把我們燒死在火刑柱上。等到這個我認識的記者寫出書來，一切就會真相大白了。」

「你描述的方式很有趣：燒死在火刑柱上。」珍看著牆上那幅聖母與聖子像。「我知道你是個信仰虔誠的人。」

「再也不是了。」

「那你家裡為什麼要掛那幅聖母馬利亞和耶穌的畫像？」

「因為那是我母親的。她的東西我只剩下這個，還有一些照片了。」

「你從小是天主教徒。我敢說你熟悉所有的聖人和殉道者。」

「你講這些是什麼意思？」

她從他眼中看到的困惑是真的嗎？那是無辜者的不解反應？或者只不過是他演技很好？

「告訴我聖璐琪是怎麼死的吧。」她說。

「為什麼？」

「你到底知不知道？」

他聳聳肩。「聖璐琪被折磨，然後他們剜出她的雙眼。」

「那聖思天呢？」

「羅馬人用亂箭射死他。這些到底是怎麼回事？」

「卡珊卓・寇以爾。提姆・麥都葛。莎拉・勃恩。這些名字對你有任何意義嗎？」

他沉默了，但是臉色轉白。

「你一定記得當年你每天放學後接走的小孩吧？搭你巴士的那些小孩？跟檢方說你私下對他們做了些什麼的小孩？」

「我什麼都沒對他們做。」

「他們死了，司坦尼克先生，三個人都是。全都是在你出獄之後。這不是很有趣嗎？你在牢裡待了二十年，終於出獄後，忽然間，砰、砰、砰，就開始有人死掉了。」

他在椅子上猛然往後一靠，好像有人打了他一拳。「你以為是我殺了他們？」

「你能怪我們做出這個結論嗎？」

他不敢置信地詫笑一聲。「是啊，不然你們要怪誰？反正矛頭總是指向我。」

「你殺了他們嗎？」

「不，我沒有殺他們。但是我很確定，你們反正會想辦法證明是我殺的。」

「我跟你說我們打算怎麼做吧，司坦尼克先生，」珍說，「我們打算搜索你的住處和車子。你可以跟我們合作，允許我們搜。或者我們也可以麻煩一點，去申請搜索令。」

「我沒有車子。」他木然地說。

「那你出門怎麼辦？」

「陌生人的好意。」他看著珍。「這世上還是有少數這種人的。」

「你允許我們搜索嗎，先生？」佛斯特問。

司坦尼克放棄地聳了下肩膀。「我說什麼都沒差。你們無論如何都會搜的。」據珍的理解，這就算是同意了。她轉向佛斯特，他掏出手機正要傳簡訊給待命的犯罪現場回應小組。

「你盯著他，」珍對佛斯特說，「我先從臥室開始。」

跟客廳一樣，臥室是個破爛而狹小的空間。唯一的天光來源就是一扇窗，通往外頭建築之間的窄巷。地毯上有斑駁的褐色污漬，房間裡一股髒床單和黴菌的氣味，不過床鋪得很整齊，連一隻亂丟的襪子都沒看到。她先去浴室打開醫藥櫃，想找裝著K他命的藥瓶。但結果只找到阿斯匹靈和一盒OK繃。在洗手台底下的櫥櫃，裡頭放著衛生紙，沒有防水膠帶，沒有繩子，沒有任何兇手的工具。

她回到臥室，察看床底下，摸過了床墊和床座之間。她轉向床頭桌，打開唯一的抽屜。裡頭有一把手電筒、幾顆鈕釦，還有一個裝了照片的信封。她看著那些照片，大部分是幾十年前拍的，當時司坦尼克一家還住在一起。在他們被拆散、再也不能相見之前。看到最後一張照片，她暫停下來。那是兩個六十來歲的女人，兩人都穿著橘色的監獄制服。第一個女人是馬丁的母親愛琳娜，頭髮只剩稀疏的幾縷銀絲，那張臉消瘦得像個鬼。但是嚇到珍的是另一個女人，因為她認得這張臉。

珍把照片翻到背面，看著上頭寫的字：你母親把一切都告訴我了。

珍一臉嚴肅地回到客廳，把那張照片遞向司坦尼克。「你知道這個女人是誰嗎？」她問他。

「那是我母親，在法明頓監獄死前的幾個月。」

「不，站在她旁邊那個女人。」

他猶豫了。「是她在那邊認識的。一個朋友。」

「你對這個朋友知道些什麼？」

「她在監獄裡很照顧我媽。保護她的安全，不受其他囚犯欺負，就這樣。」

珍把照片翻到背面，指著那些手寫的字。「你母親把一切都告訴我了。這什麼意思？你母親告訴她什麼，司坦尼克先生？」

他沒說話。

「或許是蘋果樹所發生那些事情的真相？麗琪・迪帕瑪埋在哪裡？也或許是你計畫出獄後要

對那些孩子做些什麼？」

「我沒有什麼要說的了。」他突然站起來，讓珍往後縮，嚇了一跳。

「或許其他人有話要說。」珍說，然後掏出手機打給莫拉。

26

照片中的那女人目光直率，好像是在說：*我看見你了*。她半銀半黑的頭髮在方方的腦袋上豎起，有如豪豬的刺。但莫拉最震撼、最熟悉的，是那雙眼睛。那就像是在一面未來之鏡中看著自己。

「是她，是艾曼爾提亞，」莫拉說。她驚愕地看了珍一眼。「她認識愛琳娜·司坦尼克？」

珍點頭。「那張照片是四年前拍的，就在愛琳娜死於麻州法明頓州立監獄之前。我跟典獄長談過，他證實愛琳娜和艾曼爾提亞是好友。她們幾乎從早到晚都在一起，無論是吃飯或是在公共區域。艾曼爾提亞知道蘋果樹，也知道司坦尼克一家對那些小孩做了什麼。難怪她和愛琳娜成為好友。兩個了解彼此的惡魔。」

莫拉審視著愛琳娜·司坦尼克的臉。有些人可能會聲稱，他們可以看到一個人的眼睛閃著邪惡。但是照片裡站在艾曼爾提亞旁邊的這個女人似乎既不邪惡、也不危險，只是生病且累壞了。愛琳娜的雙眼中沒有什麼會警告被害人：*不要靠近。這裡很危險。*

「她們看起來像兩個親切的老奶奶，不是嗎？」珍說，「看著她們，你根本想不到她們真實的那一面，也不曉得她們做過些什麼。愛琳娜死去後，艾曼爾提亞就把這張照片寄給馬丁·司坦尼克，而且自從他出獄後，她就一直寫信給他。兩個兇手彼此交流，一個在外頭，一個在裡頭。」

艾曼爾提亞的話在莫拉的回憶中低語，忽然間，那些話的意義明顯得令人膽寒：你很快就會發現另一個了。

✦

才幾個星期前，莫拉向艾曼爾提亞說了最後一次再見。現在她來到了法明頓監獄的面會室，等著要面對她曾發誓再也不要見面的那個女人。這回她不必獨自面對艾曼爾提亞了。珍會在單面鏡窗的另一頭觀察，準備好萬一談話變得危險，就會隨時介入。

珍透過對講機跟她講話。「你確定你這樣沒問題？」

「我們非做不可。我們得查出她知道些什麼。」

「我好恨把你放在這個位置，莫拉。我真希望有別的辦法。」

「我是她會坦白傾訴的人。我是跟她有連結的人。」

「別再這麼說了。」

「事實如此。」莫拉深吸一口氣。「我們就開始吧，看我能不能利用這個連結。」

「好，他們就要帶她進去了，準備好了沒？」

莫拉僵硬地點頭。門打開，鋼鐐銬的鏗鏘聲宣告著艾曼爾提亞・蘭克的到來。警衛把她的腳鐐銬在桌腿時，艾曼爾提亞的雙眼始終盯著莫拉，眼神銳利得有如雷射光。自從做過一輪化療之後，艾曼爾提亞又胖回來一些，她的頭髮也開始重新長出來，細細短短的。但真正顯露她復元程度的，是那對眼睛。那種狡獪的光亮又回來了，幽深而危險。

警衛出去了，留下兩個女人沉默地望著彼此。莫拉必須抗拒誘惑，不要別開眼睛、轉向那面單向鏡窗尋求安心。

「你說過你不會再回來看我的。」艾曼爾提亞說，「為什麼你又來了？」

「因為你派人送給我的那些照片。」

「你怎麼知道那個箱子是我派人送去的？」

「因為我認得照片裡的那些臉。那是你的家人。」

「也是你的家人。你父親，你弟弟。」

「把那個紙箱送到我家的是一個女人。她是誰？」

「不重要。只是個欠我人情的人，因為我在這裡保護過她。」艾曼爾提亞往後靠坐，朝莫拉露出會意的微笑。「只要我肯，我就會照顧別人。我會確保他們不出事，無論在這些牆內還是牆外。」

真是妄自尊大，莫拉心想。她只是個可悲的老女人，在監獄裡頭就快死了，但是她仍相信自己有操弄他人的力量。我怎麼會覺得她可以告訴我們任何事？

艾曼爾提亞朝單向鏡窗看了一眼。「瑞卓利警探就在那面窗後頭，對吧？她在監視，聽我們說什麼。我老在新聞裡頭看到你們兩個。他們說你們是『波士頓的打擊犯罪女傑』。」她轉向單面鏡窗。「如果你想知道愛琳娜．司坦尼克的事情，警探，你就應該進來這裡，親自問我。」

「你怎麼知道我們來這裡是為了愛琳娜？」莫拉問。

艾曼爾提亞冷哼一聲。「真的，莫拉。你對我的評價這麼低嗎？我知道外頭發生了什麼事，我知道你們碰到了什麼困境。」

「你是愛琳娜．司坦尼克的朋友。」

「她只是我在這裡認識的可憐人之一。我照顧她，保護她的安全。可惜她還沒能回報我，就病死了。」

「這就是為什麼你一直寫信給馬丁．司坦尼克？因為他欠你？」

「我照顧過他母親。為什麼他不能幫我點小忙？」

「比方什麼？」

「幫我買雜誌、報紙，還有我最喜歡的巧克力棒。」

「他也告訴你一些事。比方他計畫做的事。」

「是嗎？」

「我之前去醫院探望你的時候，你說：你很快就會發現另一個了。你的意思是我們會發現另一個馬丁．司坦尼克的被害人，對不對？」

「我這麼說過嗎？」艾曼爾提亞聳聳肩，指著自己的頭。「你知道，化療腦袋。把記憶搞得一片模糊。」

「司坦尼克是不是告訴過你，他計畫要怎麼對付那些當初揭發他的小孩？」

「為什麼你覺得他在計畫任何事？」

這是一場棋局，艾曼爾提亞故意裝傻，想取得更多資訊。她才不會平白透露任何事。

「回答我，艾曼爾提亞。這關係到幾條人命。」莫拉說。

「這跟我應該有關係嗎？」

「如果你還有那麼一點人性，那就應該有關係。」

「你指的是誰的人命？」

「二十年前，五個小孩協助警方把司坦尼克一家送進監獄。現在其中三個小孩死了，一個失蹤了。但是你已經知道這些了，對吧？」

「如果那些被害人不是那麼無辜呢？如果真相是顛倒過來，司坦尼克一家才是真正的被害人呢？」

「上面成了下面，黑色成了白色？」

「你不認識愛琳娜。我認識。我只要看她一眼，就知道她不屬於這裡。大家總喜歡說要消滅邪惡，但是大部分人看到了邪惡，卻認不出來。」

「所以你就看得出來了？」

艾曼爾提亞微笑。「我認得出我的同類。你呢？」

「我從人們的行動判斷他們，而且我知道馬丁．司坦尼克對那些小孩做了什麼。」

「那麼你什麼都不知道。」

「我應該知道什麼？」

「知道有時候上面真的就是下面。」

「你告訴過我，我們很快就會發現另一個被害人。你怎麼會曉得的？」

「你當時好像不在乎。」

「是馬丁．司坦尼克告訴你的嗎？他跟你說了他的復仇計畫嗎？」

艾曼爾提亞嘆氣。「你問的全都是錯誤的問題。」

「那正確的問題是什麼？」

艾曼爾提亞轉向那面單向鏡窗，朝站在玻璃另一頭的珍露出微笑。「你們還沒找到的被害人是哪個？」

✦

「那些全是胡說八道。她講話拐彎抹角只是要愚弄你。好讓你再回去探訪她。」珍狠狠拍了方向盤一記。「該死，我應該自己去跟那個賤貨談的。我不該讓你受那些罪。對不起。」

「我們事前都同意必須由我去，」莫拉說，「我是她信任的人。」

「你是她可以操弄的人。」珍氣呼呼瞪著午後高速公路上的車輛，拖慢了她們返回波士頓的速度。前面是長長的車陣，一路延伸到她們目力所及的最遠處。「從她身上，我們沒問到任何有用的資訊。」

「她提到一個你還沒找到的被害人。」

「她指的大概是比爾．薩勒文，在布魯克萊失蹤的那個青年。如果他像聖維大理一樣被活埋，我們說不定永遠找不到他。我只希望司坦尼克開始把泥土剷進墓穴裡時，那個可憐的傢伙已經失去意識了。」

「如果她講的是另外一個被害人呢，珍？你們一直沒找到荷莉．迪凡。她是不是還活著，你知道嗎？」

「我一直打電話給她父親，可是他始終不肯跟我談。或許這是好事。如果我們找不到她，那兇手也找不到。」

莫拉看著珍。「如果你這麼確定馬丁·司坦尼克是兇手，為什麼不逮捕他？」

珍沉默了。一時之間，她只是無言瞪著前方的車陣。「我沒辦法證明。」最後她終於承認。

「你們搜過他的公寓，難道任何證據都沒發現？」

「沒有K他命，沒有防水膠帶，沒有手術刀，什麼都沒有。他沒車，所以要怎麼把提姆·麥都葛的屍體搬到碼頭？此外，他聖誕夜還有個無懈可擊的不在場證明。當時他在教會的慈善食堂吃晚餐，那些修女記得他。」

「或許他不是你要找的兇手。」

「也或許他有個搭檔。有個人幫他下手殺人。司坦尼克在監獄裡待了二十年，誰曉得他在裡頭認識了什麼人？一定有個人在幫他。」

「你們已經在監聽他的電話了，他都跟什麼人通過話？」

「就是你預料得到的那些人。他的律師、附近的披薩店、有個在寫書的記者，還有他委託出售父母那棟房子的房地產經紀人。」

「其中哪個有前科嗎？」

「沒有。全都查過了，每個都乾乾淨淨。」珍瞪著前面的路。「他一定是跟某個在牢裡認識的人合作。」

一分鐘過去了。「如果司坦尼克是無辜的呢？」莫拉輕聲問。

「他是唯一有動機的。不然還會是誰？」

「我只是擔心，我們好像太早就認定是他。」

珍看著她。「好吧，告訴我，是什麼在困擾你。」

「艾曼爾提亞跟我說過的一件事。她說我對自己太有把握，因而變得盲目，無法看清真相。」

「她又在搞亂你的腦袋了。」

「那如果我們全都很盲目呢，珍？如果馬丁．司坦尼克根本從一開始就是無罪的呢？」

珍懊惱地咕噥一聲，忽然把車子轉入下一個出口坡道。

「你在幹什麼？」

「去布魯克萊。我要帶你去看以前的蘋果樹安親班。」

「還在原來的地方？」

「就在司坦尼克家的側邊。佛斯特和我昨天去那裡看了一下。整個地方已經公開求售了，但是沒有人出價。我猜沒人想要一棟有撒旦氣氛的房子。」

「你為什麼現在要帶我去那裡？」

「因為艾曼爾提亞給你那個暗示，現在你開始懷疑我告訴你的每件事。我想讓你看看我為什麼認為馬丁．司坦尼克絕對是有罪的。」

等到她們抵達司坦尼克家的那棟房子，太陽已經西沉，樹木細長的影子落在白雪覆蓋的前院。靠近大門處還是豎著招牌柱，但是上頭蘋果樹安親班的牌子早就不見了。兒童曾在這片院子玩耍過的唯一證據，就是一架年久失修的鞦韆。莫拉在溫暖的車裡拖延了一會兒，不想跋涉過那片寒冷，到凹陷的前廊。這棟房子是典型的新英格蘭岬角式，有木製遮光板和雙懸窗。護牆板的油漆現在已經像羽毛一般龜裂剝落。碎裂的屋頂瓦在雪地撒下點點柏油。

「我在這裡到底應該要看到什麼？」莫拉問。

「來吧，」珍推開她那邊的車門。「我帶你去看。」

通往前廊那道小徑上積雪及踝，但是已經被前一天來過的珍和佛斯特踩踏過，她們循著同樣表面結冰的足印走向前廊。

「那些階梯已經破裂了，所以要小心。」珍警告。

「屋子的其他部分也這麼破爛嗎？」

「這個地方基本上該拆掉了，」珍抬起靠近門階的一塊石頭，拿出一把鑰匙。「我不懂房地產經紀人為什麼還要費事鎖門。她應該邀請那些破壞狂來放火燒了這個地方，把問題給解決掉。」珍推開前門，那門盪開時發出鬼屋的咿呀聲。「歡迎來到撒旦安親班。」

屋裡感覺上比外頭更冷，彷彿有一股寒氣永遠困在屋裡了。莫拉站在幽暗的門廳，審視著剝落的壁紙上印著的粉紅色玫瑰，很多老奶奶家裡都貼了這種花卉紋壁紙。走道上掛的鏡子破了，寬條松木地板上散布著枯葉和其他垃圾，大概是歷次訪客黏在腳底帶進來，或是開門時被風吹進來的。

「樓上有三間臥室，是司坦尼克一家以前住的。」珍說，「上頭沒什麼好看的，都是空房間。他們的家具多年前就拍賣掉了，好付他們的律師費。」

「這房子還在馬丁．司坦尼克名下？」

「沒錯，但是他不能住在這裡，因為他是登記在案的性犯罪加害人。而且他也負擔不起財產稅，所以他被迫要賣掉這裡。」珍朝走廊尾端指了一下。「他們就在屋子後頭經營安親班，我希望你看的就是那裡。」

莫拉跟著珍經過一個沒了地磚、馬桶有鐵鏽色污漬的浴室，走進以往蘋果樹安親班的兒童娛樂室。幾扇大窗子面對著後院，裡頭冒出了不少幼樹，以前的樹林更逼近屋子了。屋頂會滲水，地板一股霉味。

「你看一下牆壁。」珍說。

莫拉轉身，看著牆上的一些畫像，那些面孔她現在很熟悉了。

「你認得她，對吧？」珍說，指著畫中一個面容平靜、一手握著兩顆眼珠的女人。「我們的老朋友聖璐琪。還有，你看，那是聖思天，身上插著亂箭。聖維大理。聖女貞德，燒死在火刑柱上。愛琳娜．司坦尼克在她的教堂負責教義問答課，而且她確保這裡的小孩都記住所有聖人的紀念日。她甚至要他們找出紀念日跟自己生日同一天的聖人，然後在底下寫自己的名字。看看聖璐琪底下寫的是誰？」

莫拉皺眉看著那印刷體字母，童稚的筆跡寫著卡珊卓．寇以爾。

「這裡是提姆．麥都葛的名字，就寫在聖思天底下。還有比爾．薩勒文的名字，在聖維大理底下。就好像這些孩子在二十年前簽下了自己的死亡令狀。」

「任何天主教學校的教室裡都有聖人畫像。這不能證明任何事，珍。」

「馬丁．司坦尼克就在這棟房子裡長大。每一天，他都會看到這一牆聖人。他知道哪個小孩的生日是聖璐琪紀念日或聖女貞德紀念日。而且你看到愛琳娜怎麼用金色星星標示出殉道者嗎？太棒了，你的聖人死得好可怕！亂石砸死，十字架釘刑，活活剝皮。基督教會最厲害的兇殺全在這裡了，而馬丁就跟他們住在一起。或許他因此受到啟發。」

莫拉注視著那張兩個殉道者的畫像，其中一個手握一把劍。她在聖母榮光教堂的彩繪玻璃上曾看到同一對殉道者。聖芙思卡與聖莫拉。斬首。

「這裡是第五個兒童被害人的名字。就是我們找不到的那個。」珍說。她指著荷莉．迪凡的名字，整齊寫在一張畫像的下方。畫像中是一名男子，鮮血從他張大的嘴裡流出來。

「聖利維努斯。」莫拉說。

「如果我們不趕緊找到荷莉，她最後就會變成這樣。像可憐的老聖利維努斯，舌頭被割掉，讓他不能再講道。」

莫拉顫抖著轉身，不去看那一牆恐怖的圖像。在加深的昏暗中，屋裡更冷了，她感覺到寒氣深入骨頭。她走到窗前，往外看著草木過於茂盛的後院，現在已經轉為一片黑影。

「我一直想到瑞吉娜，」珍說，「如果我是把小孩送到這裡的父母之一呢？你盡力做了一切，好讓你的小孩平安，保護她不受惡魔攻擊，但是你必須工作賺錢，於是不得不把小孩託付給某個人。」

「你很幸運，有你媽幫忙照顧她。」

「是啊，但是如果我媽沒辦法呢？如果我沒有媽媽呢？我很確定這些父母有些也是沒辦法，但是他們從沒感覺到這個地方有什麼不對勁嗎？」

「你這樣說，只是因為你知道這裡發生過什麼事。」

「你沒感覺到那種氣氛嗎？」

「我不相信氣氛。」

「只因為你沒辦法用你那些花俏的科學儀器測量。」

「我能測量的是溫度，而現在我好冷。如果這裡沒有其他要看的，我想——」莫拉忽然暫停，凝視著樹影。「那裡有人。」

珍望著窗外。「我沒看到啊。」

「他剛剛就站在樹林邊緣。面對著這裡。」

「我去看一下。」

「慢著。你不覺得應該請求支援嗎？」

但是珍已經跑出後門了。

莫拉跟著走出去，看到珍衝入常綠灌木叢中，迅速被陰影吞沒。莫拉聽得到她在林下灌木叢中移動，靴子踩斷的小樹枝發出尖銳的爆響。

然後一片安靜。

「珍？」

莫拉心跳得好厲害，循著珍的路線穿過後院，進入幽暗的樹林。白雪掩蓋了樹根和落下的樹枝，她在樹木間跌跌撞撞地前行，吵得就像一頭水牛。她想像珍四肢大張躺在雪地上，想像一名兇手站在旁邊低頭看著她，正要開出致命一槍。

請求支援。

她從口袋掏出手機，凍僵的手指敲著密碼要解鎖。然後她聽到有人大喊著下令：

「不准動！我是警察！」

莫拉循著珍的聲音，踉蹌來到一片小空地，珍握槍站在那裡。幾碼外站著一個人影，雙手舉高，臉藏在夾克帽兜的陰影中。

「你要我打電話找人來幫忙嗎？」莫拉問。

「我們先看看這個人是誰吧，」珍說，然後她朝那個人影厲聲說：「你叫什麼名字？」

「我可以先把兩手放下來嗎？」對方冷靜地回答。是個女人。

「好吧，慢慢放下。」珍說。

那女人放下雙手，把夾克的帽兜往後拉開，儘管有一把槍指著她，她看起來卻出奇地鎮定，打量著珍和莫拉。「這是怎麼回事？我在自己家附近走一走，難道也犯了法？」

珍手上的槍垂下，驚訝地說：「原來是你。」

「對不起。我們認識嗎？」

「你去參加了卡珊卓．寇以爾的追悼儀式，還有提姆．麥都葛的。你跑來這地方做什麼？」

「我在找我爸的狗。」

「你住在附近？」

「是我爸。」那名年輕女人指著樹林外一處亮著燈的房子。「他的狗跑出來，我正在找。我看到你的車，好奇是不是有人想偷偷闖進以前的安親班。」

「你是荷莉・迪凡，對吧？」珍說。

那女人沒有立刻回答。她終於開口時，聲音非常小。「我好幾年沒聽到別人喊我這個名字了。」

「我們一直在找你，荷莉。我打電話給你父親好幾次，但是他不肯跟我說你在哪裡。」

「因為他信不過任何人。」

「唔，你們非得信任我不可，否則你的命恐怕就保不住了。」

「你指的是什麼？」

「我們先找個溫暖的地方，我再仔細告訴你吧。」

27

她們登上厄爾・迪凡那棟簡樸家屋的前廊台階時，迎接她們的是一隻狗的吠叫聲，聽聲音是一條大狗。荷莉開門時，莫拉刻意落後幾步，想像著毛皮和牙齒朝她們飛撲過來。結果那隻黑色的拉布拉多犬對訪客的興趣似乎遠遠不及對荷莉，只見荷莉蹲下來，雙手抓住那隻狗的頭部。

「原來你自己跑回家了，壞小子。」她責備道，「以後我再也不要出去找你了。」

「這兩位是誰，荷莉？」一個低沉沙啞的聲音問。厄爾・迪凡站在門口怒目而視，燈光照得他的臉一片黃色調。從他憔悴骨架上寬鬆的衣服看來，他最近瘦了很多，但是他面對莫拉和珍時，雙臂彎曲、兩手握拳，好像隨時準備好要出拳捍衛他女兒。

「我出去找喬，在以前安親班那裡碰到這兩位女士，」荷莉說，「看來喬決定自己回來了。」

「是啊，他回來了。」厄爾說，但注意力還是停留在珍和莫拉身上。「你們是誰？」

「我跟你通過電話，迪凡先生，」珍說，「我是珍・瑞卓利警探，波士頓市警局的。」

厄爾看著她伸出來的手，終於決定去握。「所以你還是找到我女兒了。」

「你早該把她的下落告訴我，就可以省掉我很多麻煩了。」

荷莉說：「我跟她們說你信不過別人，爹地。」

「連警察都不例外？」珍問。

「警察？」厄爾・迪凡嗤之以鼻。「我為什麼要信任警察？我只要看新聞就知道了。現在這個時代，警察有可能幫我們，但也同樣可能朝我們開槍。」

「我們只是想保護你女兒的安全。」

「是啦，你在電話裡是這麼說的，但是我怎麼知道你講的是不是實話？我怎麼知道你真的是警察？」

「我爸這麼小心是有理由的。」荷莉說，「有一個男人一直盯著我不放，好一陣子了。我還不得不把我的姓從迪凡改成唐納文，免得被他找到。」

「他一直打電話來這裡，問她的下落，」厄爾說，「他甚至還找了個女人幫她打，說她是記者，想跟荷莉談。我才不會因為你說你是警察，就信任你。」

「這個跟蹤狂是誰？」珍問。

「一個荷莉以前認識的年輕人。我從來不喜歡他那個長相。他老是跑來這裡打聽她，但是我想我終於把他嚇跑了。如果他識相，就會離我女兒遠一點。」

「她們來這裡，不是因為那個跟蹤狂，爹地。」荷莉說。

「是因為蘋果樹安親班的事情，先生。」珍說。

厄爾皺眉看著她。「為什麼？那是好久以前的事情了。都已經結束、處理完畢，那些人都被關進牢裡了。」

「馬丁・司坦尼克出獄了。我們認為他想報復當初害他入獄的每一個人，而且我們擔心，他可能會去找荷莉。」

「那個人威脅要對她不利嗎？」

「沒有，但是當初作證不利司坦尼克的小孩裡頭，有三個最近都被謀殺了。第四個現在還是失蹤狀態。所以你就可以明白，為什麼我們很擔心你女兒的安全。」

他注視珍一會兒，然後嚴肅地點了個頭。「我們來聽聽你們打算怎麼對付他吧。」

他們坐在厄爾．迪凡家狹小的客廳裡，破爛的沙發和人造皮扶手椅似乎老舊得都融入地板。有把椅子被厄爾的背部磨出了永久的印子，此時他就坐在有靠墊的那把椅子上。荷莉端著裝了咖啡的馬克杯出來給兩位客人，但是莫拉看了一眼有污漬的杯緣，就小心地把她那杯放下。她發現到處都有污漬——地毯上有以前小狗出狀況留下的許多圓形污跡，沙發扶手上有香菸的灼痕。天花板以往曾有雨水滲入的地方，留下了一層模糊的霉斑。四下沒看到書或雜誌，只有一疊購物廣告刊物和報紙折價券。他們談話時，電視從頭到尾都開著，在客廳裡形成一個始終存在的發亮畫面。

「那些小孩的名字都被法庭下令封存了。當時檢察官是這麼跟我們保證的。」厄爾．迪凡說，他惡狠狠地看著珍。「你怎麼會曉得要來找荷莉？」

「事實上，迪凡先生，是你女兒自己露了臉。」珍轉向荷莉。「你去參加了卡珊卓和提姆的葬禮。所以你一定知道他們兩個都被謀殺了。」

厄爾皺眉看著他女兒。「你都沒跟我說你去參加他們的葬禮。」

「我得搞清他們的謀殺是不是彼此相關，」荷莉說，「都沒人在議論。」

「那是因為當時沒有人發現他們之間有關聯，」珍說，「但是你知道，荷莉。你只需要拿起電話打給警方，就可以讓我的工作省事很多的。」

「我本來希望那是巧合。我不確定。」

「你為什麼沒打電話給警方，荷莉？」珍又問了一次。

荷莉望著她，一時間被珍的嚴厲口氣鎮住了。然後她垂下目光，溫馴地說：「我該打電話的，對不起。」

「如果你打了電話，比爾．薩勒文可能就還活著了。」

「比爾怎麼了？」厄爾問。

「失蹤了，」珍說，「根據他失蹤的種種情況，還有他車上的血，我們相信他已經死了。」

莫拉一直注意著荷莉，看到這個年輕女孩一聽到這個最新消息，頭猛地抬起，雙眼裡有真誠的震驚。

「比爾死了？」

「這事情你不知道？」珍問。

「不。我從來沒想到他會……」

「你說過四個小孩死了，」厄爾說，「但你只跟我們講了三個。」

「莎拉．勃恩十一月死於火災。本來被歸為意外死亡，但現在又重新開始調查了。所以你就明白，為什麼我們一直想聯絡你女兒。」珍看著荷莉。「你一直躲著警察有什麼原因——」

「喂，等一下。」厄爾插嘴。

珍舉起一手示意他安靜。「我想聽你女兒自己說。」

在眾人的注視下，荷莉似乎很努力鼓起勇氣。她直起身子，迎視珍的目光。「那件事情已經死掉、埋葬了，我希望保持這樣。我不希望鬧得大家都知道。」

「知道什麼？」

「關於蘋果樹的事。關於那些人對我做了什麼。你好像不明白，那樣的事情會如何改變一個人；或是當每個人都知道你被猥褻過，是什麼滋味。當他們看著你，從頭到尾他們都在想像……」她抱住自己，低頭看著髒兮兮的地毯。「想想，當初都是我媽送我去那個地方。她說我放學後一個人待在家裡不安全。她認為每個樹叢後頭都躲著不懷好意的男人，等著要強暴我。」

「荷莉——」厄爾說。

「是真的，爹地。媽媽就是那樣，想像滿地都是強暴犯。所以每天我都得爬上他的巴士，然後他載我們去那兒。我們就像羔羊被帶去屠宰場。」她抬起眼睛看著珍。「你看過檔案，警探。你知道我們發生了什麼事。」

「是的，我知道。」珍說。

「全都是因為我媽希望我安全。」

「別再繼續憤恨了吧，荷莉。對你現在不會有任何好處的。」厄爾看著珍。「我太太的童年很辛苦。她小時候出過事，讓她羞愧的事。她有個舅舅……」他暫停。「總之，她很害怕同樣的事情會發生在荷莉身上。審判結束後幾個月，她就過世了，或許是因為那些壓力實在太大了。荷莉和我不得不照顧彼此，只有我們兩個，但我想我們應付得還可以。現在看看我女兒，她去上了大學，找了一份好工作。她最不需要的，就是有人把蘋果樹的事情又挖出來。」

「這是為了荷莉，迪凡先生。我們希望她安全。」

「那就逮捕那個混蛋啊。」

「現在還沒有辦法。我們需要更多證據。」然後珍對荷莉說：「我知道這對你來說很難受，我知道這些是很糟糕的回憶。但是你可以幫我們把馬丁・司坦尼克送進監獄，永遠待在裡頭。」

荷莉轉向她父親，好像要尋求安心。這對父女異常親密，那是鰥居父親和獨生女多年相依為命所打造出來的感情。

「說出來吧，親愛的，」厄爾說，「你就配合警方的需要。我們把那個狗娘養的永遠關起來。」

「只不過──我很難去談馬丁──談他對我做的事──在我爸面前。那太難堪了。」

「迪凡先生，能不能請你迴避一下？」珍說。

厄爾站起來。「我就讓你們私下談。如果需要什麼，親愛的，喊我一聲就是了。」他走進廚房，他們聽到裡頭傳來水流聲，然後是茶壺放上爐子的鏗鏘聲。

「每回我來看他，他就喜歡做晚餐給我吃。」荷莉說，然後苦笑補充：「其實他做菜很難吃，但這是他表達關心的方式。」

「我們看得出他有多麼關心你。」莫拉說。

荷莉似乎這才頭一次注意到莫拉的存在。在此之前，莫拉都保持安靜，讓珍引導整個訪談，但這棟房子裡有一些奇怪的情感在流動，莫拉很好奇珍是否感覺到了。不曉得她是否注意到他們父女有多常看向對方、尋求安心。

「我好幾個月沒來了，因為我們怕那個跟蹤狂在監視這棟房子。這對我爸來說很難受，我都不能來。他是我最要好的朋友。」

「但你卻沒有辦法當著他的面談馬丁．司坦尼克。」

荷莉瞪著她。「你有辦法跟你的父親談一個男人猥褻你的事嗎？談那男人怎麼硬把他的陰莖插到你喉嚨裡？」

珍頓了一下。「沒辦法。」

「所以你就明白，為什麼我和他從不談那件事了。」

「但是我們必須跟你談，荷莉。你得幫我們，這樣我們才能保護你的安全。」

「當初那位檢察官也是這麼說的：告訴我們發生的一切，我們就會保護你的安全。但是當時我很害怕，我不想消失，像麗琪一樣。」

「你認識麗琪．迪帕瑪？」

荷莉點頭。「每一天，我們都一起搭馬丁的巴士去蘋果樹。麗琪比我聰明多了，而且好兇。她會反抗的。或許殺了她是他唯一的辦法，這樣才能阻止她尖叫求助，或者去告訴任何人他對她做的事。她是在一個星期六被擄走的，所以沒有任何小孩看到。我們原先不曉得麗琪發生了什麼事。」荷莉深吸一口氣，看著珍。「直到我發現她的帽子。」

「在馬丁的巴士上。」珍說。

荷莉點點頭。「那時我知道是他幹的。我知道我終於得說出來了。我只是很高興我媽相信我。在她小時候出過那樣的事情後，她從來不懷疑我。但其他家長有的不相信自己小孩說的話。」

「因為其他小孩的說法，有的很難相信，」珍說，「提姆說有隻老虎在樹林裡飛。莎拉說安親班裡有個秘密地下室，司坦尼克一家會把死嬰丟在裡頭。但警方搜查過整棟房子，根本沒有地下室，也當然沒有什麼會飛的老虎。」

「提姆和莎拉當時年紀都很小，很容易搞糊塗。」

「但是你可以理解，為什麼這些陳述沒辦法被接受。」

「你當時不在那裡，警探。你不必每天面對一牆壁的殉道者，背出每一個是怎麼死的。維洛納的聖伯鐸，他的頭被切肉刀劈開。聖樂倫，在烤架上被燒死。聖克勉，脖子纏著鐵錨溺死。要是你的生日剛好是某個殉道者的紀念日，你就有特權戴著殉道者的頭冠，拿著塑膠棕櫚葉，同時每個人圍著你跳舞。我們的父母認為這樣是完全健康的！也因此整個情況才會這麼陰險。邪惡偽裝為虔誠。」荷莉打了個寒噤。「但是麗琪失蹤之後，我終於鼓起勇氣說出來。因為我知道發生在她身上的事情，接下來也可能發生在我身上。我說出真相。這就是為什麼馬丁想要報仇。」

「我們會保護你的安全，荷莉。」珍說，「但是你得幫我們。」

「我應該做什麼？」

「在我們有足夠證據逮捕馬丁·司坦尼克之前，你最好離開波士頓。你有朋友可以投靠嗎？」

「沒有。只有我父親。」

「這裡不是理想的地方。司坦尼克會料到在這裡可以找到你的。」

「我沒辦法丟下工作。我有帳單要付。」她輪流看著珍和莫拉。「他還沒找到我。我待在自己的公寓不是應該很安全嗎？如果我弄把槍來呢？」

「你有持槍許可嗎？」珍問。

「有差嗎？」

「你知道我不能建議你犯法的。」

「但是有時候法律並不合理。要是我死了，你那些蠢法律又有什麼用處？」

莫拉說：「請警方保護怎麼樣，珍？派一個警察去守護她。」

「我會設法安排，但是我們的人力有限。」珍看著荷莉。「同時，要保護你安全的最好方式，就是做好準備，知道要留意什麼。我們相信司坦尼克是跟另外一個人合作，他的搭檔有可能是男人或女人。你在任何狀況下都不能鬆懈。我們知道有兩個被害人體內都有酒和K他命，而這個狀況可能發生在酒吧。所以不要接受陌生人請你喝的酒。事實上，乾脆不要去任何喝酒的地方。」

荷莉睜大眼睛。「他就是這麼做的？在他們的酒裡下藥？」

「但是現在你知道了，所以這種事不會發生在你身上。」

珍的手機響了，她接起時簡短說：「我是瑞卓利。」幾秒之後，莫拉很驚訝地看到珍急忙站起來，走到屋外繼續講電話。隔著關上的前門，她聽到珍問：「這是怎麼發生的？當時監視他的人是誰？」

「怎麼回事？」荷莉問。

「我也不知道。我去看看。」莫拉也走到屋外，把門關上。她站在那裡，全身發抖，等著珍講完電話。

「天啊，」珍掛了電話，轉向莫拉。「馬丁·司坦尼克溜掉了。」

「什麼？這是什麼時候的事情？」

「我們派了一組人，從街上監視他的住處。他從後門溜掉了，之後沒人再看過他。我們完全不曉得他去了哪裡。」

莫拉看了窗子一眼，發現荷莉的臉抵著玻璃，正在觀察她們。她輕聲說：「你們得找到他才行。」

珍點點頭。「在他找到你之前。」

28

隔著客廳的窗子，我看到瑞卓利警探和艾爾思醫師駕車離開。然後我轉向父親坦白：「我好怕，爹地。」

「不必怕。」

「但是警方不曉得他在哪裡。」

爹地把我拉過去，雙手擁住我。曾經，擁抱我父親就像擁抱一棵結實的樹幹。但是最近他瘦了好多，現在擁抱他，就像擁抱著一袋骨骸。隔著他脆弱的胸部，我可以感覺他的心跳貼著我的。

「如果他敢來找我女兒，他就死定了。」他抬起我的臉，注視著我的雙眼。「別擔心。爹地會處理一切的。」

「你保證？」

「我保證。」他握住我的手。「接下來，我們去廚房吧，我有東西要給你看。」

29

「在找到馬丁．司坦尼克之前，我們要怎麼保護她的安全？」譚警探問。

圍著波士頓市警局會議桌而坐，這是在場每一個人心中共同的問題。整個調查規模擴大了，多了克羅警探和譚警探，而且今天上午札克醫師也加入了他們。他們很確定荷莉是司坦尼克的下一個目標，但是不曉得他何時、何地會出擊。

「她的性命有危險，但是她看起來並不特別擔心。」克羅說，「昨天早上，譚和我去她公寓檢查那棟大樓的安全，當時她連跟我們談一下都不肯。只說她上班快要遲到，就走出門了。」

「我有個好消息，」譚說，「我發現她父親有持槍許可。另外，迪凡先生是海軍退伍老兵。或許他可以說服她，讓他搬去跟她住。要保護一個年輕女孩的安全，再沒有比持槍老爸更理想的了。」

珍冷哼一聲。「要讓我爸搬來跟我住，我會先一槍斃了自己。不，荷莉可不是會聽我們指揮的人。她有自己的想法，而且她……不一樣。我還在努力想摸清她。」

「怎麼個不一樣？」札克醫師問。這正是一個鑑識心理學家會問的問題，珍停頓了一下，設法要想出一個回答，好解釋荷莉．迪凡到底是哪一點讓她困惑。

「她對於這個狀況，似乎出奇地冷靜又鎮定。她不肯聽我們的任何建議。不肯離開波士頓，不肯丟下工作。那位小姐主掌大局，而且她不會讓我們忘記這一點。」

「你說這些話，似乎帶著欣賞的意味，瑞卓利警探。」

珍望著札克那對有如爬蟲類動物且令人不安的雙眼。感覺到他一如往常在研究她，這個科學家在刺探她心底最深處的秘密。「沒錯，我的確因此欣賞她。我相信我們每個人都應該掌控自己的人生。」

「不過，這肯定讓我們更難保護她了。」譚說。

「我已經警告過她，讓她知道兇手大概是怎麼接近其他被害人的。他們喝的酒裡面會被加K他命。所以她知道該提防什麼，這是最好的保護。」珍停頓一下。「另外，要是她願意保持現狀，不躲起來，其實可能會讓我們的工作輕鬆些。」

「我們要利用她當誘餌？」克羅問。

「不完全是利用她。只是既然她這麼固執，那我們不妨把握機會。即使她知道司坦尼克要對她不利，也還是不肯讓這件事破壞她的生活，而且堅持原來的生活常態。如果我是她，也會這麼做的。事實上，我已經這樣做過了，幾年前我也曾經碰到像她這樣的狀況。」

「你在講的是什麼狀況？」譚問。他才剛加入組裡，所以四年前沒參與那樁調查，當時珍在追獵一位綽號「外科醫生」的兇手，但外科醫生忽然反過來，把她當成追殺的目標。

佛斯特低聲說，「她是指沃倫・荷伊。」

「當一名行兇者逼得你改變原來的生活，他就已經擊敗你了。」珍說，「荷莉拒絕投降。而既然她這麼頑固，我認為就乾脆順應情況。我們繼續監視她，在她那棟公寓大樓和她上班的地點裝設監視攝影機，等待司坦尼克採取行動。」

「你想她會不會願意戴個手鍊監視器？」譚問，「這樣有助於我們追蹤她。」

「你自己去想辦法說服她啊。」

「這位小姐為什麼這麼抗拒？」札克醫師問，「你有任何洞見嗎，瑞卓利警探？」

「我想那只是她的天性。別忘了，荷莉過去有過反擊的紀錄。她是第一個站出來指控司坦尼克一家猥褻她的，對一個十歲的小女孩來說，那需要很大的膽識。要不是荷莉，往後就不會有逮捕，也不會有審判。這些虐待說不定還會持續很多年。」

「沒錯，我看過她和心理學家的訪談。」札克醫師說，「荷莉絕對是最精確、最可信的，但其他小孩的說法，就顯然遭到污染了。」

「什麼意思，札克醫師？」譚問，「污染？」

「那些年紀比較小的小孩，他們講的故事很荒唐。」札克說，「有個女孩說他們會殺害貓和嬰兒，獻祭給魔鬼，然後丟進地窖。」

珍聳聳肩。「小孩子講話都會比較誇張。」

「或者是有人教過他們？檢方促使他們編出那些說法？別忘了，司坦尼克一家的審判發生時，是在刑事司法一個奇特的時期，當時一般大眾相信全國各地都有撒旦教派。我在一九九〇年代初參加過一個鑑識心理學家研討會，聽到一位所謂的專家描述，說這些教派形成了一個廣大的網絡，他們會虐待兒童，甚至殺嬰獻祭。她宣稱她的病人中有四分之一都是儀式虐待的倖存者。全國各地都有類似蘋果樹這樣的案子在進行刑事審判。很不幸，其中很多審判的根據並不是事實，而是恐懼和迷信。」

「為什麼小孩會想出這些詭異的故事?應該至少有幾分真實吧?」譚問。

「我們就拿其中一個儀式虐待的審判來說好了,就是加州麥馬丁幼兒園的案子。當初開始調查,是因為一個有思覺失調症的媽媽宣稱,她的小孩遭到學校的一位老師雞姦。警方發函給所有其他家長,警告說他們的小孩可能也是被害人,等到案子進入審判時,指控迅速增加,而且變得愈來愈古怪。有人指控幼兒園裡面舉行狂野的性愛派對,指控小孩被沖下馬桶、進入一個秘密房間,指控攻擊者像變魔術似地飛過空中。結果是一個無辜的男子被定罪,坐了五年牢。」

「你該不會認為馬丁.司坦尼克是*無辜*的吧?」珍問。

「我只是質疑蘋果樹這些小孩的供述是怎麼取得的。其中有多少是幻想的?又有多少是別人教的?」

「荷莉.迪凡身上有實際的傷痕,」珍指出。「檢查她的醫師描述她頭部有瘀青,手臂和臉部有好幾處抓傷。」

「其他小孩都沒有這樣的傷。」

「檢方的一位心理學家說,她訪談過的那些小孩都顯示出被虐待的情緒症狀。怕黑、尿床、夜驚。我可以把法官說的話唸給你聽。他說這些小孩所受到的損害很深遠,而且令人震驚。」

「他當然會這樣說。當時整個國家都籠罩在這一波道德恐慌之下。」

「道德恐慌不會讓一個小孩憑空消失,」珍說,「別忘了,一個叫麗琪.迪帕瑪的九歲女孩的確失蹤了。她的屍體始終沒找到。」

「檢方以謀殺她的罪名起訴馬丁.司坦尼克,但是這部分沒有定罪。」

「只因為陪審團拒絕判他有罪。但是人人都知道是他殺的。」

「你通常都相信暴民的智慧嗎？」札克醫師問，揚起雙眉。「身為一個鑑識心理學家，我在這裡的角色是提供你們不同的觀點，指出你們可能忽略了什麼。人類行為並不是非黑即白，雖然你可能願意這樣想。人類有複雜的動機，而司法的懲罰是由不完美的人類決定的。那些小孩的供述，一定有某些地方讓你覺得困擾。」

「檢方相信他們。」

「你的女兒也大概是三歲，對不對？想像一下，如果她有權力把一整個家庭關進牢裡。」

「蘋果樹那些小孩的年紀比我女兒大。」

「但不見得比她更正確，或更真實。」

珍嘆氣。「現在你講話像艾爾思醫師了。」

「啊，沒錯，永遠抱著懷疑的態度。」

「你愛怎麼懷疑都沒關係，札克醫師。但事實就是，麗琪．迪帕瑪的確是在二十年前失蹤。她的帽子在蘋果樹的校車巴士上被人發現，因此馬丁．司坦尼克成了主嫌犯。二十年後，當初指控他虐待的那些小孩，現在被謀殺了。司坦尼克看起來非常可能是我們要找的兇手。」

「那就說服我，找出證據，證明這些謀殺是他犯下的。任何證據都行。」

「每個行兇者都會犯錯，」珍說，「我們會找出他所犯的錯。」

✦

比爾・薩勒文的母親現在住在一棟漂亮的都鐸式房子裡，離比爾長大的、比較簡樸的那個布魯克萊社區只有一公里半。今天早晨下了一場冷雨，屋外的灌木叢因此罩上一層薄冰，通往薩勒文太太家門廊的那條磚砌小徑看起來好滑，都可以溜冰了。車停下後，佛斯特和珍都還多待在車上一會兒，看著那棟房子，準備好要面對車外的寒冷，以及接下來要進行的那場可怕對話。

「她一定知道她兒子已經死了。」佛斯特說。

「但是她還不知道最糟糕的部分。我很確定我不會跟她說他大概是怎麼死的。」活埋，像聖維大理。也或者兇手好心，確定第一鏟泥土落在屍首上時，被害人已經沒有呼吸了？珍不願去想另外一個可能：當時比爾仍活著且有意識，困在一個箱子內，同時冰凍的泥塊不斷敲打著他的棺材。或者沒有棺材，他被綁住，無助地躺在一個敞開的墓穴裡，冷雨不斷落在他臉上，同時他被丟入的泥土掩埋窒息。這就是她噩夢的來源；這就是警察工作對她造成的影響——如果她允許的話。

「走吧，我們早晚要跟她談的。」佛斯特說。

到了前門，佛斯特按了門鈴，他們等著，全身發抖，同時凍雨敲打著馬路和灌木。在門內，比爾・薩勒文的母親會心驚膽顫，一邊預期著會有壞消息，一邊心底又設法留存著一抹小小的希望火焰。珍總是可以在被害者家人臉上看到那抹希望閃爍；但是她也太常被迫要把那抹火焰掐熄。

開門的那個女人沒邀請他們進去，而是擋在門口一會兒，好像不願意讓悲劇踏入她的屋內。蒼白的蘇珊・薩勒文雙眼乾燥，整張臉僵硬得有如蠟製的，拚命想保持鎮定。她的金髮往後梳，用髮油固定得整整齊齊，身上的乳白色針織長褲和粉紅色毛衣非常適合參加鄉村俱樂部的午餐會。今天，在非常可能是她人生裡最糟糕的這一天，她選擇了佩戴珍珠。

「薩勒文太太，」珍說，「我是波士頓市警局的瑞卓利警探。這位是佛斯特警探。我們可以進去嗎？」

那女人終於點頭，退到一旁讓珍和佛斯特進入門廳。他們脫下潮溼的大衣時，有一段痛苦的沉默。即使是有可怕消息的威脅懸在她頭上，蘇珊仍沒有忽略身為女主人的責任，她俐落地幫他們把大衣掛在門廳的小衣櫃裡，然後帶著他們到客廳。珍的注意力立刻轉到一幅懸掛在粗石壁爐上方的油畫。那是一個金髮青年的畫像，俊美的臉朝光昂起，嘴唇彎成一個寧靜而愉悅的微笑。

她兒子，比爾。

那不是他唯一的影像。整個客廳裡，珍目光所及之處，都有比爾的照片。壁爐架上是他的畢業照，金髮上戴著神氣的學士帽。三角鋼琴上有幾張銀框照片，一張是學步小孩、一張是青少年，還有一張是十來歲在帆船上拍的，曬得一身黑，咧嘴笑著。珍完全沒看到父親的照片；只有比爾，他顯然是蘇珊投注深情的目標。

「我知道這樣搞得他很不好意思，屋裡有這麼多他的照片。」蘇珊說，「但是我好以他為榮。他是任何母親所能期望的、最棒的兒子。」

「有薩勒文先生嗎？」佛斯特問。

「有的，」蘇珊簡短地回答。「還有第二位薩勒文太太。比爾的父親在他十二歲的時候就離開我們了，從此幾乎再也沒有跟我們聯絡，而且我們也不需要他聯絡。我們自己過得很好。比爾非常認真照顧我。」

「你前夫現在人在哪裡？」

「跟他另一個家庭住在德國。但是我們不必談他。」她暫停一會兒，一時間她的鎮定有了裂痕，眼中露出了片刻不安。「你們有沒有發現——你們知道別的事情嗎？」她輕聲問。

「這個調查還是由布魯克萊警局負責，」珍說，「他還是被列為失蹤人口。」

「但是你們是波士頓市警局的人。」

「是的，夫人。」

「在電話裡，你跟我說你是兇殺組的。」蘇珊的聲音顫抖。「這是不是表示你認為……」

「這只表示我們在調查各個角度，考慮所有的可能性。」佛斯特說，很快安撫蘇珊的憂慮。「我知道你已經跟布魯克萊警局的人詳盡談過了，而且我知道要再經歷一次很難受，但或許你會想起什麼新的事情，可以幫助我們找到你兒子。你最後一次看到比爾，是在星期一晚上嗎？」

蘇珊點頭，放在膝上的雙手扭絞著。「我們一起在家裡吃晚餐，烤雞。」她說，露出淡淡的微笑回想著。「之後，他辦公室裡面還有工作要趕，所以他就離開了，那是在大約八點的時候。」

「據我所知，他是做金融工作的？」

「他是孔維爾投資公司的投資組合經理。他有一些非常高淨值的客戶需要很多照顧，所以比爾很努力讓他們滿意。但是別問我他在那裡到底做些什麼事。」她難為情地搖了一下頭。「我對錢的事情一竅不通，都是比爾幫我管理投資，他做得非常好，所以我們才有辦法合買這棟房子。要不是他幫忙，我絕對買不起。」

「你兒子跟你住在這裡？」

「是的。我一個人住太大了。五間臥室，四個壁爐。」蘇珊往上看著挑高的十二呎天花板。「我一個人住在這裡太孤單了，而且自從他父親離開我們，比爾和我就是一個團隊。我照顧他，他照顧我。這是個完美的安排。」

難怪她兒子一直沒結婚，珍心想。誰有辦法跟這個女人競爭？

「跟我們談談星期一晚上吧，薩勒文太太，」佛斯特柔聲提醒。「你兒子離開之後，發生了什麼事？」

「他說他會在辦公室工作到很晚，所以我大約十點去睡覺。次日早晨我醒來時，發現他都沒回家，打手機也沒接，所以我就知道事情不對勁了。我打電話報警，幾個小時後，他們……」蘇珊暫停，清了清嗓子。「他們發現了他的車，棄置在那座高爾夫球場附近。車鑰匙還插在啟動器裡面，他的公事包放在前座。車裡有血。」她膝上的雙手又開始扭絞，是唯一能看出她內心焦慮的線索。珍心想，要是這個女人最後真的失控，讓自己的悲慟發洩出來，那個景象會慘不忍睹。

「警方說有停車場的監視錄影，裡頭顯示比爾在大約十點半離開公司。但是之後就沒有人見過他、或跟他聯絡過。」蘇珊說，「他的辦公室同事都沒有他的消息。他的秘書也沒有。一個都沒有。」她苦惱的雙眼看著佛斯特。「如果你知道發生了什麼事，一定要老實告訴我。這樣沒消沒息的，我受不了。」

「只要還沒找到他，就總是有希望的，薩勒文太太。」佛斯特說。

「是啊，希望。」蘇珊深吸一口氣，直起身子，又恢復了鎮定。「你剛剛說這案子還是由布魯克萊警局負責。那我不懂波士頓警局介入要做什麼。」

「你兒子的失蹤，可能跟我們在波士頓偵辦的其他案子有關。」珍說。

「什麼案子？」

「你還記得卡珊卓．寇以爾這個名字嗎？或者提姆．麥都葛？」

一時之間，蘇珊坐著不動，似乎在搜尋著遺忘已久的記憶。然後她猛地醒悟過來，雙眼忽然睜得好大。「蘋果樹。」

珍點頭。「卡珊卓和提姆最近都被謀殺了，而現在你的兒子又失蹤。我們相信這些案子可能——」

「對不起，我要吐了。」蘇珊猛地站起來衝出客廳。他們聽到浴室的門甩上。

「天啊，」佛斯特說，「我好恨這種事。」

壁爐架上的時鐘滴答響得好大聲。旁邊是比爾和他母親的照片，兩個人在一艘豪華遊艇上咧嘴笑著，船尾有寶藏號，阿卡普科❷的字樣。

「他們兩個很親，」珍說，「她一定心裡有數。在她內心深處，一定曉得他不在了。」她低頭看著茶几，上頭有幾本《建築文摘》整齊散開，像是設計師安排過的。這是個完美的客廳，位於蘇珊．薩勒文完美生活的完美房屋之中。而現在她在浴室裡抱著馬桶吐，她兒子則幾乎可以確定是在墓穴裡腐爛了。

❷ 阿卡普科（Acapulco）是墨西哥海港，也是知名度假勝地。

馬桶沖水聲傳來。接著是走廊的腳步聲，然後蘇珊重新出現，她一臉嚴肅，肩膀勇敢地挺起來。

「我想知道他們是怎麼死的，」她說，「卡珊卓出了什麼事？提姆出了什麼事？」

「對不起，薩勒文太太，但這些是偵辦中的案件。」珍說。

「你剛剛說他們是被謀殺的。」

「是的。」

「我有資格知道更多。告訴我。」

過了一會兒，珍才終於點頭。「請先坐下吧。」

蘇珊坐進一張翼背椅。雖然她依然臉色蒼白，但雙眼堅定，脊椎挺直。「這些謀殺案是什麼時候發生的？」

至少這部分珍可以告訴她。死亡日期已經是公開資訊，新聞都報導過了。「卡珊卓・寇以爾是在十二月十六日被殺害的，提姆・麥都葛是十二月二十四日。」

「聖誕夜。」蘇珊喃喃道，望著客廳另一頭一把空蕩的椅子。「那天夜裡，比爾和我烤了一隻鵝當晚餐。我們一整個白天都在廚房，說說笑笑，喝葡萄酒。然後我們拆了禮物，看了老電影，直到凌晨一點，只有我們兩個人……」她暫停，目光忽然轉回珍身上。「那個男人出獄了嗎？」她不必說名字，他們都知道她指的是誰。

「馬丁・司坦尼克十月出獄了。」珍說。

「我兒子失蹤那一晚，他人在哪裡？」

「這一點我們還沒確認。」

「逮捕他。逼他講出來！」

「我們正在設法找他。但是沒有證據的話，我們不能逮捕他。」

「這不是他第一次殺人了，」蘇珊說，「還有那個小女孩麗琪。他擄走她，殺了她。每個人都知道，只除了那個愚蠢的陪審團。如果他們聽檢方的話，那個男人現在就還在牢裡。而我兒子——我的比爾——」她別開臉，沒辦法看著他們。「我不想再談了。請你們離開吧。」

「薩勒文太太——」

「拜託。」

珍和佛斯特不情願地站起來。他們在這裡沒有查出任何有用的資訊，這場拜訪唯一做到的，就是摧毀這個女人心中還殘存的任何希望。至於找到馬丁·司坦尼克的目標，他們一點進度也沒有。

回到車上，珍和佛斯特看了那棟房子最後一眼，現在只有一個女人在裡頭獨居，她的人生毀了。隔著客廳的玻璃窗，珍看到薩勒文太太的身影在裡頭來回踱步，她很慶幸離開那棟房子，很慶幸能呼吸到沒有染上悲慟的空氣。「他是怎麼辦到的？」她問，「像比爾·薩勒文這樣身高一八三公分的健康男子，司坦尼克是怎麼撂倒他的？」

「K他命和酒。他之前就用過。」

「但是這回一定會有某種掙扎。實驗室證明了車裡那些血是比爾·薩勒文的，所以他一定有反擊。」她發動汽車。「我們開車去高爾夫球場那邊繞一下吧。我想看他的ＢＭＷ是在哪裡被發現的。」

布魯克萊警局已經搜尋過這一帶都毫無所獲，在這個昏暗的下午，也沒什麼可看的。珍把車子停在高爾夫球場邊緣，審視著結了一層冰的草地。凍雨敲打著擋風玻璃，融化的雨水往下流淌。她沒看到附近有監視攝影機；這一段馬路所發生的事情沒有見證，無論是人類或電子儀器；但是比爾車子裡的血說出了一個故事，即使只是儀表板上的幾抹血痕而已。

「兇手把車子丟棄在這裡，但他是在哪裡找上被害人的？」珍問。

「如果他遵循之前的模式，那就是用了酒。一家酒吧，或餐廳。當時已經是晚上了。」

珍又發動引擎。「我們去看一下他工作的地方吧。」

等到珍把車駛入孔維爾投資公司的停車場，已經是下午六點了，這條街上的其他公司和商店都已經打烊，但比爾・薩勒文之前工作的那棟大樓還亮著燈。

「停車場裡有四輛車，」珍觀察道，「有人還在加班。」

佛斯特指著停車場裝設的監視錄影機。「那個一定就是拍到他離開公司的攝影機。」

他們就是從監視畫面得知比爾・薩勒文在星期五晚上八點十五分走進這棟大樓，然後十點三十分又走出來，爬進他的ＢＭＷ開走。然後發生了什麼事？珍納悶著。薩勒文濺了血的ＢＭＷ最後怎麼會棄置在幾公里外的高爾夫球場邊？

珍推開門。「我們去找他的同事聊聊。」

那棟大樓的前門鎖著，一樓裡頭的狀況被遮光簾擋住了。珍敲了門等著。然後又敲一次。

「我知道裡頭有人，」佛斯特說，「我看到樓上的窗子裡有個人走過去。」

珍掏出手機。「我打電話進去，看他們是不是會接電話。」

她還沒來得及撥號，門就忽然打開了。一名男子赫然出現在他們面前，一張撲克臉且保持沉默，上下打量著眼前的兩名訪客，好像要判斷他們是否有資格得到他的注意。

他一身典型的正式上班服裝——白色牛津襯衫，羊毛料長褲，無趣的藍色領帶——但他的髮型和一副指揮的姿態洩漏了身分。珍見過他那一行的男人有同樣的髮型。

「這家公司下班了。」他說。

珍的目光掠過他，看著辦公室裡的其他人。一個人坐在那裡盯著電腦，襯衫袖子捲起來，看起來已經坐在那裡好幾個小時了。一個穿裙子套裝的女人匆匆走過，抱著的紙箱裡裝了爆滿的檔案夾。

「我是波士頓市警局的瑞卓利警探，」珍說，「你是哪個政府單位的？這裡發生了什麼事？」

「這裡不是你的管區，女士。」那個男人開始要關上門。

她伸出一手擋住門。「我們在調查一宗綁架案，有可能是兇殺案。」

「誰的？」

「比爾．薩勒文。」

「比爾．薩勒文沒在這裡工作了。」

門關上，傳來上鎖的聲音。珍和佛斯特站在門口，瞪著門上那個「孔維爾投資公司」的黃銅招牌。

「這件事忽然變得有趣多了。」珍說。

30

我被監視了。菲爾和奧黛麗交頭接耳，不時朝我看上一眼，那種眼神就像是看著某個得了絕症的人。上星期，維多麗亞・阿弗隆炒掉書智媒體，現在改找一家知名的紐約公關公司代理她。雖然我的上司馬克沒有公然責怪我失去了這個客戶，但當然其他人都怪我。雖然我盡了一切可能推銷她那本愚蠢的回憶錄，而且那本書還根本不是維多麗亞寫的。現在我手上只剩十一個作者客戶，很擔心會失去這份工作，警方也還是盯著我不放。

而且在某個地方，馬丁・司坦尼克還在暗中觀察，準備下手殺人。

我注意到馬克走向我，於是立刻轉向我的電腦，寫那篇索爾・葛瑞宣的突破之作的促銷宣傳信。這封信只寫了一半，而到目前為止，我想得到的都是那些老套的、令人厭倦的最高級形容詞。我的手指停留在鍵盤上方，準備為這本其實很糟糕的書想出一些新鮮的用字，但我真正想打的字是：我恨我的工作我恨我的工作我恨我的工作。

「荷莉，一切都還好嗎？」

我抬頭看著馬克，他的表情看起來真的很關心。雖然那個賤貨奧黛麗只是假裝關心，菲爾的同情其實是想拐我上床，但馬克卻似乎是為我擔憂。這是好事，因為或許這表示他畢竟不會開除我。

「你剛剛去吃午餐的時候，一位瑞卓利警探打電話來這裡，想找你談。」

「我知道。」我繼續打字，一連串不假思索的字句，都是出自每個公關人員的字彙庫。令人激動。一讀就無法放下。脈搏加速。「上星期我去探望我爸時，她來找過我。」

「怎麼回事？」

「有個兇殺案調查。我認識那些被害人。」

「被害人不止一個？」

我停止打字，抬起頭來看著他。「拜託，我不能談。警方要求我不能談。」

「當然了。老天，很遺憾你必須經歷這些。你一定很難受。警方知道兇手是誰嗎？」

「知道，但是警方找不到他，而且覺得我可能不安全。這就是為什麼我覺得最近很難專心。」

「唔，這解釋了一切。你生活裡有這麼多事情，難怪對維多麗亞那邊出了一堆狀況。」

「真對不起，馬克。我盡力讓她滿意了，但眼前我的生活一團亂。」我又補充，聲音裡帶上一點動人的顫抖。「而且我好害怕。」

「有什麼我能做的嗎？你要不要請假一陣子？」

「我不能請假。拜託，我真的需要這份工作。」

「沒問題。」他直起身子，用足以讓辦公室裡每個人聽到的聲量說。「只要你需要，在這邊工作多久都行，荷莉。我保證。」他強調地輕敲我的桌面，我看到奧黛麗沉下臉朝我的方向看。不，奧黛麗，我不會被開除了，無論你在我背後講我多少壞話都沒用。但吸引我注意力的不是奧黛麗，而是菲爾，他朝我的辦公桌走來，手裡拿著一把透明玻璃紙包起來的花束。

「這是什麼?」我困惑地問,看著他朝我遞來的花。

「這個主意真不錯,菲爾,」馬克說,拍拍他的背。「你還會想到要給我們的荷莉打氣。」

「這不是我送的,」菲爾承認,聽起來似乎很懊惱他自己沒想到。「送花的人只是送來就離開了。」

每個人都看著我,我拉開玻璃紙,看著一打長莖黃玫瑰襯著滿天星和繁茂的綠葉。我顫抖的手指撥著那些綠葉,沒看到任何棕櫚葉。

「有一張卡片,」奧黛麗說。她一如往常又跑來刺探,大概是想找個可以用來對付我的事情。「是誰送的?」

那三個人擠在我辦公桌周圍,我別無選擇,只能當著他們的面打開卡片的信封。卡片裡沒寫幾個字,而且字跡清楚無誤。

我想念你。埃佛瑞。

菲爾瞇起眼睛。「誰是埃佛瑞?」

「只是一個我正在交往的人。我們約會過幾次。」

馬克咧嘴笑了。「啊,我嗅到空氣中的愛情了。接下來,各位,我們回去工作吧。讓荷莉享受她的鮮花。」

隨著他們回到各自的辦公桌,我全身的緊繃也隨之解除。這是埃佛瑞送的花,沒什麼好擔心的。自從維多麗亞·阿弗隆簽書會的那一夜,我驚慌失措地跑掉之後,就再也沒有跟他見過面。他那天帶去我家的葡萄酒還沒開,放在我廚房的料理台上,等著他下次來訪。過去一個星期,他每天都傳簡訊給我，想見我。這個人就是不肯放棄。

這時一則簡訊又傳來我的手機。當然是埃佛瑞的。

收到我的花了嗎？

我回訊：收到了。好漂亮。謝謝！

下班後碰面喝一杯？

不曉得。一堆事情好瘋狂。

我可以讓狀況好轉的。

我望著桌上的那把黃玫瑰，忽然想到埃佛瑞跟我共度的那第一個美妙夜晚，我們像發情的動物般激動地地抓著對方。我還記得他是個多麼精力充沛的情人，似乎完全清楚我希望他對我做些什麼。或許這正是我今夜需要的。一場熱烈、帶勁的性愛。

他又傳了一則簡訊：玫瑰與薊酒館？五點半？

過了一會兒我回答：好的，五點半。

我放下手機，專注在我一直試著想寫出來的那封宣傳信。我厭惡地打了：我恨我的工作！！！接著又刪除掉，然後放棄了那份草稿。今天想工作根本沒意義。總之，也快五點了。

我關掉電腦，收拾了我為索爾．葛瑞宣那本蠢小說寫的筆記。我會在家裡寫這封宣傳信，也就不必忍受奧黛麗的尖酸刻薄評語和菲爾睜大眼睛的注視了。我打開皮包伸手進去，只是為了確定手槍還在裡頭。一把淑女的槍，那天晚上在我爸家廚房，他遞給我時這麼說，小得不會讓你拿不動，但是火力足以達成任務，又不會有太大的後座力。那把槍感覺冰涼而陌生，但也很安心。

我的小小幫手。

我把皮包揹上肩膀，走出辦公室，準備好要面對任何衝著我來的人或事。

玫瑰與薊酒館裡面沒有埃佛瑞的蹤影。我挑了角落的一張桌子，喝著一杯卡本內蘇維儂紅酒，一邊審視著這家酒吧。這是個舒適而友善的空間，裝潢大半都是深色木頭和黃銅。我從沒去過愛爾蘭，但我想像著那個國家的酒館必然就是這個模樣，壁爐裡的火焰嗶剝作響，壁爐架上掛著健力士啤酒的金色豎琴標誌。但是在這個酒館裡，顧客都年輕而時髦，多半是穿著牛津襯衫、打著絲領帶的企業人士，就連女人都穿著細條紋套裝。在忙碌一天之後，他們來到這裡放鬆，整個酒館已經開始擁擠又吵鬧了。

我看了一下手錶：下午六點了。埃佛瑞還沒出現。

一開始我只感覺到臉上有點模糊的刺麻，彷彿一陣微風吹過。我知道科學研究已經證明人類其實不會真正感覺到別人瞪著你看，但是當我轉頭去看是什麼觸動我臉上的刺麻感，就立刻看到那個站在吧檯的女人在打量我。她四十來歲後段，一頭赭紅頭髮夾雜著漂亮的銀絲。她看起來像是年長的、紅髮的我，但是多了二十年的自信。我們的目光對上，她扯起右邊嘴角微笑，轉頭跟酒保說了些話。

要是埃佛瑞不出現，這家酒館裡當然還有其他令人心動的候選人。

我掏出手機查看新來的簡訊。沒有埃佛瑞的。我正要發簡訊給他時，一杯紅葡萄酒忽然出現在我桌上。

女侍說，「這是你稍早點的同一種紅酒。吧檯那位女士請你的。」

我朝吧檯看了一眼，那位紅髮女子朝我微笑。我覺得以前似乎看過她，但想不起來是何時何地了。是我們真的見過對方，或者她只不過是有一張大眾臉、大眾化的微笑，讓人覺得眼熟而已？那杯紅酒放在我面前，在火光照耀的酒館裡黑得像墨水。我想到這杯來到我手上的葡萄酒要經過多少隻手，從農人到採收工，釀酒人和裝瓶工。然後是倒酒的酒保，送到我面前的女侍，外加其他無數看不見的人。當你認真思考，一杯葡萄酒就像是無數小精靈的工作成果，而你不可能曉得這些小精靈裡頭，是否有任何一個想要傷害你。

我的手機發出鈴聲，埃佛瑞的簡訊傳來。

啊，對不起！最後一刻要跟客戶開會。今天晚上沒辦法過去了。明天打電話給你？

我沒費事回訊給他。而是拿起眼前的酒杯，晃了一圈。這種紅酒我已經喝了一杯，所以知道很乏味，不值得喝第二杯。但是我考慮的不是這杯酒，而是接下來的行動。我該邀請她來我這一桌，讓遊戲開始嗎？

31

「要命，她以為她在做什麼？」珍說。

透過珍的耳機，譚警探的聲音在酒館背景的噪音下幾乎聽不見。「她沒喝那杯葡萄酒。她只是坐在那裡，搖晃著杯子。」

「我們警告過她，跟她說過被害人會被下藥。」珍看著坐在車上她旁邊的佛斯特。「這位小姐是想害死自己嗎？」

「好，稍等一下，」譚說，「有個女人走向她那桌。她正在跟荷莉講話。」

珍望向車窗外，看著對街的「玫瑰與薊」酒館。半個小時前，譚報告說荷莉獨自坐在酒館裡，害珍和佛斯特連忙趕到現場。荷莉不光是拒絕改變日常作息，現在還似乎故意引禍上身。珍感覺荷莉·迪凡並不是那種莽撞的人，但她卻來到這裡，還接受陌生人請她喝的酒。

「那個女人在荷莉那一桌坐下來。」譚告訴她。「白人女性，中年。高高瘦瘦的。」

「荷莉喝了那杯酒嗎？」

「沒有，她們只是在講話，或許彼此本來就認識。我沒辦法確定。」

「譚應該採取行動，」佛斯特說，「把她弄出那個酒館。」

「不，我們先看看接下來會發生什麼事吧。」

「要是她喝了那杯酒呢？」

「我們就在這裡盯著她。」珍望著那家酒館。「或許這就是為什麼她這麼做。她想幫我們引來兇手。她要不是真的很笨，就是非常、非常聰明。我賭她很聰明。」

「現在有個問題了。」譚的聲音從耳機傳來。

「發生了什麼事？」珍厲聲問道。

「她喝了一口。」

「另一個女人呢？她做了什麼？」

「還是坐在那裡。沒有什麼奇怪的舉動。她們只是在談話。」

珍看了一下她手機上的時間。K他命的藥效有多快發作？他們有辦法看出荷莉是不是被藥物影響嗎？五分鐘過去了。然後是十分鐘。

「啊，狗屎。她們兩個都站起來，要離開了。」譚說。

「我們就停在店門前。她們走出來的時候，我們可以堵住她們。」

「她們不是要走前門出去！她們走向後門。我正要追上去……」

「夠了，」佛斯特說，「我們要進去了。」

珍和佛斯特幾乎同時打開車門，然後衝過街。珍是第一個進入前門的，裡頭是爆滿的人群，她一路擠開其他顧客，努力朝後門走。一個杯子摔碎在地上，她聽到有人朝她的方向吼媽的搞屁啊，小姐？但她和佛斯特還是持續往前擠，經過三個在洗手間外頭等待的女人，接著衝出後門。

一條小巷。黑暗。荷莉人呢？

巷子另一頭傳來一個女人的叫喊。

他們衝向那個聲音，避開沿路的條板箱和垃圾，來到巷外的大街上，只見譚已經把一個女人按在牆上。旁邊站著荷莉，不知所措地看著譚把那個女人上手銬。

「你他媽的在搞什麼？」那女人抗議道。

「我是波士頓市警局的，」譚說，「別再抵抗了！」

「你不能逮捕我！我什麼都沒做！」

譚回頭看了珍和佛斯特一眼。「她想跑掉。」

「我當然要跑！我之前根本不曉得你他媽的是誰，在小巷子裡頭堵我們。」

譚把那個女人押著貼牆，珍幫她做了拍搜，確認她身上沒武器。

有個人在人行道上喊：「警察施暴！」

「笑一個，警察大人！你們要登上《偷拍攝影機》了。」

珍回頭看了迅速圍攏過來的人群一眼。每個人都掏出手機，錄下這個逮捕過程。保持冷靜，她心想。盡你的職責，不要讓他們影響你。

「報上你的名字。」珍命令那個女人。

「那你是誰？」

「瑞卓利警探，波士頓市警局。」

佛斯特撿起那女人掉在人行道上的皮包，抽出皮夾。「她的駕照上說她叫邦妮・桑爵吉，四十九歲。地址是博根戴爾路二二三號。」他抬頭。「那是在西羅斯伯里區。」

「桑爵吉？」珍皺眉。「你是記者。」

「你認識這個女人？」譚問。

「對，我幾天前跟她講過電話。她的名字出現在馬丁．司坦尼克的通話清單上。她宣稱她是記者，正在寫有關蘋果樹審判的東西。」

譚把那女人轉過身來面向他們。之前的掙扎讓她下巴留下一道血痕，睫毛膏往下染髒了她的臉頰。

「沒錯，我真的是記者，」那女人說，「另外，相信我，我一定會寫下這次逮捕！」

「你和馬丁．司坦尼克是什麼關係？」珍問。

那女人目光炯炯瞪著她。「原來一切就是為了這個？你們不必抓我，大可以禮貌地開口問。」

「回答我的問題。」

「我告訴過你了。我一直在為我的書採訪他。」

「你宣稱要寫的那本書。」

「去問我的文學經紀人。她會跟你確認的。我是記者，只是盡我的職責而已。」

「而我也只是盡我的職責。」珍看著譚。「帶她回局裡。我要攝影機錄下她講的每個字。」

「為什麼要逮捕她？她做了什麼？」人群裡有人喊道。

「我是記者！我沒做錯任何事！」邦妮回吼道。「只除了設法要說出我們腐敗刑事系統的真相！」

「這段影片會貼上YouTube，小姐。以防萬一你打官司需要！」

譚把邦妮帶走。荷莉站在那群熱心的公民記者裡頭，同樣拿出自己的手機，像其他人一樣拍下這個過程。

珍抓住荷莉的一隻手臂，把她拉到旁邊。「你剛剛到底在想什麼？」

「我做錯了什麼嗎？」荷莉抗議道。

「你跑去酒吧，我明明警告過你可能會發生什麼事的。」

「我是去那邊跟一個朋友碰面。」

「那個女人？」

「不，一個我交往的男人。但他最後一刻取消了。」

「所以你就坐在那邊，接受一杯陌生人請你的酒。」

「我覺得她看起來沒問題。」

「他們也是這樣說殺人魔泰德．邦迪的。」

「她只是女人。一個女人能對我怎麼樣？」

「我跟你說過，馬丁．司坦尼克不是獨自犯案。他有個搭檔幫他，說不定就是這個女人。」

「唔，那你現在逮到她了，對吧？而且你可以謝謝我幫你抓住她。」

「你馬上回家，荷莉。」珍掏出手機。「事實上，我會確保你回到家。」

「你在做什麼？」

「我要找個警察載你回去。」

「那太丟臉了。我才不要搭警車。」

「那如果她在你的酒裡下了藥呢？得有人載你回家。」

「不。」荷莉掙脫她。「我覺得完全沒問題。聽我說，那裡就有個地鐵站。你們已經抓到你們的嫌疑犯；現在我要回家了。」她轉身就走。

「嘿！」珍大喊。

荷莉只是繼續走，沒再回頭看一眼。然後她下了階梯，進入地鐵車站，消失蹤影。

✦

在波士頓市警局偵訊室的明亮燈光下，邦妮・桑爵吉看起來比在街上還狼狽。她下巴的刮傷已經結痂，流下臉頰的睫毛膏被抹得活像是一塊瘀青。珍和佛斯特坐在她對面，中間的桌子上攤著她的物品：一個皮夾裡裝了六十七元現金、三張信用卡、一張駕駛執照。一支安卓系統手機。一個鑰匙圈上頭有三把鑰匙。幾團面紙。還有，最有趣的，就是一個線圈小筆記本，其中一半的紙頁都填滿了詳盡的筆記。珍緩緩翻閱著那些筆記，停在最近的一頁上頭。

她抬頭看著邦妮。「你為什麼要跟蹤荷莉・迪凡？」

「我沒跟蹤她。」

珍舉起邦妮的筆記本。「你這裡寫著她的公司地址。」

「書智媒體是一家公司，他們的地址是公開資訊。」

「你忽然出現在她去的那家酒館，並不是意外。你從她公司跟蹤她到那裡的，對不對？」

「或許吧。我這幾個星期一直想採訪她，但是她很難找。今晚是我第一次跟她夠接近，可以講點話。」

「所以你買了一杯葡萄酒請她。然後想帶著她從後門溜掉。」

「是荷莉堅持我們從後門離開的。她說有人一直在跟著她，她想甩掉。我請她的那杯葡萄酒只是要起個頭，希望她跟我談而已。」

「談有關蘋果樹？」

「我正在寫的那本書是有關儀式虐待審判的。我計畫有一整章要談蘋果樹。」

「蘋果樹已經是二十年前的事了。那個老案子已經死透了，不是嗎？」

「對某些人來說，還是活生生的。」

「比方馬丁・司坦尼克？」

「他對這個案子還念念不忘，有什麼好驚訝的嗎？這個審判拆散了他們一家。毀了他的人生。」

「好笑，你都沒提到他毀掉了那些小孩的人生。」

「你們只是假設他是有罪的。你有沒有想過，司坦尼克一家有可能是無辜的？」

「陪審團不這麼認為。」

「我花了很多個小時採訪馬丁。我仔細查找過那份審判的逐字稿，閱讀了各種對他的指控。那些指控太荒謬了。事實上，二十年前指控過他的一個小孩想撤回自己的說法。她已經準備要簽一份宣示過的書面證詞，說她當年講的沒有一件是真的。」

「慢著，你跟其中一個小孩談過？」

「是的。卡珊卓・寇以爾。」

「你是怎麼找到她的？也是跟蹤她嗎？」

「不，是她找到我的。那些小孩的姓名被法庭封存了，所以我原先根本不曉得有誰。去年九月，卡珊卓看了我幾篇有關儀式虐待審判的報導後，跟我聯繫。她知道我在寫洛杉磯麥馬丁幼兒園案，還有聖地牙哥信仰教堂案，她勸我也該寫蘋果樹的審判。」

「為什麼？」

「因為她一直回想起一些片段。那些細節讓她明白馬丁．司坦尼克是無辜的。我開始研究這個案子，沒多久就可以判定那個審判是一場鬧劇，跟卡珊卓認為的一樣。我不相信司坦尼克一家犯下過任何罪。」

「那麼誰擄走了麗琪．迪帕瑪？」

「這就是最根本的問題，不是嗎？到底是誰擄走那個女孩？那宗擄人案為往後發生的一切鋪了路。那些歇斯底里，那些撒旦虐待的罪名。還有審判的假象。麗琪．迪帕瑪的失蹤讓整個社區嚇壞了，他們準備好要相信任何事，甚至是老虎飛過空中。我這本書要寫的就是這個，警探。原本很理智的人們，可以變成一群憤怒而危險的暴民。」邦妮的臉色激動得漲紅，然後吐出一口氣，往後靠坐在椅子上。

「你似乎對這件事很生氣，桑爵吉女士。」佛斯特說。

「沒錯。你們也應該生氣。一個無辜的人在牢裡待了半輩子，這種事我們所有人都應該生氣才對。」

「生氣到足以幫他計畫復仇？」珍說。

邦妮皺眉。「什麼?」

「幾個小孩當初宣稱司坦尼克一家虐待他們。其中三個小孩現在死了,一個失蹤了。你是不是協助馬丁.司坦尼克查到他們的下落?」

「我本來連他們的名字都不知道。」

「你知道荷莉.迪凡的名字。」

「那是卡珊卓.寇以爾告訴我的。她說當初荷莉是第一個站出來指控司坦尼克一家的小孩。荷莉開啟了一切,我想查出為什麼。」

「你請她喝的那杯葡萄酒,你知道我們會送去化驗吧?等到結果發現裡面有K他命時,你就差不多完蛋了。」

「什麼?不,你們完全搞錯了!我只是想揭發有關美國司法的真相。有關某一個時期,因為集體的歇斯底里,把一些無辜的人送進監獄。」

「麗琪.迪帕瑪很確定被擄走了。」

「但不是馬丁幹的。這表示真正的兇手還逍遙法外。你應該擔心這個才對。」邦妮抬頭看了一眼牆上的鐘。「你們把我留在這裡夠久了。除非你們正式逮捕我,否則我想回家了。」

「先等你回答這個問題,」珍說著,身體前傾,直視邦妮的雙眼。「馬丁.司坦尼克人在哪裡?」

邦妮沒吭聲。

「你真的想保護這個人嗎?在他做過那些事情之後?」

「他什麼都沒做。」

「是嗎？」珍打開她帶進來的檔案夾，拿出一張驗屍照片，啪一聲放在邦妮面前的桌上。邦妮看到裡面是卡珊卓・寇以爾的屍體，瑟縮了一下。

「我知道她被謀殺了，但我不曉得有關……」邦妮看著卡珊卓的空眼眶，打了個寒噤。「不是馬丁幹的。」

「他是這麼告訴你的？」

「卡珊卓正在努力想證明他無罪，他幹嘛殺她？她正準備發誓說那些虐待從來沒有發生過，發誓說她是被檢方引導，講出那些瘋狂的故事。不，馬丁希望她活著。」

「或者他是這麼告訴你的。或許你只是全世界最大的傻瓜。或許他利用你查出這些被害人的下落。你找到他們，他殺了他們。」

「這太荒謬了。」邦妮說，但現在聲音裡有一絲懷疑。顯然她從沒想過有這個可能性：她相信馬丁・司坦尼克是司法不公的悲劇受害者，但其實他只是把她誘入圈套，讓她無意之間成了共犯。

「馬丁從來不怪那些小孩，」邦妮說，「他知道他們只是一場更大棋局的卒子而已。」

「那麼他怪誰？」

邦妮的臉沉下來。「除了成人，還有誰？那些讓審判發生的人，促使審判發生的人。那個檢察官愛芮卡・薛伊，利用這個審判成為她個人事業的跳板，結果也確實如此，她的事業飛黃騰達。你應該去找她談。你會發現她根本不在乎真相，只在乎計分板。」

「我寧可跟馬丁・司坦尼克談，所以我再問你一次。他人在哪裡？」

「他不信任警察。他相信你們都要他死。」

「他人在哪裡？」

「他很害怕！他沒有別人可以投靠。」

「他在你家，對吧？」

邦妮的臉轉為恐慌。「拜託不要傷害他。答應我不要傷害他！」

珍看著佛斯特。「我們走吧。」

✦

「那個女人是最後一塊拼圖，」珍說，「邦妮追蹤到被害人的下落，跟蹤他們到酒吧，在他們的酒裡面下藥。剩下的由馬丁處理。」她看了佛斯特一眼。「還記得那個認出卡珊卓・寇以爾照片的雞尾酒吧女侍嗎？」

「我們原先以為她一定搞錯了，因為她看到卡珊卓跟一個女人坐在一起。」

「結果她沒搞錯。卡珊卓的確是跟一個女人坐在一起。」珍振奮地拍了一下方向盤。「我們逮到她了。兩個都逮到了。」

「除非那杯葡萄酒驗出來沒有K他命。」

「會有的。一定會有的。」珍看了後照鏡一眼，確認克羅和譚的車就跟在後面，兩輛車在繁忙的車陣中緊挨著。

「一切都要感謝那個瘋狂的荷莉．迪凡。」佛斯特說。

「是啊，她瘋狂得像隻狐狸。明知道我們在監視，她還丟下誘餌，看誰會上鉤。結果是個女人。」惡魔有各種形狀和大小，最危險的就是你絕對不會懷疑的，你認為你可以信賴的。像邦妮．桑爵吉這種中年女人太常被忽略，簡直像隱形的，從來不會出現在任何人的雷達上。每個人都只注意漂亮的年輕小姐和魁梧的年輕男子。但比較年長的女人到處都是，隱藏在隨處可見之處。再過二十年，珍也會成為那些隱形灰髮大軍的其中之一嗎？是否有任何人會看得更仔細，明白她真正的模樣：專注、令人敬畏，而且完全有能力扣下扳機？

他們把車停在邦妮．桑爵吉的房子外頭，珍和佛斯特下車時，珍已經解開腰帶上的槍套。他們不曉得司坦尼克被逼到死角時是否會拒捕，得做最壞的打算。對街有一隻狗猛叫，警覺到附近的這場入侵。

「有人在家。」克羅說。

「你們兩個走後門，」珍說，「佛斯特和我從前門進去。」

「你打算怎麼處理？」

「先試禮貌的方法。我會按門鈴，看司坦尼克會不會——」她暫停，被那聲明確無誤的槍響嚇一跳。

「是從屋裡傳來的！」譚說。

沒時間調整計畫了；所有人都衝向前門。譚是第一個進屋的，珍緊跟在後。才進門的那幾分之一秒，她就看到客廳裡的血，到處都是，牆上一片鮮紅的爆炸狀，沙發上有更多的血濺痕。地板上也有，一灘圓形的血緩緩擴大，像個光圈般環繞著馬丁．司坦尼克被擊碎的頭骨。

「丟下！」譚說，「丟下你的武器！」

站在馬丁屍體上方的那名男子沒有放下槍。他被動地打量著眼前四名警探，看到他們站在那裡、拔槍瞄準他，像支槍斃行刑隊，準備好要狠狠射出一波子彈。

「迪凡先生，」珍說，「丟下你的武器。」

「我非殺掉他不可，」他說，「你知道我非得這樣做的。你也是母親，警探，所以你明白的，對吧？這是保護荷莉安全的唯一辦法。唯一能確保這個人渣不能再傷害她的辦法。」他往下厭惡地看著司坦尼克的屍體。「現在一切都結束、處理掉了。我解決了問題，我女兒再也不必害怕了。」

「我們可以再談，」珍輕聲說，曉以大義。「你先把槍丟下吧。」

「沒什麼好談的了。」

「還有很多要談的，迪凡先生。」

「我沒有了。」他的槍往上舉了幾分之一吋。珍的手繃緊，準備開火了，但她沒有。她只是瞄準他的胸部，自己心臟跳得好厲害，她簡直可以感覺到每次的搏動傳送到雙手。

「替荷莉著想一下吧，」珍說，「想想這會對她造成什麼影響。」

「我就是在替她著想。這是我能給她的最後一份禮物。」他扯起一邊嘴角，彎成一抹哀傷的微笑。「這樣處理了一切。」

即使當他抬起手臂把槍指著珍，即使當克羅朝他胸部射出三發子彈，厄爾·迪凡仍在微笑。

32

所以這案子就是這樣結束的，莫拉心想，看著停屍間助理把兩具擔架推出邦妮．桑爵吉的房子。兩宗最後的死亡，兩具最後的屍體。寒風從打開的前門吹入，但那陣新鮮空氣不足以清除這屋裡的暴力惡臭。在這個馬丁．司坦尼克和厄爾．迪凡死去的客廳裡，血、恐懼和攻擊性把各自的化學分子釋放到空氣中，莫拉現在就能聞得到。她沉默站著，吸入那氣味，判讀這個房間。警方無線電的講話聲響個不停，她聽到犯罪現場回應小組的人員走過屋裡每一個房間，但向莫拉講話的是鮮血。她掃視著噴濺痕和牆上的血滴，打量著木頭地板上原先屍體倒下處的兩灘血。警方可能會說，這樣血腥的結局是實現正義，但莫拉察看著那兩灘血，覺得心神不寧。比較大的那灘是馬丁．司坦尼克的，他中槍後心臟還短暫持續跳動，把血液從頭骨的致命傷口輸送出去。厄爾．迪凡沒有活那麼久，血也沒有流那麼久。克羅警探的三顆子彈所擊中的部位，都是靶場上所謂的胸口靶心。克羅的槍法可以得五顆星了。但是每回警方開槍造成致死結果後，接著就會有一些問題，而驗屍必須能處理這些問題。

「相信我，那是正當開槍。我們都會發誓的。」

莫拉轉向珍。「正當開槍是個矛盾修辭法，我以前好像沒聽說過。」

「你知道我的意思啦。你也知道如果可以的話，我很樂意對達倫．克羅落井下石，但這回絕對是正當開槍。厄爾．迪凡殺了司坦尼克，他自己招認了，然後又把槍指向我。」

「但你沒有朝他開槍，你猶豫了。」

「對，或許克羅救了我一命。」

「也或許你的直覺告訴你，厄爾．迪凡不是真的要朝你開槍。或許你比較能看穿他真正的意圖。」

「那如果我錯了呢？我現在可能就死了。」珍搖搖頭，冷哼一聲。「老天，現在我欠那個混蛋克羅一個人情。我寧可中槍算了。」

莫拉往下望著那兩灘融在一起的血，現在凝結發乾了。「為什麼厄爾．迪凡要這麼做？」

「他說是要保護他女兒。說這是他能給她的最後一個禮物。」

「那接著為什麼要把槍指向你？他明知道接下來會怎麼樣的。這很明顯是藉由警方的手自殺。」

「這也讓每個人不必歷經審判的折磨。你想想，莫拉。如果他還活著，最後這案子上了法庭，他的辯護理由就是要保護他女兒。那就會把以前的蘋果樹案子又挖出來，於是全世界都會知道荷莉小時候被猥褻過。或許這是厄爾給他女兒最極致的禮物，他不但保護了她的安全，也保護了她的隱私。」

「謀殺沒有隱私。那些細節最後大概還是會公開。」莫拉脫下她的乳膠手套。「誰負責保管克羅的手槍？」

「他自己交回局裡了。」

「拜託明天不要讓他來停屍間。我不希望有任何人質疑我對厄爾．迪凡的解剖。當《波士頓環球報》報導一個六十七歲的海軍老兵被一名警察射殺時，一般公眾不可能會有好觀感的。」

「但是那個海軍老兵拿槍指著我啊。」

「這種細節要等到報導的第二段才會出現。而一般的讀者向來只讀第一段的。」莫拉轉身準備離開。「我們明天解剖室見了。」

「我真的有必要去嗎？我知道這兩個人是怎麼死的，所以不會有任何意外結果的。」

莫拉暫停下來，回頭看了整個房間，還有濺血的牆壁。「你永遠不曉得解剖會發現什麼。我感覺這整件事結束得太乾淨俐落了，而且還有很多問題沒有答案。」

「邦妮．桑爵吉可以填補其中的空白。我們只是得設法讓她說出來。」

「你沒有證據，可以證明她協助司坦尼克殺害任何人。」

「證據一定就在這棟房子裡，或者在她車上。來自被害人的毛髮、纖維。一批K他命。我們會想辦法找到的。」

珍的口氣很有把握，但莫拉走出門上車時，卻遠遠沒有那樣的信心。她坐在駕駛座上，望著那棟燈火通明的房子。犯罪現場鑑識人員的剪影經過窗內，尋找證據去支持他們已經相信的：邦妮．桑爵吉是兇手的共犯。「確認偏誤」（confirmation bias）曾經害很多科學家出錯，無疑也曾害過很多警察。你只發現你在尋找的，於是就很容易忽略其他事情。

莫拉的手機發出了收到簡訊的叮咚聲，她看了一眼發訊者號碼，又立刻把手機扔回皮包裡，但之前看的那一眼，已經讓她的胃翻攪。*不要是現在*，她心想。*我還沒準備好要想到你。*

開車回家的路上，那則沒回覆的簡訊感覺上像是放在她皮包裡的定時炸彈。她逼自己雙手放在方向盤上，眼睛盯著馬路。她不該重新開啟兩人之間的那扇門，連一點縫隙都不該。現在他們又聯繫上了，她最想要的，莫過於歡迎丹尼爾重返她的生活、重返她的床上。錯誤的一步，莫拉。堅強點，莫拉。你必須當自己的主人。

回到家，她倒了一杯自己非常需要的金芬黛紅葡萄酒，給了小獸遲來的晚餐。那貓只顧著吃，連看她一眼都懶。等到牠舔完了最後一口雞肉罐頭，就只是走出廚房。他們的同伴關係就僅止於此，她心想。她從這瓶紅酒得到的愛還要更多。

她喝著她的金芬黛紅酒，盡量不要去看她放在廚房料理台上的手機。那手機召喚著她，就像鴉片召喚著有毒癮的人，誘惑著她回到心碎的老路上去。丹尼爾的簡訊很短：如果你需要我，就來電。只有短短幾個字，但其中力量讓她癱坐在這張椅子上，琢磨著這則簡訊真正的意圖。如果你需要我真正的意思是什麼？他指的是謀殺調查，要提供更多專家建議嗎？

或者指的是我們？

她喝完那杯紅酒，又倒了一杯。然後拿出她今天晚上在死亡現場寫的筆記，又打開她的筆電。趁著記憶猶新，該是整理思緒的時候了。

她的手機響了。丹尼爾。

她只猶豫了一秒鐘，就拿起手機，只發現螢幕秀出的號碼很陌生。對方不是丹尼爾，而是一個女人，告訴她一個意料之中、但也擔心的消息。她拋下在餐桌上發亮的筆電，直奔門廳的衣櫃拿大衣。

「他們發現蘭克太太倒在她的囚室裡，失去意識。」王醫師說，「監獄護士立刻實施心肺復甦術，他們設法救回了脈搏。但是你從心臟監視儀也可以看到，她頻繁出現心室性心搏過速。」

隔著加護病房的玻璃窗，莫拉看著裡頭已陷入重度昏迷的艾曼爾提亞。「為什麼？」她輕聲問道。

「心律不整可能是她化療的併發症。那些藥物有可能對心臟很不好的。」

「不，我的意思是，為什麼他們還要救活她？他們明知道她有胰臟癌，日子不多了。」

「但是她的狀況，還是被列為必須全力搶救的。」他看著她。「這件事或許你不知道，但是蘭克太太上星期簽了一份醫療委託書。她指定你當她的醫療代理人。」

「我完全不知道。」

「你是她唯一還在世的親人。你有這個權利。你希望把她的狀況改成放棄急救嗎？」

莫拉看著艾曼爾提亞的胸膛，正隨著呼吸器的每一次抽吸而起伏。「她對刺激有反應嗎？」

王醫師搖搖頭。「而且她沒辦法自主呼吸了。沒人曉得她失去意識有多久，所以她很可能已經有缺氧性的腦部損傷。另外也可能有別的神經系統問題。我還沒要求做腦部掃描，但診斷的下一步就是這個，除非你決定……」他暫停，望著莫拉。等著她的回答。

「放棄急救吧。」她輕聲說。

王醫師點點頭。「我想這是正確的決定。」然後他稍微猶豫，才輕拍了她手臂一下，好像他跟莫拉一樣，並不是天生習慣碰觸另一個人類。要知道人在悲慟的時候該說什麼、做什麼，實在太難了；而了解人類身體的種種機制，反倒遠遠容易得多。

莫拉走進病房隔間，站在艾曼爾提亞的床邊，察看所有發出嗶嗶聲和嘶嘶聲的儀器。她以臨床的目光注意到尿袋裡稀少的液體，螢幕上一陣心臟早發性收縮，無法自主呼吸。這些全都是身體停擺、腦子不再發揮功能的跡象。無論艾曼爾提亞・蘭克以前是什麼樣的人，她的所有思緒、感覺和記憶現在都消失了。只剩這具包著肉與骨頭的皮囊。

監視器發出警示音。莫拉往上看著心率，發現一連串鋸齒狀的突起。心室性心搏過速。血壓線垂直下降。隔著窗玻璃，她看到兩名護士急忙走向這個隔間，但王醫師在門口阻止了她們。

「她放棄急救了。」他告訴她們。「我剛剛才寫了醫囑。」

莫拉伸手關掉警示音。

在監視器上，她看到心率惡化，變成心室纖維性顫動，那是艾曼爾提亞垂死心臟的最後抽動。血壓降至零，最後殘存的腦細胞再也無法吸收到氧氣。你生了我，莫拉心想。我身體的每個細胞都有你的DNA，但在其他每一個方面，我們都是陌生人。她想到收養她、珍惜她的養父母，都已經過世了。他們才是她實際上的雙親，因為家人的真正決定因素不是DNA，而是愛。就這方面，眼前這個女人跟她毫無關係，而當她看著艾曼爾提亞臨終的最後時刻，甚至沒有感覺到絲毫的悲慟。

心臟終於停止最後的抽搐，一條水平直線橫過螢幕。

一名護士走進小隔間，關掉呼吸器。「我很遺憾。」她喃喃說。

莫拉深吸一口氣。「謝謝。」她說，然後走出小隔間。她繼續走，走出加護病房區，走出醫院，進入寒氣十足的風中，等到她來到停車場自己的車旁，雙手和臉都凍僵了。這種身體的麻痹符合她心中的感覺。艾曼爾提亞死了，我父母死了，而且我大概永遠都不會有小孩了，她心想。她長年覺得自己在這世上孤單一人，早已接受了，但今夜，站在寒風吹襲的車旁，她才明白自己不想接受，不必接受，她的孤單純粹是自己的選擇。

今夜，我可以改變這一點。

她上了車，掏出手機，又閱讀了一次丹尼爾的簡訊。*如果你需要我，就來電。*

她打電話了。

✦

丹尼爾在她之前就趕到她家。

她到家時，看到那輛車子停在她家車道上，他就坐在車內，任何人都可以看到他。去年他們總是很小心隱瞞他的來訪，但今夜，他拋開了所有的謹慎。她還沒關掉引擎，他就已經下車過來，幫她打開車門。

她下車，投入他的懷抱。

她不必解釋為什麼打給他，不必任何言語。他雙唇的第一個碰觸，就解除了她所有殘存的抗拒。*我又回到陷阱裡了*，她心想，同時他吻著她，兩人一路進屋，通過走廊。

進入她的臥室。

在臥室裡，她完全停止思考，因為她再也不在乎後果了。唯一重要的，就是她又感覺自己活過來、完整了、跟她失去的靈魂伴侶重新團聚了。愛丹尼爾可能是愚蠢、且終必不幸的，但不愛他卻始終是不可能的。這幾個月來，她一直試著過沒有他的生活，吞下了自我控制的苦藥，得到的回報，就是一個又一個孤寂的夜，以及太多杯的葡萄酒。她本來相信自己離開他是明智的，因為她的對手是上帝，她永遠無法把他當成自己的男人。但是明智無法溫暖她的床、無法讓她快樂，也無法平息她對這個男人一直以來的渴望。

在臥室裡，他們沒開燈，因為不需要。他們早已熟悉對方的身體，知道對方的每一吋肌膚。她感覺得出他瘦了，跟她一樣。彷彿他們對彼此的飢渴真的讓他們挨餓了。共度一夜將不足以滿足那種飢渴，而她也不知道下次會是什麼時候，於是她現在就取自己能取的，貪婪地享受著他的教會所禁止的愉悅。這就是你一直以來錯過的，丹尼爾，她心想。你的上帝一定很小氣、很殘忍，才會不准我們享受這種快樂。

但稍後，當他們躺在那裡，皮膚上的汗水逐漸冷卻，她感覺到舊日的憂傷開始浮現。這就是我們的懲罰，她心想。不是地獄和硫磺，而是告別時無可避免的痛苦。總是要告別。

「告訴我為什麼。」他低聲說。他不必再多說；她知道他問的是什麼。在她明確地斬斷兩人戀情之後，她為什麼又邀他回到她的床上？

「她死了，」莫拉說，「艾曼爾提亞・蘭克。」

「什麼時候的事？」

「今天晚上。我就在場，在醫院裡。我看著監視器上頭她最後的心跳。她得了癌症，所以我知道她快死了，而且知道好幾個月了。不過，當事情發生的時候……」

「我應該在那裡陪著你的，」他喃喃道，她享受著他的呼吸拂過她頭髮的暖意。「你只要打個電話給我，我就會到場。你知道的。」

「好奇怪，幾年前我根本不曉得艾曼爾提亞的存在。但現在她走了，我最後一個還活著的親人，我才明白自己有多麼孤單。」

「只有當你選擇孤單，你才會孤單。」

孤單又不是自己能選的，她心想。她從沒選擇這條快樂又悲慘的路。她從沒選擇去愛這麼一個男人：永遠在左右為難，一邊是她，另一邊是他對上帝的承諾。這個選擇他們只是被動接受，當初做出選擇的人是四年前那個讓他們相遇的兇手，而且兇手後來又把目標轉向莫拉。丹尼爾冒著失去生命的危險救了莫拉的命；他要證明自己愛莫拉，還能有更好的證據嗎？

「你並不孤單，莫拉。」他說，「你有我。」他把她的臉轉向自己，在黑暗中，她看到他眼中的微光，堅定望著她。「你永遠有我。」

今夜，她相信他。

✦

到了早晨，丹尼爾離開了。

她獨自換衣服，獨自吃早餐，獨自看報紙。好吧，不完全是獨自：那隻貓就坐在附近，吃完了豪華的鮪魚罐頭早餐後，舔著自己的爪子。

「你的意思是不予置評了？」莫拉對那貓說。

小獸根本連抬頭看她一眼都懶。

她沖洗好自己的盤子、收拾自己的筆電時，一面想著丹尼爾，此刻他應該在為新的一天做準備，要照顧他那些需要精神支持的會眾。這就是他們共度激情夜晚之後一貫的收場：有各自日常生活的世俗職責，等著他們去做。在這方面，他們跟已婚伴侶沒有兩樣。他們做愛、一起睡覺，然後到了早晨，他們各自去工作。

今天，她心想，這樣就算是幸福了。

✦

從充滿愛情的一夜，到充滿死亡的一日。

今天早晨莫拉走進停屍間時，等著她的是厄爾．迪凡的屍體。吉間已經拍好了X光，影像現在都展示在電腦上。她繫上外科手術袍時，一面審視著胸部的X光片，注意到卡在脊椎那顆子彈的位置。根據她前一天在死亡現場檢視過的穿入傷口，有另外兩顆子彈射入胸部，又穿出身體。這是唯一留在體內的子彈，被迪凡的脊椎骨擋下了。

珍走進解剖室，來到電腦前加入莫拉。「我來猜猜看。死因是槍傷。這樣我也可以當法醫了嗎？」

「有一顆子彈卡在他的第六胸椎。」莫拉說。

「另外兩顆我們在現場找到了。證實了我昨天晚上說的。克羅開了三槍。」

「他開槍是面對迫近危險的適當反應。我想他沒有什麼好擔心的。」

「不過他還是相當緊張。我們昨天晚上還得帶他出去喝酒，好讓他平靜下來。」

莫拉好笑地看了她一眼。「我沒聽錯吧？你居然一副同情老仇人的口氣？」

「是啊，你能相信嗎？簡直就像世界顛倒過來。」珍暫停，審視著莫拉的臉。「你對自己做了什麼？」

「什麼意思？」

「你今天整個人閃閃發亮，好像去做了個健康水療還是什麼的。」

「我不懂你在說什麼。」但莫拉當然懂；她也正覺得整個世界看起來閃閃發亮。幸福留下了明顯的光輝，珍的觀察力又太敏銳，不可能錯過。如果我告訴她有關昨夜的事，她一定不贊同，但我才無所謂。我選擇不在乎珍怎麼想，或是任何人怎麼想。今天我選擇要快樂。她滑鼠挑釁地點了一下，調出下一張X光片，螢幕上秀出了胸部側面圖。莫拉皺眉看著子彈卡住的那截脊椎上方，椎體上有一個硬幣大小的亮點。是個不該出現在那裡的病變。

「新的化妝品？吃了維他命丸？」珍問。

「什麼？」

「你變得不一樣了。」

莫拉沒理會。她又點回去看前面那張胸部X光正面圖，放大第五和第六胸椎。但是肺部被子彈刺破，使得空氣和血液溢滿胸腔，迫使胸部器官離開原來的位置。她找不到自己想找的。

「你看到什麼有趣的嗎？」珍問。

莫拉又回去看側面圖，指著椎體的那塊病變處。「我不確定這個是什麼。」

「我不是醫師，但是我覺得那個看起來不像子彈。」

「沒錯，這是別的，在骨頭上的。我得確認是不是我想的那個。」莫拉走向厄爾．迪凡躺著的解剖台，等著吉間遞給她解剖刀。「我們來把他打開吧。」她說，然後綁上口罩。

莫拉開始做Y字形切口時，珍說：「我希望你不是懷疑開槍的狀況。」

「的確不是。」

「那麼你是在找什麼？」

「一個解釋，珍。為什麼這個男人選擇藉由警方的手自殺。」

「這不是精神科醫師的職責嗎？」

「在這個案例裡，解剖可能會給我們答案。」

莫拉下刀迅速而有效率，帶著一種急迫感，那是她在看X光片之前沒有的。死因和死法都很明顯，她本來假設這回的解剖，只不過是確認她之前所聽說的槍擊狀況。但那張X光側面圖為整個故事增加了一個可能的轉折，讓人得以一窺厄爾．迪凡的動機和他的心理狀態。一具屍體能揭露的不光是身體的秘密而已；有時也能提供種種洞見，讓人了解曾經棲息在這具血肉之軀內的性格。無論線索是手腕上昔日的割傷痕跡，或是吸毒的針孔，或是整容的疤痕，每具屍體都說出了死者的種種故事。

莫拉剪斷肋骨，感覺到自己即將打開這本隱藏了厄爾．迪凡秘密的書本了，但是當她把胸部骨架提起，露出胸腔時，她發現那些秘密被滿腔的血淹得模糊了。克羅警探開槍射出的三顆子彈摧毀了他們的目標，穿透一片肺葉，劃過主動脈。噴出來的血和外洩的空氣使得那片右肺葉塌陷，器官原有的參考位置也變形。她戴著手套的兩手伸進那一池冰冷的血液中，手指盲目地摸過左肺葉的表面。

沒多久，她就發現自己在尋找的東西了。

「你怎麼看得到裡頭有什麼？」珍問。

「我看不到。但是我已經跟你說過，這片肺葉不正常。」

「或許是因為有顆子彈穿過去？」

「這個跟子彈完全沒有關係。」莫拉又伸手去拿解剖刀。她很想抄捷徑、立刻把焦點放在那片肺葉，但通常錯誤就是因此發生，有可能會漏掉重要的細節。於是她依照往常的順序進行，先切開舌頭和頸部，然後將黏在頸椎的咽部和食道割開。她沒看到任何異物，喉部結構也跟其他六十七歲的年老男性沒有什麼兩樣。*慢慢來，別犯錯。*她感覺珍愈來愈困惑地觀察著她。吉間把鑷子放在托盤上，那吭噹聲刺耳得有如槍響。莫拉持續工作，她的解剖刀劃過胸口上的軟組織和血管。然後雙手深入冰冷的血液，切開肺臟和胸壁之間的壁層胸膜。

「盆子。」她要求。

吉間遞上一個不鏽鋼盆，等著她把東西丟進去。

她把心臟連一大塊肺臟從胸腔拿起來，啪噠一聲放進盆子裡。溼淋淋的器官發出冰冷血液和肉的氣味。她拿著盆子到水槽，沖掉器官表面黏滑的血，看到了她稍早在左肺葉表面摸到的東西：一塊病變，之前在X光片上因為創傷而變得模糊了。

莫拉切下肺葉一角。看著那塊灰白色的組織發著微光，她幾乎完全確定它在顯微鏡下看起來會是什麼樣。她想像著角蛋白稠密的渦紋，還有奇怪的、變形的細胞。然後她想到厄爾・迪凡的屋子，尼古丁的氣味附在窗簾、家具上不散。

她看著珍。「我需要他的用藥清單。查出他的醫師是誰。」

「為什麼？」

莫拉舉起那一角組織。「因為這解釋了他的自殺。」

33

「我都不曉得，」荷莉．迪凡說，她坐在自家客廳的沙發，交疊的雙手冷靜地放在腿上。「我知道爹地的體重一直在掉，但是他跟我說，他只是之前得了肺炎。他從來沒說他快死了。」她看著坐在茶几對面的珍和佛斯特。「或許他自己也不知道。」

「你父親絕對知道，」珍說，「我們去搜了他的醫藥櫃，發現一位腫瘤科醫師克麗斯汀．卡第開的處方藥。四個月前，你父親被診斷出罹患肺癌，已經擴散到他的骨頭。艾爾思醫師檢查X光片時，在你父親的脊椎上發現了一塊轉移的病變。你父親的疼痛一定很嚴重，因為他浴室的醫藥櫃裡有一瓶最近開的維可汀止痛藥。」

「他跟我說他是肌肉拉傷，說疼痛已經逐漸好轉了。」

「其實不會好轉的，荷莉。他的癌細胞已經擴散到肝臟，只會更痛而已。醫師建議他化療，但是他拒絕了。他跟卡第醫師說，他想盡可能正常生活，不要覺得自己病了。因為他女兒需要他。」

荷莉的父親已經過世兩天了，不過她很鎮定地消化著這個新資訊，沒掉一滴眼淚。外頭有一輛卡車隆隆駛過她這棟公寓樓房外，貌似不結實的茶几上那三個茶杯被震得嘩啦作響。荷莉公寓裡的所有家具似乎都是便宜的自助組合式。這是一戶簡陋的公寓，租給一個初入社會、還待在最低階的年輕上班族，但幾乎可以確定，荷莉一定會往上爬。她有一種狡猾的氣質，珍現在才認出她眼中那種老謀深算的智慧。

「我很確定他不希望我擔心。所以才從來沒告訴我他得了肺癌。」荷莉說。她憂傷地搖了一下頭。「為了讓我幸福，他什麼事都肯做。」

「甚至為了你殺人。」珍說。

「他做了他認為必須做的事情。做父親的不就是會這樣嗎？他們會阻止惡魔接近他們的孩子。」

「那不是做父親的職責，荷莉。而是我們的職責。」

「但是你們保護不了我。」

「因為你不讓我們保護，還根本就邀請兇手攻擊。你不理會我們的建議，跑去酒吧。讓那個女人請你喝酒。你是想害死自己嗎，或者這是計畫的一部分？」

「你們根本找不到他。」

「所以你就決定自己找。」

「你說這話是什麼意思？」

「你的計畫是什麼，荷莉？」

「根本沒有什麼計畫。我只是下班後去喝杯酒，如此而已。我跟你們說過，我本來是要去那裡跟一個朋友碰面的。」

「結果這個朋友始終沒出現。」

「你認為我撒謊？」

「我認為你有些事一直瞞著我們。」

「什麼事?」

「你去那家酒吧,是想引出司坦尼克和他的搭檔。而且你沒讓我們找到他,而是選擇當個正義使者。」

「我選擇反擊。」

「藉著用你的雙手去實踐正義?」

「只要實踐了,怎麼發生的有差嗎?」

珍盯著她一會兒,忽然想到,在某個層面上,她其實贊同眼前這個女人。她想到有些行兇者,她明明知道他們有罪,最後卻被釋放,只因為某個警察或檢察官犯了個程序錯誤。她想到她有多常希望能有一條捷徑,讓兇手伏法,把惡魔直接踢進地獄裡。然後她想到強尼.譚警探,他一度也曾走上這樣的捷徑,實踐了自己的正義。只有珍知道譚的秘密,而且她會永遠守著這個秘密。

但荷莉的秘密不能守著不說,因為波士頓市警局很清楚她和她父親之前計畫些什麼。荷莉必須面對。

「你把他們引出來,」珍說,「讓他們暴露自己。」

「那也不犯法。」

「謀殺就是犯法的。你是從犯。」

荷莉眨著眼睛。「你說什麼?」

「你父親在這世上所做的最後一件事，就是保護他的女兒。他得了肺癌快死了，所以他殺了馬丁．司坦尼克也沒有什麼損失。而且你知道他打算這麼做。」

「我根本不知道。」

「你當然知道。」

「怎麼可能？」

「因為是你告訴他司坦尼克的下落。我們逮捕邦妮．桑爵吉沒多久，你就打你父親的手機。通話兩分鐘，於是他知道了邦妮的名字和地址。他帶了手槍去她家，準備好要殺了那個威脅他女兒的人。」

面對這個指控，荷莉的反應出奇地冷靜。珍已經說出證據，指出荷莉是馬丁．司坦尼克謀殺案的從犯，但是這一切似乎都無法使她慌亂。

佛斯特說：「你想回答什麼嗎，迪凡小姐？」

「是的，」荷莉坐直一些。「我的確打過電話給我爸。我當然會打給他。我才剛碰到一個想綁架我的女人，我想跟他說我很安全。任何女兒都會打這個電話的。我可能在電話裡提到了邦妮的名字，但我沒叫他去殺人。我只是跟爹地說不必擔心，因為你們已經羈押她了。我不曉得他會跑去她家，我不曉得他會帶著槍。」荷莉深吸一口氣，垂下頭。等到她再度抬起頭來，已是滿臉淚痕。「他為我付出了生命，你怎麼能把他講得像個冷血殺手？」

珍看著她閃著淚光的雙眼和顫抖的嘴唇，心想：該死，這位小姐很厲害。其他人可能會被她的演技唬住了，但是珍才不買帳。警方沒有荷莉和她父親通話的錄音，無法證明荷莉真知道厄爾計畫做什麼。上了法庭，這位出奇沉著的小姐會輕易對付掉最難以應付的交互詰問。

「我需要一個人靜一靜，」荷莉說，「失去爹地太難受了。拜託，你們可以離開嗎？」

「當然。」佛斯特說，站起來要走。他真的相信這套表演嗎？佛斯特向來很容易相信落難女子，尤其如果這個女子還年輕、有吸引力，但是他當然看得出眼前是怎麼回事。

珍保持沉默，和佛斯特離開那戶公寓，走出大樓。但是他們一上了她的車，她就衝口而出：「真是狗屁不通，她也太會演了。」

「你認為她是在表演？我覺得她看起來真的很難過啊。」佛斯特說。

「你是指她隨時可以製造出來那些可愛的小淚珠？」

「好吧。」佛斯特嘆氣。「讓你心煩的是什麼？」

「她有點不對勁。」

「可以講得更具體一點嗎？」

珍思索著荷莉到底是哪裡讓她覺得困擾。「兩天前的晚上，我們告訴她厄爾死了，你還記得她當時的反應嗎？」

「她哭了。就像一般女兒會有的反應。」

「啊，她哭了，好吧。老天，哭得可大聲了。但我覺得那是演出來的，好像她就是做出我們預期她會做的事情。另外我發誓，剛剛她就在最適當的時間點哭了。」

「你到底對她有什麼不滿？」

「不曉得。」珍發動車子。「但我覺得我好像漏掉了什麼重要的東西，有關她的。」

回到兇殺組，珍看著自己辦公桌上堆著的那些檔案夾，想著其中不知是否有某個她忽略掉的細節，可以解釋她為何這麼不滿意。眼前這些案件的檔案她已經都仔細研讀過了，包括波士頓的卡珊卓・寇以爾和提姆・麥都葛謀殺案，以及紐波特的莎拉・貝思特拉許死亡案，還有比爾・薩勒文在布魯克萊的失蹤案。四個被害人位於三個不同的轄區。他們的死法太不像了，因而四人之間二十年前的關聯會被輕易忽略。卡珊卓・寇以爾眼球被挖出來，放在一隻手裡，像聖璐琪。提姆・麥都葛的胸部被插入三枝箭，像聖思天。莎拉・貝思特拉許被燒成灰燼，像聖女貞德。比爾・薩勒文幾乎可以確定被埋在土裡腐爛，像聖維大理。

可是有一個小孩還活著，就是二十年前第一個控訴司坦尼克一家的那個：荷莉・迪凡，生日十一月十二日。在那一天，教會紀念的是法蘭德斯的傳教士聖利維努斯，他被異教徒折磨後殉道。他的舌頭被割掉，免得他傳揚上帝的旨意，但是根據傳說，即使在他死後，聖利維努斯被切除的舌頭仍繼續宣教。荷莉可曾午夜夢迴，被她生日所註定的血腥下場嚇醒？她可曾想到自己被迫張開嘴、舌頭被刀割掉而打寒顫？珍想到自己被綽號「外科醫生」的那名兇手追獵時，她自己的恐懼。她還記得恐慌地驚醒，一身冷汗，想像著兇手的手術刀切入她的皮膚。

要是荷莉曾感覺到這樣的恐懼，那麼她隱藏得也未免太好了。

珍嘆了口氣，揉揉太陽穴，考慮著自己是不是該重新閱讀這四個被害人的案件檔案。

*不，不是四個被害人。*她坐直身子。*是五個。*

她翻著那些檔案夾，要找麗琪・迪帕瑪的，二十年前失蹤的那個九歲小女孩。麗琪的失蹤至今仍被歸為未破案，但調查人員的心中都頗確定是馬丁・司坦尼克擄走她並予以殺害。二十年後，那個女孩還是沒找到。

佛斯特吃完午餐回來，看到攤在珍的辦公桌上的那些檔案。「你還在研究這些？」

「我還是覺得不對勁。整個案子感覺上結束得太完美了，最後還打了個漂亮的蝴蝶結。我們的主嫌犯最後碰巧就死了。」

「對我來說好像不是問題。」

「而且我們始終沒查出這個小女孩發生了什麼事。」她輕敲那個檔案夾。「麗琪・迪帕瑪。」

「那是二十年前了。不是我們的案子。」

「但是感覺上，這個案子開啟了一切。她的失蹤就像是第一張倒下的骨牌，引發了之後的事情。麗琪失蹤了。她的帽子出現在馬丁・司坦尼克的校車巴士上。忽然間，那些小孩開始指控。司坦尼克一家是惡魔！他們猥褻小孩好幾個月！為什麼之前都沒有人揭發？連一點跡象都沒有？」

「得有人肯第一個站出來講。」

「而第一個站出來講的小孩，就是荷莉・迪凡。」

「你一直堅持說她很怪。」

「我每回跟她談，總覺得她講的每個字都是算計過的。就好像我們在下一盤棋，而她總是領先我五手。」

佛斯特的電話響了，他轉身去接，珍則翻閱著麗琪・迪帕瑪的文件，不知道這個案子經過這麼多年，是否還可能有任何進展。警方當時徹底搜索過蘋果樹安親班周圍的院子，想尋找這個小女孩的遺骸。儘管在校車巴士上發現了她血跡的微物跡證，但理由是一個月前麗琪剛好磕破嘴唇而受傷。對馬丁・司坦尼克最不利的證據是麗琪的管珠帽，在校車巴士上被發現。她失蹤時就是戴著那頂帽子。

兇手一定是馬丁・司坦尼克。

而現在他死了。故事結束。珍最後嘆了口氣，闔上檔案夾。

「這個狀況你不會喜歡。」佛斯特掛完電話後說。

她轉向他。「又怎麼了？」

「你知道邦妮・桑爵吉在酒館裡請荷莉喝的那杯酒？實驗室說裡頭沒有K他命。」他搖搖頭。「我們得釋放她了。」

34

才兩天前，邦妮．桑爵吉被上了手銬，登記為謀殺案從犯。而現在，她趾高氣揚走進偵訊室，彷彿她才是主掌大局的人。雖然她的紅髮夾雜了銀絲，皮膚上有暴露在太陽下多年曬出的雀斑，且眼睛周圍鐫刻著皺紋，但她帶著一種運動健將的自信，顯然這個女人向來很健美，而且她自己知道。她坐在偵訊室的桌前，一臉輕蔑地打量著珍和佛斯特。

「我來猜猜看，」她說，「那杯葡萄酒，結果就只是一杯葡萄酒而已。」

「我們得跟你聊一下。」珍說。

「在我被那樣對待過後？為什麼我要跟你們合作？」

「因為我們都想知道真相。幫助我們查清楚吧，邦妮。」

「我想我寧可暴露你們的無能。」

「桑爵吉女士，」佛斯特輕聲說，「你被逮捕的時候，我們有充分理由認為你對荷莉．迪凡是個威脅。兇手已經建立了一個模式，而你請荷莉喝那杯葡萄酒，就符合這個模式。」

「什麼模式？」

「卡珊卓．寇以爾被謀殺的那天晚上，她家附近一家雞尾酒吧的一名女侍認為，她曾看到卡珊卓跟一個女人在店裡喝酒。」

「你們認為我就是那個女人？老天，可是你們證明不了，因為那個女侍沒辦法指認我，對吧？」

珍說：「不過，你就可以了解為什麼我們會逮捕你。前兩天傍晚我們看到你跟荷莉在一起，我們得趕緊行動。我們相信她有迫近的危險。」

「荷莉．迪凡有迫近的危險？」邦妮嗤之以鼻。「那位小姐有辦法逃過任何狀況。」

「你為什麼這麼想？」

「我們不妨來問問男人吧，」邦妮轉向佛斯特。「你認為荷莉怎麼樣，警探？告訴我們你腦中立刻能想到的形容詞吧。」

他猶豫著。「她很聰明。有吸引力——」

「啊哈！有吸引力。對男人來說，總是會歸結到這一點。」

「很能隨機應變。」他又迅速補充。

「你還忘了性感誘人。善於操縱。投機。」

「你到底是想說什麼，邦妮？」珍問。

邦妮轉向珍。「荷莉．迪凡是標準的反社會人格。我並不是愛批判什麼的。反社會人格一定是在正常人類的行為範圍內，因為這世上似乎有很多像荷莉一樣的人。」她鄙視地看了珍一眼，表明：你還得補做一點功課。如果有任何人能像兇殺組警探那麼鍥而不捨，那就是調查記者了，而珍雖不情願，也不得不尊敬這個女人。邦妮的魚尾紋就像她戰鬥留下的疤痕，帶著一種自豪與神氣。「可別告訴我你自己沒發現荷莉這一點？拜託，你跟那位小姐談過。」

「我發現她……與眾不同。」珍說。

邦妮大笑一聲。「這個說法真是寬容啊。」

「你為什麼覺得她是反社會人格？你唯一跟她真正談過話，就是前兩天晚上在酒吧裡而已。」

「你找過她在書智媒體的同事訪談嗎？問過他們對她的想法？她公司裡的大部分男人都只想跟她上床，但女人就對她很警覺，不信任她。」

「或許她們是嫉妒。」佛斯特說。

「不，她們真的不信任她。卡珊卓・寇以爾也當然不信任她。」

珍皺眉。「她是怎麼說荷莉的？」

「是卡珊卓主動提起她的。她坦白告訴我不要信任荷莉・迪凡。當時在蘋果樹，其他小孩都認為荷莉很怪，都躲著她。他們覺得她有點不對勁。唯一肯跟她玩的小孩，是比爾・薩勒文。」

「為什麼荷莉會嚇跑其他小孩？」

「我本來也很好奇。我想自己看看為什麼他們認為她很奇怪，但是沒有人知道她的下落。我花了好幾個月，才查到書智媒體。我想為了我要寫的蘋果樹那一章採訪她。她當年是第一個指控司坦尼克一家的小孩，我想知道她是不是說了實話。」

「當時有物證，」佛斯特說，「她身上有瘀青，還有刮傷。」

「她有可能在任何地方弄傷的。」

「她為什麼要撒謊說被猥褻？」

邦妮聳聳肩。「或許她想獲得注意。或許她那個瘋老媽把這個想法灌輸到她腦袋裡。無論原因是什麼，荷莉揭發的時機挑得恰到好處。麗琪・迪帕瑪失蹤了，附近所有的家長都很害怕，想尋找答案。荷莉給了他們一個：是邪惡的司坦尼克一家幹的。然後比爾・薩勒文宣稱他也被猥褻，司坦尼克一家就註定完蛋了，就像這樣。」邦妮打了個響指。「慌亂的父母去問自家小孩，把念頭灌輸給他們。難怪其他小孩也開始重複那些故事。如果同樣一件事你被一問再問，你就開始會相信那真的發生過。你會真的開始記得有這回事。當時最小的小孩才五、六歲，每多被訪談一次，他們的故事就變得愈離奇。會飛的老虎！死掉的嬰孩！司坦尼克家的人騎著掃把在天上飛。」她搖搖頭。「陪審團根據幾個被洗腦的兒童所說的故事，把那可憐的一家人送進牢裡。卡珊卓・寇以爾已經在懷疑她那些被性侵的記憶。她說她會跟其他幾個小孩聯絡，看他們是不是願意跟我談，但她唯一講過的名字就是荷莉・迪凡。現在成了我這本書唯一在世的消息來源了。」

「你在寫的這本書，重點是什麼？要幫馬丁・司坦尼克洗刷冤情？」

「我愈研究這個案子，就愈憤怒。所以，沒錯，證明他的無辜很重要。」邦妮眨眨眼，別開臉。「即使他死了，也還是很重要。」

珍瞥見邦妮的雙眼裡淚光一閃。她低聲問：「你愛上他了嗎？」

這個問題讓邦妮猛然抬頭。她一臉驚訝的表情看著珍。「什麼？」

「顯然你感情上很投入。」

「因為這對我很重要。這個報導應該對每個人都很重要。」

「為什麼對你很重要？」

邦妮吸了口氣，坐直身子。「先回答你之前的問題，不。我沒有愛上馬丁，但我的確對他感到遺憾。他的遭遇，他家人的遭遇，讓我太他媽的——」她停下來，忽然激動得說不出話來，瘦削的雙手緊握成拳頭，指節泛白。

「為什麼這件事讓你這麼生氣？」珍問。

邦妮的拳頭握得更緊，但是沒回答。

「這件事對你這麼重要，一定有個原因，是你還沒告訴我們的。」

邦妮好一會兒都沒吭聲。等到她終於開口，幾乎只是耳語。「是的，這事情的確對我很重要。因為這種事也發生在我身上過。」

珍和佛斯特驚愕地交換一個眼神。佛斯特柔聲問：「你發生過什麼事，桑爵吉女士？」

「我——我有個女兒。」邦妮說，「她快二十六歲了。再過三個星期就是她的生日，我最想做的事情，就是跟她一起慶祝。但是我不能見艾美，也不能打電話給她，甚至不能寫信給她。」她挺起雙肩，像是要準備戰鬥，然後看著珍和佛斯特。「艾美大學一年級時，開始會有恐慌症發作。她夜裡會在宿舍驚醒，相信某個人在她房間裡，打算要殺她。那種發作太嚴重了，搞得她睡覺時都不敢關燈。學生醫療保健處的人建議她去找一位心理諮商師，那個女人自稱是年齡回溯法的專家。她利用催眠術，探索艾美的童年記憶，想找出這些恐慌症發作背後的原因。

「有八個月，艾美一再回去找那位……醫師。」邦妮罵人般咬牙切齒地說出醫師這個稱呼，然後一隻手抹過嘴唇，像是要抹去這個字眼的滋味。「艾美持續去諮商，開始回想起一些事情，理論上是她壓抑已久的。她想起小時候躺在床上。想起門打開，某個人在黑暗中躡手躡腳走進來。有個人拉起她的睡袍，然後……」邦妮暫停。她又吸了口氣，這才繼續說：「這些不是模糊的記憶，而是鉅細靡遺，甚至講到猥褻者用的器具。一根木勺。一把梳子的柄。那位心理諮商師判定，艾美的恐慌症發作是因為童年時遭受長年性虐待。現在艾美想起來了，所以她也該面對她的攻擊者了。」邦妮抬頭看著他們，淚溼的睫毛發亮。「就是我。」

珍皺眉。「你真的有——」

「當然沒有！這一切沒有一樣是真的，一個該死的細節都沒有！我是單親媽媽，我們的房子裡沒有住其他人，所以有罪的人當然就是我。我就是當年那個夜裡溜進她房間、猥褻她的惡魔，害她變得這麼容易情緒崩潰。艾美去跟那個諮商師進行諮商愈多次，她就愈焦慮。我一直不曉得狀況，直到有天晚上，才終於恍然大悟。

「那位心理諮商師打電話給我，要我去找她。我去她的診所，以為她要告訴我艾美的進展。結果發現艾美也在裡頭。那位諮商師坐在旁邊聽，鼓勵她，於是艾美就告訴我，說我在她小時候對她做了種種可怕的事情。她忽然想起了那些強暴、性虐待，說我還跟其他的神秘客分享她。我跟她說，那些全都是她想像出來的，說這些事我一件都沒做過，但她相信發生過。她記得。然後她……」邦妮擦掉淚水。「她跟我說，只要她還活著，就再也不會跟我見面或講話了。我試著跟她講道理，試著說服她那些記憶都是假的。那個心理諮商師還跟我說，我能輕易脫身真是太走運了，說他們大可以報警逮捕我。她說艾美很寬容，過去的事情就算了。我哭著懇求我女兒聽我說，但她只是站起來走出房間。那是我最後一次看到她。」邦妮一手抹過眼睛，在臉上留下溼溼的污痕。「這就是為什麼蘋果樹的案子對我很重要。」

「因為你認為，同樣的事情發生在司坦尼克一家身上。」

「卡珊卓．寇以爾也這麼認為。她跟我說，這個案子陰魂不散糾纏著她，因而還啟發她的靈感，寫出一部電影劇本。」

「她的恐怖片？《猿猴先生》？」佛斯特問。

邦妮諷刺地笑了。「有時候，說出真相的唯一方式，就是透過虛構。」

「但是她的同事告訴我們，《猿猴先生》是有關一個女孩失蹤的故事。根本跟小孩被猥褻一點關係也沒有。」

「那部電影裡的另一個主題，就是記憶會隨著時間而扭曲，真相只不過是你的觀點而已。」

邦妮坐直了些，恢復鎮定。「你們聽過伊麗莎白．羅芙特斯博士嗎？」

「那個心理學家？」佛斯特說。

珍看著佛斯特。「你怎麼會知道？」

「愛麗絲跟我談過她，」佛斯特說，「她在法學院有一堂課討論目擊證人的證詞是否可靠，課堂上就提到過這位心理學家。」他看著邦妮。「愛麗絲是我太太。」

是你前妻，珍想說，但是忍住了。

「在一九九〇年代中期，」邦妮說，「羅芙特斯博士在《精神病學年鑑》上發表了一篇開創性的文章。裡頭描述她找了二十四個成人來進行一項實驗。在這個研究中，他們會告訴實驗對象四件不同的童年事件，說是他們近親所說的。但其實這四個事件裡，只有三件是實際發生過的，另一個純粹是虛構。實驗對象被要求回憶每一個事件的細節。幾個星期過去後，他們想起愈來愈多，細節也變得相當詳盡。即使那件事情根本就沒發生過。

「研究結束後，二十四個實驗對象裡，有五個人說不出四個事件中哪個是虛構的。他們還是相信那個虛構的事件真的發生過。羅芙特斯博士成功地在這五個人腦子裡注入了一個虛假的記憶。想注入一個虛假的記憶，你只需要持續告訴這個人某件事的確發生過。講得好像那是真的，而且講了又講。要不了多久，你的實驗對象就會自行填補細節，加上色彩和質地，直到回憶鮮活得就像是真的。鮮明得那些實驗對象都發誓那些回憶是真的。」她在椅子上往後靠。「羅芙特斯博士的研究是針對成人。想像一下，對兒童會容易更多。你幾乎可以讓一個幼童相信任何事。」

「就像會飛的老虎，和地下室的秘密房間。」佛斯特說。

「你們看過那些小孩的訪談。你們知道他們說的某些事有多麼離譜。動物獻祭，魔鬼崇拜。另外別忘了，有些小孩只有五歲或六歲，那實在不是個可靠的年紀，但是他們的證詞卻協助把司坦尼克一家送進監獄。這是現代版的薩冷鎮女巫審判。」她看看珍，又看看佛斯特。「你們見過那個檢察官愛芮卡・薛伊嗎？」

「還沒有。」珍說。

「蘋果樹審判造就了她的事業。她沒辦法讓麗琪・迪帕瑪擄人案得到有罪判決，但她還是把被妖魔化的司坦尼克一家送進監獄。對她來說，唯一重要的就是勝訴，而不是真相。也更不會是正義。」

「這是很嚴重的指控，」佛斯特說，「你的意思是，那位檢察官故意把無辜的人送去坐牢。」

邦妮點點頭。「我的意思正是如此。」

「相信我。馬丁．司坦尼克絕對是有罪。」愛芮卡．薛伊說。

在二十年前蘋果樹案審判期間的新聞剪報中，這位檢察官身穿訂製裙子套裝，一頭金髮後梳成簡單的髮髻，看起來十分強硬。如今五十八歲的愛芮卡．薛伊看起來更加令人敬畏。二十年的歲月消去了她臉上任何柔和的痕跡，形成各種銳利的角度，顴骨突出，鷹鉤鼻，目光直率，一副打算迎戰的態度。

「司坦尼克當然宣稱他是無辜的。每個有罪的人都是這麼說的。」

「每個無辜的人也是這麼說的。」珍說。

愛芮卡在椅子上往後靠，隔著她的橡木辦公桌，冷冷打量坐在對面的兩名警探。她被分到一間很不錯的辦公室，一面牆上掛滿了她的文憑和獎項，還有一批照片：愛芮卡和歷任麻州州長的合照。愛芮卡跟兩名參議員的合照。愛芮卡和總統的合照。這面牆向每個進來的人宣布：*我認識重要人物。可別小看我。*

「我只是盡了我的職責。我在法庭上提出了起訴馬丁．司坦尼克的證據，」愛芮卡說，「然後陪審團決定他有罪。」

「那是兒童猥褻罪。」珍說，「但是麗琪．迪帕瑪的擄人案就不是了。」

愛芮卡．薛伊雙眼閃出惱怒。「那是陪審團的錯。我很確定他殺了她，從來沒有懷疑過。我們都知道是他幹的。」

「是嗎？」

「你只要去看證據就知道。九歲的麗琪·迪帕瑪在一個星期六下午失蹤。她離開她家房子，戴著她最喜歡的針織圓帽，上頭有銀色管珠裝飾。她騎上腳踏車離開，從此再也沒有人看過她。她的腳踏車在兩公里半之外的路旁被發現。兩天後，蘋果樹的一個小孩在校車巴士上發現了麗琪的帽子，那頂帽子非常特別，是他們一家去巴黎旅遊時買的。現在你們告訴我，那頂帽子最後怎麼會出現在馬丁·司坦尼克駕駛的車上？而且這輛車整個週末應該都是鎖上、停在司坦尼克家車道上的。這輛巴士地板上還發現麗琪的血跡。」

「麗琪一個月前在巴士上磕破了嘴唇。她母親在審判時說過。」

愛芮卡冷哼一聲。「麗琪的母親是白痴。她根本就不該透露這個資訊的。」

「這個資訊是事實，不是嗎？」

「這是讓陪審團的心中有合理的懷疑，讓他們質疑我提出的一切。然後辯方律師又編造出那個荒謬的理論，說擄走麗琪的另有其人，說那個女孩可能還活著。」愛芮卡厭惡地搖搖頭。「至少我讓虐待罪名定罪了。判刑二十年比我期望的要少，不過那二十年，司坦尼克就無法傷害任何人。一等到他出獄，要不了多久，他就又走回殺人的老路去。他想要復仇。當年那些小孩說出真相，才能讓他入獄的。」

「真相？當年有些證詞相當離譜。」佛斯特說。

「小孩都會誇大。或者把少數細節弄錯。但關於虐待的事情，他們不會撒謊的。」

「他們有可能被誤導，因而相信——」

「難道你在替他辯護？」

她突然發脾氣，搞得佛斯特在椅子上往後瑟縮了一下。在法庭上，這個女人大概會像個古羅馬格鬥士般搏鬥，出招迅速，絕不退縮。珍想著年輕的馬丁．司坦尼克，二十二歲，嚇壞了，而且註定遭殃。這就是當年他在證人席上面對的，這個無情的敵手，繞著他要下手殺人。

「那些小孩我每個都訪談過，」愛芮卡說，「我跟他們的父母也都談過。我檢查過荷莉手臂上的瘀血和刮傷。是她在校車巴士上發現麗琪的帽子，是她夠勇敢、告訴她母親在安親班裡發生了什麼事。然後比爾．薩勒文確認了，所以我知道這一定是真的。司坦尼克家是一窩毒蛇，他們的被害人太害怕了，根本不敢說話，直到荷莉和比爾站出來。我花了好幾個星期訪談，重複問他們問題，但一點接一點，那些秘密都被挖出來了。那些小孩說出他們看到的，還有他們幾乎每一個都碰到的事情。」

「到底有幾個小孩？」珍問。

「很多。但我們選擇不要用所有人的供述。」

「因為他們的故事更離譜？」

「都已經是二十年的事情了。你們為什麼現在跑來質疑我在這個案子上的處理？」

「有個記者說，你把假記憶灌輸給那些小孩。」

「邦妮．桑爵吉？」愛芮卡嗤之以鼻。「她自稱是記者，其實根本只是個瘋子。」

「所以你對她很熟悉了。」

「我盡力避開她。她過去兩三年一直在寫一本有關儀式虐待審判的書。她曾想訪問我，感覺上像是偷襲。她的想法很扭曲，認為這些審判全都是獵女巫。」愛芮卡輕蔑地揮了下手。「我何必在乎她說什麼？」

「卡珊卓·寇以爾在乎，而且她希望邦妮修正這個紀錄。卡珊卓相信司坦尼克一家從頭到尾都是無辜的，而且她一直打電話給其他小孩，問他們記得什麼。」

「這是邦妮·桑爵吉告訴你的？」

「電話通聯紀錄支持她的說法。卡珊卓·寇以爾的確打過電話給莎拉·貝思特拉許、提姆·麥都葛和比爾·薩勒文。我們得追溯到將近一年前，才能找到這些通話紀錄，之前我們第一次查只追溯最近的，才會沒發現。卡珊卓唯一沒打電話的就是荷莉·迪凡，因為沒有人知道她的下落。」

「二十年過去了，忽然間，卡珊卓想要幫司坦尼克一家翻案？」愛芮卡搖頭。「為什麼？」

「如果你知道你把一個無辜的人送進監獄，難道不會良心不安嗎？」

「唔，我心中毫無疑問。他有罪，而且陪審團也同意我的看法。」愛芮卡站起來，擺明了要送客。「正義已經得到伸張，其他就沒什麼好多說了。」

35

「敬瑞卓利家族打擊犯罪的又一次勝利！」珍的父親宣布。他拿著一瓶義大利普洛塞柯產區的氣泡酒，打開軟木瓶塞，裡頭的酒冒著泡湧出來，滴到安琪拉最愛的那張托斯卡尼黃色桌布上。

「別這麼興奮，老爸，」珍說，「這件事沒那麼了不起。」

「當然很了不起！每當瑞卓利這個姓登上《波士頓環球報》，總是值得慶祝的。」

珍看著她哥哥。「嘿，法蘭基，你應該去搶銀行。這樣就可以開一瓶真正的香檳❸了。」

「你看著好了，我們的法蘭基很快也會上新聞的。我都可以想像到時候的標題了：法蘭基·瑞卓利探員隻手扳倒國際犯罪組織！」老法蘭克倒滿一個香檳杯，遞給他兒子。「我一直知道我的孩子會讓我驕傲的。」

「我們的孩子，」安琪拉說。她把一盤烤牛肉放在餐桌上。「我也有貢獻的。」

「法蘭基會成為聯邦調查局探員，珍已經上了報紙。接下來，麥克，唔，他還得搞清楚他這輩子想做什麼，不過我知道他總有一天會讓我驕傲的。可惜今天這個美好的時刻他沒能來，不過

❸ 按照法國與歐盟的法令，只有在法國香檳區生產、且符合相關法律產區、種植規定的氣泡葡萄酒，才能標示為「香檳」。但以美國的法律，氣泡酒皆可標示為香檳，且民間也往往將氣泡酒泛稱為香檳。

我的三個孩子裡有兩個來慶祝，已經夠了。」

「我們的孩子，」安琪拉又說了一次。「又不是你一個人把他們撫養長大的。」

「好啦，好啦。我們的孩子。」老法蘭克舉起他那杯普洛塞柯氣泡酒。「敬珍・瑞卓利警探，她又撂倒了一個人渣。」

珍的父親和哥哥喝掉他們那杯氣泡酒時，珍看了嘉柏瑞一眼，他好笑地搖了一下頭，盡責地啜了一口酒。珍之前接到哥哥的電話，叫她今天晚上回父母家聚餐，當時她根本不曉得是要慶祝她哥哥口中「眼球兇手案」的勝利工作成果。其實她沒什麼勝利的感覺；嫌犯死了，卻有太多問題依然無解，她怎麼有辦法慶祝？她甩不掉那種工作沒完成、自己忽略掉什麼的感覺。那普洛塞柯氣泡酒嚐起來苦苦的，絕對不是凱旋成功的滋味，她只啜了一口就放下。然後她注意到母親安琪拉也沒喝，她父親買的氣泡酒太廉價了，味蕾稍微正常的人都不會想喝的。

但是法蘭克父子照樣大口飲下，舉杯慶祝瑞卓利家的勝利。如果這就是正義，那代價也未免太大了。珍想到厄爾・迪凡羅癌的屍體躺在解剖台上，展露出他悲劇的秘密。她想到馬丁・司坦尼克，他到死前都堅持自己是無辜的。

如果他說的是實話呢？

「你幹嘛愁眉苦臉的，小珍？你應該跟我們一起開心啊。」她父親說，望著他自己盤子上的那片牛肉。「今晚大家要好好慶祝！」

「我又沒有促進世界和平什麼的。」

「你不認為把一件工作漂亮地完成，值得開香檳慶祝？」

「是普洛塞柯。」安琪拉咕噥，但是好像沒人聽到。她坐在餐桌另一端，雙肩垂垮，盤子裡的食物都沒動。當她丈夫和兒子大口吃著她準備的晚餐時，安琪拉連叉子都沒拿起來。

「只是這個案子結束的方式，」珍說，「讓我覺得很不安。」

「兇手死了，問題解決了。」她哥哥大笑，捶了珍的手臂一下。

「他打媽咪！」瑞吉娜抗議道。

「我沒打她，小鬼，」法蘭基說，「我只是給她勝利的碰拳。」

「你打她。我看到了！」

珍朝憤怒女兒的腦袋吻了一記。「沒關係，親愛的。法蘭基舅舅只是跟我鬧著玩。」

「因為大人常常會這樣。」法蘭基說。

「你們會打人？」瑞吉娜生氣瞪著他。

童言無忌。

「你得學著捍衛自己，小鬼。」法蘭基雙手握拳舉起，跟他外甥女佯裝要打拳擊。「來，讓法蘭基舅舅看看你有辦法反擊。」

「不要。」安琪拉說。

「只是好玩而已，媽。」

「她只是小女孩，不必學打架。」

「她當然要學。她也是瑞卓利。」

「嚴格來說，」珍開口，看著向來有耐心的丈夫。「她姓狄恩。」

「但是她也有瑞卓利家的血統。所有瑞卓利家的人都懂得保護自己。」

「不，並不是。」安琪拉說。她的臉發紅，雙眼像火山熔岩般發亮。「有些人就是不懂得反擊。有些瑞卓利是懦夫。像我。」

法蘭基嘴裡塞滿烤牛肉，皺眉看著母親。「媽，你在說什麼呀？」

「你聽到了。我是懦夫。」

老法蘭克放下叉子。「這到底是怎麼回事？」

「你，法蘭克。我。一整個根本是操他媽的大爛帳。」

瑞吉娜看著嘉柏瑞。「爹地，她說不好的話。」

安琪拉紅著臉轉向外孫女。「啊，蜜糖，沒錯，我說了。對不起。對不起。」她椅子後推站起來。「外婆需要暫停休息一下。」

「那當然！」法蘭克吼道，同時安琪拉走進廚房消失了。他看著全桌人。「我不曉得她是怎麼回事，最近老是喜怒無常。」

珍站起來。「我去跟她談。」

「不，別管她了。她需要自己冷靜一下。」

「她需要的是有個人認真聽她講話。」

「隨便你。」他咕噥道，然後再度伸手去拿那瓶普洛塞柯氣泡酒。

媽絕對需要暫停休息一下。即使只是為了避免吃上謀殺罪名。

在廚房裡，珍發現安琪拉站在料理台旁，不祥地瞪著菜刀架。

「你知道，媽，下毒要乾淨俐落得多。」珍說。

「番木虌鹼的致命劑量是多少？」

「如果我告訴你，我就得逮捕你了。」

「不是給他，是給我的。」

「媽？」

安琪拉轉向女兒，一臉悲慘至極的表情。「這個我做不來。」

「我就是希望你做不來。」

「不，我指的是，我做不來這個。」安琪拉一揮手，示意著堆滿髒鍋子的水槽、噴濺了油脂的爐台，還有料理台上等著上桌的甜派。「這是我之前陷入過的同樣陷阱。這是他想要的生活，但是不適合我。我努力過了，真的。結果看看我落到什麼下場。」

「準備要吞番木虌鹼了。」

「一點也沒錯。」

隔著關上的廚房門，他們聽到男人的笑聲。法蘭克和法蘭基對著安琪拉精心準備的一桌菜開心笑鬧。他們吃得出她在烤牛肉和洋芋泥中的用心付出嗎？他們可有一丁點隱約的感覺，知道眼前、就在廚房門後，即將有人做出一個決定，改變他們未來餐桌上的每一餐？

「我決定了，」安琪拉說，「我要離開他。」

「啊，媽。」

「別想勸我改變主意。我要不這麼做，就只好去死。我發誓，我會整個人憔悴到死掉。」

「我不會勸你改變主意。我告訴你我要做什麼。」珍雙手放在母親的肩膀上，看著她的眼睛。「我要幫你收拾行李。然後我會帶你去我家住。」

「就現在？」

「如果這是你想要的話。」

安琪拉雙眼淚溼朦朧。「這是我想要的。但是我不能跟著你住。你的公寓太小了。」

「你可以暫時睡在瑞吉娜的房間裡。她會很高興有外婆陪她的。」

「這是暫時的，我發誓。啊老天，你爸一定會大鬧一場。」

「我們什麼都不必告訴他，上樓去收拾就是了。」

她們一起走出廚房。法蘭克和法蘭基都正聊得投入，根本沒注意兩個女人穿過餐室，但嘉柏瑞看著珍的目光在說怎麼回事？她丈夫當然會是唯一注意到的。嘉柏瑞什麼都會注意到。珍的回應只是輕搖一下頭，跟著她母親上樓。

到了臥室，安琪拉拉開抽屜，拿出毛衣和內衣。她只拿幾夜所需的東西；她得等過幾天趁法蘭克不在家的時候，再回來搬別的。兩年前，法蘭克經歷過一段短暫的中年失心瘋，跟一個漂染成金髮的豐滿女郎有外遇，於是離開了安琪拉，但他當然絕對不會讓安琪拉離開他，至少要鬧上一場不可。如果她們母女盡快離開，法蘭克可能根本沒注意到他老婆正要走出門。

珍提著行李箱下樓，發現嘉柏瑞已經等在前門邊。「要我幫忙嗎？」他輕聲問。

「把這個拿上車。媽媽要跟我們一起回家。」

嘉柏瑞沒爭辯，沒問任何問題。他已經看清狀況，知道自己需要做什麼，於是一言不發，就把行李箱提出門。

「我得開我的車，」安琪拉說，「我不能把車留在這裡。我們就去你家碰面吧？」

「不，你現在要有人陪，媽。我幫你開車。」珍說。

「開車去哪裡？」老法蘭克說，站在走廊上皺眉看著她們。「你們在那邊咬耳朵說些什麼？發生了什麼事？」他質問道。

「媽媽要去跟我們住。」珍說。

「為什麼？」

「你知道為什麼，」安琪拉說，「如果你不知道，那你應該要知道的。」她從門廳衣櫃拿出自己的大衣。「甜點在廚房裡，法蘭克，是藍莓派。冰箱裡面還有香草冰淇淋，是你指名要的Ben & Jerry's。」

「慢著，你不會是要離開我吧？」

「是你先離開我的。」

「但是我回來了！我是為了這個家！」

「你是因為那個金髮笨妞甩了你。我有我的人生要活，法蘭克，我不打算浪費在成天悲慘上頭。」她從門廳的小几上抓了皮包，走出前門。

法蘭克朝珍嗤之以鼻。「她會回來的。你看著好了。」

我可不敢指望。珍心想。

她走到車道上，發現安琪拉坐在她車子的駕駛座上，已經發動引擎了。「我來開車吧，媽。

你現在心情起伏太大了。」

「我沒事。你上車就是了。」

珍上了乘客座，把車門關上。「你確定沒問題？」

「這輩子從來沒這麼確定過。」安琪拉雙手緊握方向盤。「我們趕緊離開吧。」

她們駛離車道時，珍回頭看一下她父母的房子，那是安琪拉撫養他們三個小孩長大的地方。但現在母親拋下這個家，讓珍明白她有多麼不快樂。過去幾個月，從安琪拉垮下的臉、沒梳的頭髮、長年低垂的雙肩，珍看到了她的不快樂。法蘭克自己當然也注意到種種跡象，但他從來不相信安琪拉真會做出什麼來。就連現在，他還以為妻子過幾天就會回家。他甚至懶得在屋外多逗留、看她離開，早已經關門回屋裡了。

「我保證我一定不會在你家住太久，」安琪拉說，「我一找到自己的地方，就立刻搬走。」

「媽，現在先不要擔心這些吧。」

「但是我會擔心。我什麼事都擔心。到我這個年紀的女人，忽然間就成了每個人的負擔（a burden to everyone），或者就成了一隻馱獸（a beast of burden）。我不曉得哪個比較糟糕。總之，那是……」她看路旁的路標一眼，輕嘆一聲。

「怎麼了？」

「那條岔路是去他家的。」安琪拉不必說出他的名字；珍知道她指的是誰：文斯・考薩克，曾在法蘭克離家後，短暫進入她母親的人生。「他現在一定有別的女朋友了。」安琪拉輕聲說。

「我之前說過了，媽，我不知道。」

「那是一定的。像文斯這麼好的男人。」

考薩克？珍差點失笑。退休警探文斯．考薩克隨時可能心臟病發，過胖又有高血壓，他胃口奇大，而且極度缺乏社交技巧。但他之前真心愛著安琪拉，後來她決定分手、回到丈夫身邊，也傷透了他的心。

安琪拉忽然把車子掉頭，輪胎尖嘯著在馬路中央迴轉。

「你在搞什麼啊，媽？」珍喊道，「這樣太違反交通規則了。」

「我得搞清楚。」

「搞清楚什麼？」

「現在是不是還有機會。」

「跟考薩克？」

「我分手時傷透了他的心，珍。他可能永遠不會原諒我了。」

「他知道你對抗的是什麼。老爸，還有整個家庭。」

「我不曉得他肯不肯跟我講話。」安琪拉的腳鬆開油門踏板，好像突然質疑起自己這個瘋狂的衝動。然後，同樣突然地，她再度踩下油門，車子踉蹌著往前。

珍唯一能做的，就是抓穩把手。

她們猛地煞車，停在考薩克的公寓大樓外頭。安琪拉深呼吸，努力鼓起勇氣。

「你要不要先打個電話給他？」珍建議。

「不，我必須親眼看到他的臉。他看著我的時候，我得搞清楚他的感覺。」安琪拉推開車門。「你在這裡等我，小珍。我可能很快就會回來。」

珍看著母親下車。安琪拉在人行道上暫停一下，撫平自己的外套，手指梳著頭髮。她看起來像是要去赴第一次約會的少女，那種轉變十分驚人——她的雙肩不再挫敗地垂垮，同時抬起下巴勇往直前。她打開公寓大樓的門，走進去消失了。

珍等著，等了又等。

珍想到所有可能的原因，大部分都是壞的。如果安琪拉發現考薩克跟另一個女人在一起，而且那個女人很會吃醋呢？安琪拉說不定現在被刀刺中，正在流血。或者考薩克被刺中，正在流血。這就是當警察的缺點；她老是想到最糟糕的情況，因為她之前看過糟糕的事情發生太多次了。

她掏出手機要打給她母親，這才發現安琪拉的皮包和手機都留在車上。她改撥了考薩克的手機，響了四聲後轉到語音信箱。

他們兩個都被刀刺中，正在流血。而你只是坐在這裡。

她嘆了口氣，開門下車。

她已經好幾個月沒來過考薩克的公寓了，但這棟大樓一點都沒變。樓下大廳還是同樣那棵假棕櫚樹，地上還是那些破裂的瓷磚，電梯也還是故障。她爬樓梯到二樓，敲了二一七號的門。沒人應，但隔著關上的門，她聽得到電視聲音開到最大，播放的節目發出一連串尖叫和嘶喊，伴隨著不祥的鼓聲。

她發現門沒鎖，於是走進去。

這戶公寓就跟她記憶中一模一樣：黑色皮革沙發，霧面玻璃茶几，一架大螢幕電視。典型的單身漢小窩。電視上，一部黑白恐怖片正在播放，昏暗客廳裡的唯一光源，就是螢幕上幾張恐懼的臉往上瞪著天空。幽浮。是一部外星人入侵的電影。

她聽到人聲，是真人發出的聲音，於是轉身看著廚房。

只要往裡看一眼，她就覺得自己知道太多了。安琪拉和考薩克站著相擁，嘴唇緊吻，雙手在彼此身上摸索著。珍這輩子曾被迫目睹過很多場面，是她再也不想看第二次的，而她母親和文斯．考薩克的舌吻就是其中之一。她後退，回到黑暗的客廳，沉坐在沙發上。

現在我該怎麼辦？

她坐在電視的閃爍光線中，想著她該等他們親熱多久。她應該打電話給嘉柏瑞，請他把她母親的行李箱送來、同時載她回家嗎？她不想打斷這場重聚，但真的，他們到底要繼續多久？

在電視上，一個女人踉蹌跑過樹林，逃避一個看起來像是穿了巨大橡膠螞蟻裝的男人。她想起考薩克收藏了一堆這類恐怖老片，因為他總是說，再沒有比可怕的電影更能讓女生想要緊靠著你了。好像只有恐懼才能逼一個女人投進他的懷抱。

螢幕上，螞蟻怪物從樹叢中龐然現身。那女人絆到樹根跌倒。當然了。每個穿過樹林逃跑的女人一定會絆到什麼而跌倒。恐怖片入門課。現在那個笨拙的女人搖搖晃晃站起來，歇斯底里地哭著。橡膠蟻男逼近要殺人時，珍忽然想起一件事。另一部恐怖片。另一個年輕女人在樹林間奔跑，被兇手追殺。

她坐直身子，瞪著螢幕，想著由卡珊卓編劇、製作的《猿猴先生》。卡珊卓的同事說過，這部電影是她童年時代一個真實事件所啟發。一個失蹤的女孩。

那個女孩應該就是麗琪．迪帕瑪。

「啊，小珍。你來了。」安琪拉說。

珍沒看她母親，目光依然盯著電視，依然想著卡珊卓和麗琪，想著她自己一直有種種疑慮，因為這個案子解決了，卻有那麼多問題還沒解答。

「我不跟你回家了，」安琪拉說，「我要跟文斯待在這裡。希望你可以接受，親愛的。」

「她當然可以接受，」考薩克說，「為什麼不接受？我們都是成人了。」

「這件事還沒結束。」珍說著趕緊起身。

「對，鐵定還沒結束，」安琪拉說，滿面笑容看著考薩克。「事實上，可能從來還沒這麼好過。」

「我得走了，媽。」

「等一下，那我的行李箱呢？」

「我會叫嘉柏瑞送過來。」

「所以你接受文斯和我，你知道……未婚同居？」

珍看著考薩克一隻肥手扶著安琪拉的臀部，想到今晚他們在臥室會發生什麼，不禁打了個寒顫。「人生短暫，媽。」她說，「而且我還有事情要辦。」

「你急著要去哪裡？」考薩克問。

「去看電影。」

36

「這部電影還得調色，另外也還沒有加上音樂，所以不會有那種最極致的恐怖效果。」崔維斯．張說，「不過這是我們的定剪版本。差不多就是確定版看起來的樣子，所以我猜想，我們終於可以給你看了。」

珍上次離開瘋露比電影公司之後，這三個電影人收拾過屋裡。披薩盒和汽水罐不見了，垃圾桶是空的，也沒有臭襪子的氣味，取而代之的是微波爐爆玉米花的香氣，這會兒安柏正把爆玉米花倒進一個大鉢裡，要讓大家一起享用。不過整個房間還沒有徹底清掃、吸塵過，珍拍掉了沙發椅墊上的一個陳年爆玉米花仁，這才坐下。

班傑明和崔維斯也坐在沙發上，位於珍的兩側，兩個人都看著珍，好像她是個剛從天上掉下來的外星人。「那麼，警探，」班傑明說，「我們都很好奇。」

「好奇什麼？」

「為什麼你改變心意。你跟我們說過你不迷恐怖片。但忽然間，你星期六晚上跑來這裡，堅持要讓我們給你看《猿猴先生》。為什麼？」

「失眠？」

「拜託，」崔維斯說，「真正的原因是什麼？」

三個電影人都看著她，等著她回答，等著她說出實話。

「我來找你們問話的那天晚上，就是卡珊卓剛被謀殺時，」珍說，「你們告訴我，《猿猴先生》的啟發靈感是一樁真實事件，是卡珊卓小時候發生的一件事。」

「對，」安柏說，「她說有個小女孩失蹤了。」

「她跟你們講過那個小女孩的名字嗎？」

「沒有。只不過是她同校的一個女生。」

「我想那個小女孩名叫麗琪．迪帕瑪。她失蹤時是九歲。」

安柏皺眉。「在卡珊卓的劇本裡，失蹤的角色是十七歲。」

「我想那是麗琪．迪帕瑪的替身。我也認為，你們電影裡面的兇手可能就代表了擄走她的人。」

「慢著，」崔維斯說，「《猿猴先生》是真有其人？」

「在你們的電影裡，猿猴先生是誰？」

崔維斯走到他的桌上型電腦前，敲著鍵盤。「我想回答這個問題的最好方式，就是讓你看電影。所以別拘束，警探，我們來看電影吧。」

安柏調暗燈光時，瘋露比電影公司的標誌出現在大螢幕電視上，是幾個碎片湊起來，形成一個立體派的女人臉。

「那個標誌是我想的，」安柏說，「代表了這些不相干的碎片拼湊成一個完整的圖像。大致來說，拍電影就是這樣。」

「那裡，看到沒？」崔維斯說。他從大缽裡抓起一把爆玉米花，坐在珍腳邊的地板上。「這個樹林裡的開場戲，我們花了四天才拍完。原先的女主角嗑藥嗑昏了頭，所以我們換掉她，差不多就是一夜之間。」

「而且我在拍那個鏡頭的時候扭到腳踝，」班傑明說，「害我好幾個星期都跛著腿走路。那就好像我們這部電影從第一天就受到詛咒。」

在螢幕上，一個漂亮的金髮女郎穿著濺了泥巴的牛仔褲，踉蹌走過黑暗的樹林。即使沒有不祥的音樂，但從她恐慌的臉、急促的呼吸中，也感覺得到那種明顯的緊張感。她回頭看一眼，一盞燈亮起，照亮了她的臉，她的嘴唇恐懼地張大。

鏡頭跳接到同樣一個女孩，平靜睡在她粉紅色的臥室裡。字幕打出：一個星期前。

「樹林裡的第一場戲，只是提前敘述未來事件，」安柏解釋，「現在我們回到一星期前，看我們的角色安娜最後怎麼會在那個樹林裡奔跑逃命。」

畫面轉到安娜的生物課教室，鏡頭掃過學生：兩個女生咯咯笑著傳紙條。一個滿臉無聊的運動健將穿著校隊外套，一副無精打采的模樣。一個蒼白的用功男孩認真地記著筆記。鏡頭慢慢轉到教室前方，停在老師身上。是個男人。

珍看著那一頭纖細的金髮，那圓圓的娃娃臉，那金屬框眼鏡。她很清楚為什麼挑這個演員來演這個角色。他酷似年輕的馬丁．司坦尼克。

「那是猿猴先生嗎？」她輕聲問。

「或許是，」崔維斯說，露出狡獪的微笑。「也或許不是。我們不想爆雷。你只能繼續看下去。」

在螢幕上，那些學生魚貫走出教室，邊聊著天邊打開走廊上的置物櫃。電影裡有每部青少年恐怖片的典型角色：運動健將、內向而獨來獨往的壁花女孩、書呆子、惡毒的啦啦隊員、冷靜明智的褐髮女孩。當然了，這個褐髮女孩能倖存；在恐怖片裡，冷靜明智的女孩通常都能保住一命。

播映二十分鐘後，那個女孩被一把斧頭砍掉腦袋。

死亡場景是一陣慢動作的血腥祭典，噴出的血液和飛過空中的頭顱害珍在沙發上扭動不安。天啊，難怪她都不看恐怖片；因為老是會讓她想到自己的工作。她看著那個褐髮女孩的無頭屍體倒在樹林，想起了曾在多徹斯特看過這麼一具屍體躺在浴缸裡，是一個年輕女孩被她忽然發瘋的男朋友砍頭。那次的恐怖是真實發生的，但至少事發時她沒看到，而且她事先已經被警告過接下來會看到什麼。通常警告是現場某個聲音冷酷的警察打電話來，跟她說這回真的很糟糕，於是走進現場之前，她已經準備好要面對那些景象和氣味，因為總是會有個巡邏警察在旁邊觀察，等著看這個女警探是不是夠強悍。而她一定會確保自己夠強悍。

她看了三個電影人一眼，對他們來說，血是他們的營業用具。對他們來說，謀殺很好玩。但是對我來說，謀殺永遠是個該死的悲劇。

螢幕上的兇手只是個模糊的剪影。沒有臉，沒有五官，只是一個影子站在褐髮女孩斬首的屍體旁往下看。一把鏟子插入土裡。斬下的頭顱飛過黑夜，砰一聲落在挖開的墓穴中。

班傑明咧嘴朝珍笑。「我敢說你沒想到這場謀殺會發生，對吧？」

「對。」她咕噥道。這部電影裡面還會有多少其他的驚奇？卡珊卓，你到底想告訴我們什麼？電影裡的情節詭異地與現實世界中的謀殺相似：五個潛在的目標。一樁接一樁駭人的死亡發生。一個在課後中心工作的無情兇手。卡珊卓是否在某種程度上已經預料到自己的下場，以及其他目擊者小孩的下場？

又過了二十分鐘後，面容不明的猿猴先生再度出擊，這回他的斧頭砍斷了運動健將肌肉發達的脖子。這也不意外；在鮮血四濺的恐怖片裡，運動健將幾乎總是會遭殃。下一個是那個刻薄的啦啦隊員，死時一片腦漿和假血爆開，珍也不覺得驚訝。刻薄女孩本來就該死；這是每一個電影觀眾的罪惡快感，對所有曾害他們生活悲慘的傲慢女孩復仇。

崔維斯轉向她。「到目前為止，你覺得怎麼樣？」

「呃，讓人看得很投入。」她承認。

「你猜到猿猴先生是誰了嗎？」

「顯然就是那個傢伙。」珍指著很像馬丁・司坦尼克那個青年，現在正蹲在一個黑暗的櫃子裡，隔著牆上一個小縫偷窺女廁裡。在牆壁的另一頭，那個壁花女孩正拉高裙子，調整她的褲襪。那個偷窺的老師露出淫笑。「他絕對是讓人心裡發毛。」珍說。

「是啊，但是他是兇手嗎？」

「不然還會是誰？除了那些小孩和他們的父母，這部電影裡面沒有其他嫌疑犯了。」

崔維斯咧嘴笑了。「看起來似乎很明顯的人選，不見得就是真兇。這一點警探學校沒有教過你們嗎？」

螢幕上一片鮮血濺到偷窺狂曾蹲過的那片牆上。那個令人心裡發毛的老師——珍原本假設他就是猿猴先生——倒在地板上，一把斧頭嵌進他頭骨。真正的猿猴先生逐漸進入畫面，進入亮光。兇手是她從來沒懷疑過的人，頭上戴著一頂針織帽，上頭的銀色珠子發亮。

「完全沒想到，對吧？」崔維斯說，「這是恐怖片入門課。兇手通常都是你最想不到的人。」

珍掏出手機打給佛斯特。「我們之前搞錯了，」她告訴他，「這個案子從來就跟蘋果樹無關。甚至從來跟司坦尼克一家無關。」她瞪著螢幕，裡頭嚇壞的安娜在樹林中奔跑，後頭的兇手現在露出臉了。「而是有關麗琪．迪帕瑪，以及她到底發生了什麼事。」

✦

當年女兒失蹤後，有足足十七年，亞齡．迪帕瑪都還住在她以往和九歲女兒共住的那棟房子裡。或許她還懷著希望，以為麗琪總有一天會回家。或許失去獨生女讓她凍結在巨大的悲慟中，因而無法前進，無法應付任何改變。然後，兩年前，改變降臨到她身上，她的丈夫忽然中風過世。

忽然守寡終於使得亞齡走出停擺狀態。丈夫死去一年後，她賣掉布魯克萊的房子，搬到鱈角半島上東法爾茅斯的這個濱海退休社區。

「我一直想住在靠近水邊的地方，」亞齡說，「我不懂為什麼拖了這麼久，才終於採取行動。也許我從來不覺得自己老得可以搬到這些退休的地方，不過我當然夠老了。」她看著客廳窗外的南塔吉特灣，在冬日暴雨雲籠罩下的海面是一片冷峻的灰。「生下麗琪時，我已經四十歲。是個老媽媽了。」

所以她現在是六十九歲了，珍心想，這個女人的臉活生生就是六十九歲的模樣。悲慟像是老化藥，讓每一年快速前進，染白你的頭髮，拉垮你的皮肉。壁爐台上是一張亞齡新婚的照片，青春煥發且漂亮。那個年輕女人的痕跡，現在一點也看不到了；就像女兒麗琪一樣，新婚的亞齡在許久以前就消失無蹤了。

亞齡從窗前轉身，坐下來面對珍和佛斯特。「我以為警方已經完全忘了她。都過了那麼多年，沒想到你們還會來跟我聯絡。你今天早上打電話來的時候，我忍不住想，或許你們終於找到她了。」

「很抱歉讓你失望了，迪帕瑪太太。」珍說。

「二十年，有這麼多假線索。但是從來不曾消失，你知道？」

「什麼不曾消失？」

「希望。我一直希望我女兒還活著。一直希望這二十年來，有個人把她關在地下室，像俄亥俄州的那些女孩。或者像那個可憐的伊莉莎白．史馬特，因為太害怕而沒有逃跑。我一直希望擄走她的人只是想要一個自己的小孩，可以愛她、照顧她。希望有一天，我的麗琪會想起她真正的身分，拿起電話打給我。」亞齡深吸一口氣。「這是有可能的。」她低聲說。

「是的，沒錯。」

「但是現在你們講起那些兇殺案，說有四個人被謀殺。我原先的希望就完全破滅了。」

佛斯特坐在沙發上，身體前傾，碰觸亞齡的手。「他們始終沒找到她的屍體，迪帕瑪太太。在此之前，我們都不能確定她死了。」

「但是你們認為她死了，對吧？每個人都這樣想，就連我丈夫也是。可是我拒絕接受。」她直直看著佛斯特。「你有小孩嗎？」

「沒有。但是瑞卓利警探有。」

亞齡望著珍。「男孩？女孩？」

「小女孩，」珍說，「三歲。而且跟你一樣，換作是我也絕對不會放棄希望，迪帕瑪太太。做母親的人都是這樣的。這就是為什麼我想查出麗琪發生了什麼事。我希望你得到答案。」

亞齡點點頭，直起身子。「告訴我可以怎麼幫上忙吧。」

「二十年前麗琪失蹤的時候，主嫌犯是馬丁．司坦尼克。他因為猥褻兒童而坐了二十年的牢，但有關擄走你女兒的罪名，並沒有定罪。」

「檢察官跟我說她已經盡力了。」

「你出席了審判嗎？」

「當然。好幾個蘋果樹的家長都去了。」

「所以你聽到了證詞。馬丁．司坦尼克上證人席時，你也在場。」

「我一直希望他在證人席上能招供，說出他到底把她怎麼了。」

「你相信馬丁．司坦尼克擄走了你女兒？」

「每個人都這麼認為。警方、檢方都是。」

「那其他父母呢？」

「荷莉的父母當然是這麼認為。」

「跟我談談荷莉．迪凡吧。你對她記得些什麼？」

亞齡聳聳肩。「沒什麼特別的。文靜、漂亮的女孩。你們為什麼問？」

「你印象中，覺得她怪怪的嗎？」

「我不是很了解她。她比麗琪大一歲，不是同年級的，所以她們並不是朋友。」她皺眉看著珍。「你問起她，有什麼特別的理由嗎？」

「當年是荷莉．迪凡在校車巴士上發現你女兒的管珠帽。她也是第一個指控司坦尼克一家性虐待的小孩。她開啟了一連串事件，最後讓司坦尼克一家定罪，送進監獄。」

「為什麼現在又要提起這一切？」

「因為我們在猜，荷莉．迪凡會不會從頭到尾都沒說實話。」

這個可能性似乎讓亞齡很震驚，她緊抓著椅子的扶手，顯然很努力要搞懂這可能代表的意義。「你們該不會以為，荷莉跟我女兒的失蹤有關吧？」

「有人提出這個可能性。」

「誰提出的？」

一個死掉的女人，珍心想。是墳墓中的卡珊卓．寇以爾，透過一部恐怖片的形式，傳達出她的訊息。在《猿猴先生》裡，兇手不是人人都懷疑的那位老師。就像馬丁．司坦尼克，電影中那位老師只不過是讓大家轉移焦點，是個方便的替罪羊，吸引所有人的注意，同時在陰影處，潛伏著真正的兇手：壁花女孩。

這只不過是恐怖片入門課。

亞齡．迪帕瑪搖搖頭。「不，我無法想像那個女孩傷害我女兒。那個男孩或許有可能，但荷莉為什麼要害我女兒？」

「男孩？」珍看了佛斯特一眼，他的表情也同樣困惑。「什麼男孩？」

「比爾．薩勒文。麗琪討厭他。他們在學校裡根本不是同年級的——他比她大兩歲。不過她看得夠清楚，曉得要離他遠一點。」

珍身體前傾，注意力忽然敏銳得不得了。她輕聲問：「比爾對你女兒做過什麼？」

亞齡嘆氣。「一開始似乎只是校園裡常見的戲弄和霸凌。小孩有時候就是那樣，但我們家麗琪是那種拒絕當被害人的女孩。她總是會捍衛自己，這也惹得比爾對她更惡劣。我想他不習慣有人不順著他的意思，但麗琪總是寸步不讓。所以他就愈來愈過分。他會在下課時間亂推她。偷她的午餐錢。但他夠聰明，從來不在有人能看到的時候做這些。而既然事發時沒有人看到，那就只能麗琪和比爾各說各話。我後來打電話給他母親抱怨，蘇珊根本不相信。啊，還說他們家比爾是個天使。他很聰明，而我們家麗琪只會撒謊。即使麗琪有天回家嘴唇都破皮流血了，蘇珊還是堅持不是她兒子幹的。」

「就是在巴士上發生的那件事嗎？所以後來他們才會在車上發現她的血跡？」

「是的。比爾伸出腳絆倒她。她跌倒，嘴唇磕破了。但是這回又是雙方各說各話。」

「為什麼這些事審判期間都沒有提出來？」佛斯特問。

「其實算是有。我在法庭上說，他們在巴士上發現麗琪的血跡是有原因的，但是沒有人問我為什麼她會磕破嘴唇。而且那個檢察官愛芮卡．薛伊很氣我把這件事說出來。她不希望透露任何對馬丁．司坦尼克有利的事情，因為她完全相信他擄走了我女兒。」

「你到今天還相信是這樣嗎？」珍問。

「我不知道。我現在好困惑。」亞齡又嘆氣。「我只希望她回家。無論是死是活，我希望我的麗琪回家。」

在屋外，一整個上午都遮蔽天空的暴雨雲終於釋放出肥厚的雪片，旋轉著落入海中。在夏天，這會是一個美好的地方，可以躺在沙灘上曬太陽或築沙堡。但今天，外頭的景象完全符合屋內沉重的鬱悶氣氛。

亞齡終於設法再度挺直身子，看著珍。「之前從來沒人問過我有關比爾的事情。好像根本沒人在乎。」

「我們在乎。我們在乎真相。」

「唔，真相是，比爾．薩勒文是個殘忍的小混蛋。」她暫停一下，好像很驚訝自己這樣發洩。「好吧，我說出來了。我早該跟他母親說的，不過反正她也不會相信。我的意思是，沒有人願意承認自己的孩子是天生壞胚子，但是有時候，顯然有些人就是那麼壞。喜歡傷害別人又撒謊不認帳的小孩。愛偷東西的小孩。但是白痴爸媽就是完全不知道。」她暫停一下。「你們見過蘇珊．薩勒文嗎？」

「她兒子失蹤後，我們找她談過。」

「我知道一個母親失去了兒子，這樣講她壞話是不對的，但是蘇珊也要負一部分責任。比爾做的每件壞事，她都能幫他找到藉口。你們知道他曾把一隻小負鼠活活剝皮，只是為了好玩嗎？

麗琪跟我說過，他喜歡把動物開膛破肚。他會跑去池塘抓青蛙，活生生割開肚皮，觀察青蛙的心跳。如果他小時候就喜歡做這種事，我無法想像他長大後會變成什麼樣。」

「你跟蘇珊還有聯絡嗎？」

「老天，沒有。審判過後，我就躲著她。或許她也在躲著我。我聽小道消息說，比爾後來進入金融業。想像一下，對那種狡猾的人是完美的職業。其他人把幾百萬的錢交給他處理，他幫他母親在布魯克萊買了一棟大房子。又在哥斯大黎加買了一棟度假屋。至少他懂得好好對待自己的母親。」她又望向窗外，看著風暴中迴旋的雪片。「我知道我該寫封信給蘇珊，說我很遺憾比爾失蹤了。麗琪出事的時候，她從來沒寫信跟我致意過，不過這是該做的事。畢竟，她的確失去了兒子。」

珍和佛斯特交換了一個眼色，兩個人有相同的想法：*是嗎？*

37

我父親的房子裡充滿了百合的濃郁甜香，我真想把窗子都打開，讓冬日寒風把那些氣味吹出去，但這樣不是待客之道，因為客廳和餐室裡有三十二個客人在徘徊，一邊吃著開胃點心。每個人都低聲講話，而且覺得有必要碰觸我，這些安慰的拍肩和捏手臂都讓我覺得不舒服。我面色凝重地向那些人道謝，甚至還擠出了幾滴漂亮的眼淚。熟能生巧。我對父親的死不是沒感覺；我真的很想念他。我想念那種安心：知道世上有個人愛我，會願意為我做任何事。為了保護我，爹地犧牲了他罹癌的病體，以及他殘存幾個月的悲慘生命。我想永遠不會有其他人這麼深愛我了。

不過埃佛瑞．普瑞思柯正在盡力扮演這個角色。

我們從爹地的追思儀式回來之後，埃佛瑞就黏在我屁股後頭。他一直幫我的酒杯補滿，替我拿小點心，這些關注搞得我有點煩了，因為我一點獨自清靜的機會都沒有。即使我逃進廚房，從冰箱裡拿出另一盤乳酪和餅乾時，他都還是跟進來，站在我旁邊，看著我撕掉盤子上的保鮮膜。

「有什麼我能做的嗎，荷莉？我知道這事情對你有多麼難受，要面對這些客人。」

「我應付得來。我只是希望不會有人餓肚子。」

「來，這個我來拿。還有飲料呢？我應該再開幾瓶葡萄酒嗎？」

「一切都在控制之下。放輕鬆，埃佛瑞。這些客人只不過是我爸的朋友和鄰居。他不會希望我們為了招待這些人而搞得太緊張的。」

埃佛瑞嘆氣。「我真希望我認識你父親。」

「他會喜歡你的。他總是說，他才不在乎男人有沒有錢，只要對我好就行了。」

「我盡力而為。」埃佛瑞微笑著說。他拿起那盤乳酪和餅乾，我們回到餐室，裡頭每個客人都用同情的神態看著我，好煩。我補充了桌上的點心，整理一下瓶子裡的鮮花。大家帶了好多該死的百合來，那氣味熏得我想吐。我忍不住掃視著那些花束，想尋找會不會有棕櫚葉，但當然沒有。馬丁．司坦尼克死了。他再也無法傷害我了。

「你父親做了一件很勇敢的事，荷莉。我們都應該感激他。」伊蓮．寇以爾說。卡珊卓的母親一手拿著一盤小點心，另一手拿著一杯葡萄酒。幾天前的晚上，她的前夫馬修在昏迷幾個星期後終於過世，但伊蓮依然平靜而優雅，穿著上個月她去參加女兒葬禮的同一件黑洋裝。「如果我有機會，我可能也會射殺那個混蛋。我知道我不是唯一有這種感覺的人。」她指著旁邊那個女人。「你還記得比爾．薩勒文的母親吧？」

我好多年沒跟蘇珊．薩勒文說過話了，但她看起來沒有顯得更老。她長年不變的金髮往上挽成髻，還用髮油固定得非常完美。她的臉奇異地沒有皺紋。財富似乎站在她那一邊。

我跟蘇珊握手。「謝謝你趕來，薩勒文太太。」

「我們都很遺憾，荷莉。你父親真是位英雄。」

伊蓮捏捏蘇珊的手臂。「而且你能來，真是太勇敢了。比爾才剛剛……」她的聲音愈來愈小。

蘇珊擠出微笑。「我想我們都應該來，向這位有勇氣結束一切的人致敬。」她轉向我。「你父親做了警方從來做不到的。現在整件事終於真正結束了。」

其他客人紛紛過來跟我表示慰問，那兩個女人於是就讓開了。有些客人我不太認得。新聞頻道一直在報導我父親死去的消息，我懷疑很多鄰居只是出於好奇而來。畢竟，我父親是位英雄，他的死是為了要伸張正義，讓那個曾猥褻他女兒的男人得到該有的制裁。

現在人人都知道我是蘋果樹的被害人之一了。

我在客人之間走動時，他們看著我的表情兼有同情和尷尬。你看著一個兒童性騷擾被害人的雙眼時，怎麼可能不想像她當時的遭遇呢？二十年過後，那個案子已經逐漸被人們遺忘，但現在又回到報紙頭版了。**殺死當年性騷女兒的歹徒，勇父遭警方射殺身亡。**

我始終昂起頭，直視每一個人，因為我並不羞愧。我其實不太知道羞愧的感覺是什麼，但我知道一個悲慟的女兒該有什麼表現，於是我跟他們握手，忍受跟他們擁抱，聽著無數人低聲說我很遺憾和如果你需要什麼，就打電話來。我不會打給他們任何人的，他們也知道，不過在這類場合，你總是得說這些。我們這一生都在說別人期待中的話，否則我們也不知道還能說些什麼。

過了好幾個小時，整個屋子才終於空下來，最後一個客人離開了。此時我已經筋疲力盡，唯一想要的就是平靜和安寧。我癱倒在沙發上，朝埃佛瑞呻吟。「老天，我需要喝一杯。」

「這個我辦得到。」他微笑說。他走進廚房，兩分鐘後又出來時，端著兩杯威士忌，遞了一杯給我。

「你是從哪裡找到威士忌的？」我問他。

「在你老爸廚房櫥櫃的最裡頭。」他關掉所有的燈，在壁爐發出的溫暖光芒中，我已經覺得自己的緊繃逐漸退去。「你父親顯然很懂威士忌，因為這瓶是很頂級的單一麥芽蘇格蘭威士忌。」

「好笑。我根本不知道他喜歡威士忌。」我連忙喝了一口，接著震驚地往上看，因為我聽到了洗手間傳來的沖水聲。

埃佛瑞嘆氣。「我想屋裡還有一個客人沒走。我們怎麼會沒發現呢？」

蘇珊・薩勒文走出洗手間，尷尬地四下張望著空蕩的客廳，看著壁爐裡的爐火閃動。「啊，糟糕，我好像是最後一個離開的。我來幫你們收拾整理吧，荷莉。」

「你真是好心，但是不用了。」

「我知道你今天一定累壞了。讓我做點事情吧。」

「謝謝你，但是我們打算先放著，等明天早上再來收拾。眼前，我們只想放鬆而已。」

她沒聽懂我們要她離開的暗示，只是站在那裡看著我們。埃佛瑞終於出於禮貌而開口。「你要跟我們一起喝杯威士忌嗎？」

「那太好了，謝謝。」

「我去廚房幫你拿個杯子。」他說。

「你們都別動，我自己去拿。」她走進廚房，埃佛瑞用嘴型跟我無聲說對不起，但我其實不太怪他邀請蘇珊喝一杯，因為她顯然就是想留下。她拿著自己那杯威士忌回到客廳，也把整瓶酒都帶出來了。

「看起來你們都準備喝第二杯了。」她說，然後禮貌地幫我們補了酒，接著在沙發上坐下。她把酒瓶放在茶几上時，發出一個悅耳的吭噹聲。一時之間，我們沉默坐在那裡，啜著各自的酒。「這個追悼儀式很不錯，」蘇珊說，凝視著爐火。「我知道，我應該幫比爾辦個追悼儀式的，但是我很害怕。我就是沒辦法接受……」

「很遺憾你兒子的事，」埃佛瑞說，「荷莉跟我說過了。」

「重點是，我沒辦法死心。他並沒有被確認死亡，只是失蹤，所以對我來說，他一直還活著。當母親的就是會抱著希望，不可能放棄的。」她喝了一口威士忌，被那刺激的滋味弄得皺起臉。「沒了比爾，我看不出有什麼堅持的理由。一點都沒有了。」

「才不是，薩勒文太太！總是有個理由可以活下去的。」埃佛瑞說。他放下快喝空的杯子，伸手去碰觸她的手臂。那是一種真誠的善意手勢，是與生俱來的。這種技巧我永遠學不會。「你兒子一定會希望你好好活下去、享受人生的，不是嗎？」

她朝他露出哀傷的微笑。「比爾總說我們應該搬到一個溫暖的地方，有沙灘的。我們計畫退休後搬去哥斯大黎加，也存夠了錢。」她望著遠方。「或許我就該去那裡。一個可以重新開始的地方，沒有這些回憶。」

我開始覺得暈眩，雖然我只喝了幾口威士忌。我把自己的那杯推向埃佛瑞，他拿起來喝了一大口，根本沒注意那杯是我的。

「也或許墨西哥。那裡有很多漂亮的住宅要賣，就在海邊。」蘇珊轉向我，映著爐火的雙眼好亮，簡直要發光了。

「海灘，」埃佛瑞喃喃說，搖了一下頭。「是的，我現在很需要海灘。外加或許睡一場舒服的覺……」

「啊，親愛的，我待太久了。你們兩個都累壞了。」蘇珊站起來。「我馬上走。」

她站起來穿上大衣扣好時，整個房間忽然感覺上好暖，太暖了，好像火爐裡爆出一陣熱浪。我看著壁爐，半期待著有一陣大火湧出。但裡頭只有溫和的火焰。那火焰太漂亮了，我盯著無法移開視線，甚至沒注意到蘇珊離開了。我聽到前門關上的聲音，一陣風灌入屋內，那些火焰隨之舞動。

「我覺得……覺得為她遺憾。」埃佛瑞口齒不清地說。「可怕，失去了兒子。」

「你不認識她兒子。」我還是盯著火焰，覺得那些火似乎跟著我的心跳一起搏動，彷彿那火跟我有某種神奇的連結。我是火，火是我。*沒有人真正了解比爾。不像我那麼了解他。*我低頭看著自己的雙手，指尖在發亮。上頭冒出鮮豔的線，閃著金光，朝壁爐射出弧線。如果我像個木偶操縱師那樣移動雙手，就可以讓火焰舞動。儘管這一切似乎好神奇，但我知道不對勁，非常不對勁。

我搖了一下頭，設法想讓眼睛重新聚焦，但是那些線仍然黏著我的手指，在陰影中舞動。威士忌酒瓶映著火光。我瞇眼看酒標，但那些字一片模糊。我想到埃佛瑞，之前走出廚房，端著兩杯琥珀色的液體。我沒看到他倒酒，我從沒疑心他遞給我的那杯威士忌，也不會想到他可能在裡頭加了什麼。我沒看他，因為我擔心他會看到我眼中的懷疑。我只是繼續望著壁爐，同時努力跟我腦袋裡頭的濃霧搏鬥，回想著我認識他的那一夜。卡珊卓被發現屍體的那一晚，我們兩個都在尤提卡街附近喝咖啡。他當時說他到那一帶要跟朋友碰面吃晚餐，但如果那根本不是實話呢？要是我們相遇是安排好的，所有一切都導致眼前這一刻呢？我想起他之前買給我的那瓶葡萄酒，還放在我公寓的廚房裡沒開。我想到自己跟他講兇殺調查時，他那麼專心地傾聽種種細節。

我對埃佛瑞的了解究竟有多少？

我想著這一切，同時腦袋裡的霧愈來愈濃，四肢開始發麻。現在該動起來了，趁著我勉強還可以控制雙腿的時候。我搖搖晃晃站起來，設法走了兩步，然後兩腿一軟。我的頭砸中了茶几一角，那疼痛猛然刺穿迷霧，忽然間讓一切都清晰起來。此時我聽到前門甩上，感覺到冷風竄進來。吱呀的腳步聲一路走過來，停在我旁邊。

「小荷莉．迪凡，」一個聲音說，「還是很會惹麻煩。」

我瞇著眼睛往上看著那張望向我的臉，是過去幾年一直跟蹤我的男人。他本來應該死了，埋在一片沒有標示的泥土中。之前警察告訴我馬丁．司坦尼克殺了比爾，我相信他們，但我不該那麼糊塗。比爾這種人不會被殺掉的，他們會一再死而復生。儘管我這些年設法躲過他，即使我改了姓，也改變了容貌，他還是有辦法找到我。

「那個男朋友怎麼樣了？」第二個聲音說，讓我震驚不已。

「他失去知覺了。沒問題的。」比爾說。

蘇珊的臉也出現在我視野中，我設法想看清她。他們並肩站著，比爾和他母親，看著她努力的成果。我轉頭看埃佛瑞，他倒在沙發上，比我更無助。他不光是喝了自己那杯威士忌，還喝了我的。我只喝了兩三口，就已經不太能動了。

「我看到你還醒著，荷莉娃娃。」比爾蹲下來打量我。他的眼睛依然是亮藍色，那種犀利的目光小時候吸引了我。即使在當時，我就迷上他，輕易被他誘騙，去做任何他要求的事情。其他小孩也是一樣。

只有麗琪除外，因為她感覺到他的真面目。那天我們在遊戲場裡面發現了一隻剛出生的小負鼠，比爾拿著火焰湊近那隻負鼠時，是麗琪拍掉了他手裡的火柴。後來比爾從一個同學的外套裡偷錢時，是麗琪喊他小偷。他很生氣，而你是不會去惹比爾·薩勒文生氣的，因為一定會有後果。不見得是馬上的；或許他要過好幾個月、甚至好幾年才會反擊，但比爾就是這樣：他從不忘記。他一定會報仇。

除非你跟他達成交易。

「為什麼？」我設法擠出氣音。

「因為你是唯一記得的。活著的人裡頭唯一知情的。」

「我保證過，我絕對不會告訴任何人⋯⋯」

「你以為我會冒這個險嗎？有那個女記者在寫那本操他媽的書？他已經跟卡珊卓談過了。我可不能讓她跟你談。」

「當時沒有其他人在場，沒有其他人知道的。」

「但是你知道，你有可能說出去。」他湊近我，在我耳邊低語。「你收到我的訊息了，對吧，小利維努斯？」

殉道者聖利維努斯，他的紀念日就是我的生日。殉道時，這位聖人的舌頭被割下來，好讓他不再說話。儘管我這些年設法躲著比爾，但他知道如何傳送訊息，讓我看到。他知道莎拉、卡珊卓和提姆的死會引起我的注意，也會明白他留給我的線索：莎拉焚毀的房屋遺跡前放的棕櫚葉。提姆胸膛的亂箭。卡珊卓被挖出的眼珠。

我太明白他要告訴我的：不准說出秘密，否則你就會像其他人一樣死掉。

我都沒說出去。這麼多年來，我一直沒說出那天在樹林裡麗琪發生的事，但我保證不說還不夠。因為那個記者，總之真相就快要浮現了，然後比爾跑來，要確保我像舌頭被割掉的聖利維努斯一樣，再也不能說話。

蘇珊說：「這回要弄得像是意外，比爾。絕對不能讓任何人起疑。」

「我知道。」比爾站起來打量著渾身無力、完全不能動的埃佛瑞。「而且我們得處理他們兩個人，會比較不好安排。」他掃視著房間裡，雙眼轉向壁爐，那些柴火快要燒盡，幾乎沒有火焰了。「老房子，」他沉思道，「很快就會起火冒煙。可惜你父親忘了幫他的煙霧偵測器換電池。」他拉了一把椅子放在煙霧偵測器下方，把那個小儀器拉下來，取出裡頭的電池。然後他走到壁爐前，朝裡頭添了一大堆柴火。

「我有更好的主意，」蘇珊說，「他們很累又喝醉了，所以他們人會在哪裡？臥室。」

「我們先搬他吧。」比爾說。

他們拖著埃佛瑞離開，我聽到他的鞋子刮過地板，朝我爸的臥室移動。我已經知道，當我們的屍體被發現時，死亡現場看起來會是什麼樣。喝醉的情侶，床上的屍體燒成焦炭。又一個因為大火和不小心而釀成的死亡悲劇。

那堆新加的柴火讓火焰又燒了起來，我瞪著那可怕的火光，幾乎能感受到那種燒灼我頭髮、吞噬我皮肉的熱度。不，不，這不是我想要的死法！恐慌讓我的腎上腺素大量分泌，我用雙手和膝蓋撐起自己。但在我爬向前門時，已經聽到他們回頭的腳步聲從臥室傳來了。

兩隻手把我猛往後扯，我的臉撞到了壁爐前凸起的地面邊緣。我感覺到一邊臉頰腫起，稍後一定會有可怕的瘀青，但是再也不會有人看到了：一切都會被大火燒掉。我太虛弱了，沒法抵抗，只能任由比爾拖著我，沿著走廊進入臥室。

他和蘇珊一起把我抬到床墊上，就躺在埃佛瑞旁邊。

「脫掉他們的衣服，」蘇珊說，「他們不會穿著衣服上床的。」

這一對是很有效率的團隊，迅速脫掉了我的長褲、襯衫和內褲。母與子，在這個變態的脫衣表演中聯手，最後讓埃佛瑞和我赤裸躺在床上。蘇珊把我們脫下的衣服搭在一張椅子上，讓我們的鞋子亂扔在地板上。啊，沒錯，她想好整個劇本了，年輕情侶做愛後筋疲力盡。她又思索了一會兒，接著離開房間，帶著兩個空的葡萄酒瓶、兩只高腳杯、幾根蠟燭回來，全都用抹布包著，不會留下指紋。她把這些東西在床頭桌佈置好，仔細得就像佈景師在為一齣舞台劇做準備。等到蠟燭點燃窗簾，埃佛瑞和我將會爛醉而沉睡，所以沒被煙霧吵醒。我們赤裸而酒醉，完全就是一對享樂過頭、忘了小心火燭的年輕情侶。火焰會燒掉所有證據——指紋、毛髮、纖維，還有我們體內的K他命痕跡。就像火焰燒毀了莎拉被謀殺的證據。一如莎拉，一如殉道的聖女貞德，我會化為灰燼，真相也將跟著我焚毀——有關麗琪．迪帕瑪發生什麼事的真相。

我知道，因為事發時，我也在樹林裡的現場。

那是十月的一個星期六，燦爛如火的秋葉在我們上方波動起伏。我還記得我們走過時，地面上的小枯枝宛如小骨頭發出折斷的脆響。我還記得當時十一歲、已經很強壯的比爾把鏟子用力踩進土裡，挖掘墳坑。

蘇珊又離開房間了，比爾在我旁邊的床緣坐下。他撫弄著我的乳房，捏住我的乳頭。

「看看小荷莉．迪凡，完全長大了。」

我反感得手臂肌肉繃緊，但我沒動。我不想洩漏我體內K他命正迅速消退的秘密。他不曉得，蘇珊倒進我杯子的威士忌，我只喝了兩口；剩下的都是埃佛瑞喝光的，他現在也正承受充分劑量所帶來的後果。埃佛瑞眼睛睜開，輕聲呻吟著，但我知道他全身無力。我是唯一有辦法反擊的人。

「你向來很特別，荷莉，」比爾說。他的手離開我的乳房，往下摸著我的腹部。他感覺得到我的戰慄嗎？他看得到我眼中的嫌惡嗎？「你總是願意嘗試各種事情。我們本來可以變成很棒的團隊。」

「我不像你。」我輕聲說。

「不，你很像。在骨子裡，我們一模一樣。我們都知道這個世界真正重要的是什麼。那就是我們，沒有別的。這就是為什麼多年來你從來沒有告訴任何人。這就是為什麼你守著這個秘密。因為你知道說出來會有種種後果。你不希望自己的人生也毀掉，對吧？」

「我當時才十歲。」

「大得足以知道自己在做什麼，大得足以做出自己的選擇。你也打了她，荷莉。我把那塊石頭給你，你就用來打她了。我們一起殺了她。」他的手掌放在我的大腿，我反感得幾乎無法保持不動。

「我找不到塑膠袋。」蘇珊站在門口說。

比爾轉向他母親。「廚房裡都沒有？」

「我只找到這些不牢靠的雜貨袋。」

「我去看看。」

比爾和他母親離開房間。我不曉得他們為什麼要找塑膠袋；我只知道這是我挽救自己性命的最後機會。

我用盡全身所有的力氣，翻過床墊邊緣。接著我砰的一聲摔到地板上，聲音很大，他們在廚房一定聽得見。現在我的時間不多了，他們隨時可能回來。我盲目地摸索著床下，要找我的皮包。今天下午屋裡有那麼多人，我得找個安全的地方放皮包，因為我懂得人性。即使是一棟仍在哀悼中的房子，也阻止不了那些習慣性順手牽羊的人。我摸到背帶，拉了一下。那皮包已經打開了，我把手伸進去裡頭。

「她想辦法下床了，」蘇珊說，她站在我上方，往下一副厭煩的表情看著我。「如果我們就這樣留下她，她說不定就會爬走了。」

「那麼現在就得做個了斷，只好用老派的方法了。」比爾說。他從床上抓了一個枕頭，跪在我旁邊。埃佛瑞呻吟，但他們根本懶得看他一眼，兩個人現在注意力都集中在我身上，準備要殺我。我永遠不會感覺到火焰燒身了；等到大火吞噬這個房間時，我早已經死了，被枕頭悶死了。

「沒辦法，我非得這麼做，荷莉娃娃，」比爾說，「我相信你了解的。你可能會毀了我的一切，我不能讓這種事發生。」他把枕頭放在我臉上，然後往下壓。他壓得好用力，害我無法呼吸、無法移動。我扭動又翻騰，對空亂踢，但蘇珊也坐在我身上，把我的臀部往下壓住。我努力想吸氣，但那枕頭緊緊封住我的鼻子和嘴巴，我唯一能吸到的，就是乾燥的枕巾和枕心。

「死吧，要命。快死！」比爾命令道。

我快死了。麻痺已經開始滲入我的四肢，偷走我殘存的力氣。搏鬥結束了。我只感覺到沉甸甸的重量壓在我身上，比爾壓著我的臉，蘇珊壓著我的臀部。我的右臂還在床下，手在皮包裡。

在最後幾秒的清醒時刻，我忽然明白自己手裡握著什麼。這個東西我帶在皮包裡好幾個星期了，自從瑞卓利警探跟我說我的性命有危險、馬丁．司坦尼克想殺我開始。我們都錯得好離譜。從頭到尾，潛伏在陰影中等待的其實是比爾。比爾，佈置了自己的死亡，而且過了今夜之後，他就會永遠消失了。

我看不到自己瞄準什麼。我只知道時間快沒了，這是我昏迷之前最後一次機會。我拖出槍，盲目地抵著蘇珊的身體，扣下扳機。

那爆炸讓比爾猛地起身。我臉上的枕頭忽然鬆開，我拚命吸了一口氣。空氣充滿我的肺臟，清除我腦袋裡的迷霧。

「媽媽？媽媽？」比爾大叫。

蘇珊現在死沉沉壓在我臀部。比爾把她往外翻過去，我聽到她砰一聲摔在地板上。我推開枕頭，看到比爾蹲在蘇珊身旁往下看。她胸膛湧出鮮血。比爾一手按著那個子彈孔，想阻止血流，但他當然看得出來，那是個致命的傷口。

蘇珊伸手摸著他的臉。「去吧，親愛的。離開我。」她低聲說。

「媽，不……」

她的手滑下，在他臉頰留下一道血痕。

我的手臂發抖，根本無法穩住，於是射出的第二顆子彈擊中天花板，砸掉一塊灰泥。

比爾從我手裡搶走槍，他的臉因為憤怒而扭曲，雙眼亮得有如地獄之火。這就是那天我在樹林看到的那張臉，那天他拿起那塊石頭，用力砸在麗琪．迪帕瑪的頭骨上。二十年來，我什麼都沒說。為了保護自己，我必須保護他，而這就是我的懲罰。當你跟魔鬼達成協議，你就得付出你的靈魂為代價。

他雙手握著槍，我看到槍管轉向我，像一隻無情的眼睛。

槍聲轟然響起時，我瑟縮著身子——一連串急促的爆響，快得我來不及數有幾次。等到槍聲終於停止，我的雙眼閉著，耳鳴不已，但是沒有感覺到疼痛。為什麼不痛？

「荷莉！」兩隻手抓住我的肩膀，用力搖了一下。「荷莉？」

我張開眼睛，看到瑞卓利警探往下看著我，瘋狂地搜尋著我的臉。

「你受傷了嗎？跟我說話！」

我只能用氣音說出「比爾」。我想坐起身來，但是沒辦法。我的肌肉還是不聽使喚，而且都忘記自己全身赤裸了。我忘了一切，只除了自己還活著的事實，而且我不明白怎麼可能。佛斯特把他的外套蓋在我赤裸的身上，我抱著外套貼在胸前，全身顫抖，不是因為冷，而是因為之前發生的一切餘悸猶存。我看著父親的臥室，目光所及之處都是鮮血。蘇珊躺在我旁邊，雙眼呆滯，嘴巴張開。她垂死時努力摸過兒子的那隻手臂張開。母子兩人的手指沒有碰觸：連接他們的，是中間的一灘血，比爾的血混合著蘇珊的。

母與子，一同赴死。

38

「線索一直在那裡，在卡珊卓．寇以爾的電影裡，」珍說，「那部電影我一直沒有機會看，直到昨天晚上。」

「我還是不明白，是什麼讓你覺得電影裡會有答案，」莫拉說，她蹲在蘇珊．薩勒文和她兒子的屍體旁。「我以為那不過就是一部恐怖片。」

珍往下看著莫拉彎下的頭，看到了幾根銀絲從那一頭光滑的黑髮中冒出來，她心想：我們一起變老了。我們都看過太多死亡了。什麼時候我們會判定自己看夠了呢？

「那的確只是一部恐怖片，」珍說，「不過劇情的啟發靈感，是源自卡珊卓的童年。她後來陸續回想起童年的一些畫面，還跟邦妮．桑爵吉說司坦尼克一家從來沒對她做過任何事，而且她很羞愧自己協助將無辜的人送進監獄。那種羞愧使得她無法跟朋友和家人談這件事。她用一種安全的方式分享這個故事：她寫了一部電影劇本，裡頭講的是一個女孩的失蹤。就跟麗琪．迪帕瑪一樣。」

莫拉抬頭看了一眼。「《猿猴先生》講的就是這個？」

珍點點頭。「一群青少年不曉得他們之間有個惡魔。那個惡魔就是他們其中之一。在卡珊卓的電影裡，兇手結果是一個戴著管珠針織帽的女孩，就跟麗琪的帽子一樣。卡珊卓指點我們去找荷莉．迪凡，結果是錯的。但有件事她沒猜錯：惡魔的確就是他們其中之一。」

莫拉皺眉看著比爾．薩勒文的屍體。「他假造了自己的失蹤。」

「他非失蹤不可。過去幾年，他從孔維爾投資公司的客戶那邊偷了幾百萬元，大概存在加勒比海地區的某間銀行。聯邦調查人員恐怕要花上好幾個月，才能查出他到底偷了多少。佛斯特和我那天下午去他公司時，他們才剛查封他的辦公室。我們原來假設比爾是司坦尼克謀殺的被害人之一，被埋在沒有標示的墓穴裡。但其實這是比爾順利消失的方式。他逃離他的舊身分，也逃離他二十年前殺害麗琪．迪帕瑪的罪名。」

「當時他應該只有十一歲。」

「但是他已經是個壞心的小混蛋了，麗琪的母親是這樣說的。警方始終沒找到麗琪屍體的原因，是因為他們找錯了地方。」珍低頭看著比爾和蘇珊。「現在我們大概曉得該去哪裡找了。」

莫拉站起來。「你知道例行程序，珍。我們又有一次警方開槍致死事件，而且這回甚至不是在波士頓市警局的轄區，而是在布魯克萊。」

珍朝門口望去，看著站在走廊上那名布魯克萊警局的警探，對著他的手機氣呼呼地講話。地盤之爭正在醞釀著，珍可得好好解釋了。

「是啊，接下來我得接受調查了。」珍嘆氣。

「但是如果有正當開槍這回事，那麼這回就是了。而且你有個平民目擊證人，會作證說你救了她的命。」莫拉剝下手套。「荷莉怎麼樣了？」

「救護車接走她的時候，她還因為K他命藥效而非常虛弱，不過我確定她不會有事的。我想那個女孩幾乎可以熬過任何事而倖存下來。她真是充滿了驚奇。」

怪女生。根據邦妮．桑爵吉的說法，其他小孩都這麼喊荷莉，而荷莉．迪凡的確很怪。珍想著那女孩面對威脅時的詭異冷靜，還有荷莉看著她時那種冷靜而解析的目光，彷彿正在打量另一種生物。好像人類對她來說是外星人。

「她剛剛有辦法告訴你這裡發生了什麼事嗎？」莫拉問。

「我大概曉得是怎麼回事。明天我會再去查出細節，到時候她應該比較恢復正常了。」珍又低頭看著蘇珊和比爾，躺在他們交融的幾灘血中。「不過我認為，你在這裡就可以看出整個狀況了。一個殘忍的小惡魔兒子。一個讓他一再脫身的母親，甚至還幫他掩飾罪行。」

「你總告訴我，這世上最有力量的愛，莫過於母愛，珍。」

「是啊，眼前就是母愛走火入魔的證據。」她深吸一口氣，聞著那再熟悉不過的、血與暴力的氣味。今夜這種氣味也意味著終局，雖然令人不安，卻也令人深感滿足。

✦

次日早晨，珍走進荷莉的病房時，發現這位小姐坐在床上，正要吃完她的早餐。她的右臉頰一片腫起的藍色，手臂上有許多瘀青，都是她昨夜激烈打鬥的證據。

「你今天覺得怎麼樣？」珍問。

「全身到處都在痛。我看起來很恐怖吧？」

「你看起來還活著，這一點最重要。」珍瞥了空的早餐托盤一眼。「另外我看到，你早餐都吃光了。」

「這裡的食物好難吃，」荷莉說，同時苦笑著聳了一下肩膀。「而且分量好少。」

珍大笑，拖了一張椅子在床邊坐下來。「我們得談談之前發生的事。」

「我不曉得我還能告訴你什麼。」

「昨天晚上你說，比爾承認他殺了其他人。」

荷莉點頭。「我是他最後一個目標。因為之前他一直找不到我。」

「你昨天還說，他也招認自己殺了麗琪・迪帕瑪。」

「是的。」

「你知道他是怎麼殺、在哪裡殺的嗎？」

荷莉看著她瘀青的手臂，輕聲說：「你已經知道是他殺了她。都已經是那麼久以前的事情了，細節真的很重要嗎？」

「其實呢，很重要，荷莉。對麗琪的母親很重要。迪帕瑪太太急著想找到她女兒的屍體。比爾跟你暗示過他可能埋在哪裡嗎？」

荷莉什麼都沒說，只是繼續看著她瘀青的手臂。珍審視著她，恨不得能夠看穿那層腦殼，破解荷莉・迪凡的秘密，但是當荷莉再度抬頭，珍從這個年輕女孩的目光中什麼都看不出來。那就像是看著一隻貓的眼睛，綠色的，很美，完全神秘莫測。

「我不記得了，」荷莉說，「那個藥物，搞得一切都好模糊。對不起。」

「或許你稍後會再想到細節。」

「或許吧。如果我想起任何事，我會通知你的。但是現在……」荷莉嘆氣。「我真的很累了。我想睡覺。」

「那我們就下次再談吧。」珍站起來。「等到你有辦法了，我們還是需要你的完整陳述。」

「當然。」荷莉一手抹過眼睛。「我真不敢相信，這件事終於結束了。」

「沒錯。這回是真的了。」

總之，對荷莉而言是如此，珍心想。但願對亞齡・迪帕瑪來說也是結束，不過比爾・薩勒文把麗琪下落的秘密帶進墳墓裡了，他們有可能永遠找不到那個小女孩的屍體。

珍在醫院裡還有另外一個地方要去，於是離開荷莉的病房後，她就沿著走廊往下，去探訪埃佛瑞・普瑞思柯。昨天晚上他們被送上救護車時，他被K他命搞得昏昏沉沉，只能勉強咕噥幾個字。今天早上，珍發現他在床上醒著，正瞪著窗外。

「普瑞思柯先生？我可以進來嗎？」

他眨了幾下眼睛，好像剛從白日夢中醒來，皺眉看著她。

「你可能不記得我了。我是瑞卓利警探。我昨天晚上也在那裡，就在你和迪凡小姐——」

「我記得你，」他說。然後又輕聲補充：「謝謝你救了我的命。」

「當時就差那麼一點。」她拉了一張椅子到他床邊坐下。「你記得些什麼，告訴我吧。」

「有人開了好幾槍。接著你站在我上方。你和你的搭檔。然後救護車載著我。我以前從來沒搭過救護車。」

珍微笑。「希望那也會是你唯一的一次。」

他沒笑，目光又轉向窗外，看著一片陰沉的灰色天空。以一個差點死掉的人來說，他似乎很困擾，沒辦法慶幸自己逃過一劫。

「我跟你的醫師談過了，」珍說，「他說只有一次劑量的K他命，應該不會有任何長期副作用，不過你可能會忽然想起當時的片段。另外你可能有一兩天會覺得有點虛弱不穩。但是只要你別再吸食K他命，副作用都只是暫時的。」

「我不吸毒。我不喜歡那些藥物。」他諷刺地大笑一聲。「因為接下來就會發生這種事。」

他看起來完全就是那種有良好習慣的健康男性。瘦、健壯，而且外表乾乾淨淨。昨天晚上他們稍微調查了他的背景，得知他是景觀設計師，在波士頓一家聲譽良好的事務所工作。沒被逮捕過，沒有犯罪前科，連一張欠繳的停車費帳單都沒有。萬一昨天晚上珍的開槍有任何可疑之處，需要上法庭，那麼埃佛瑞．普瑞思柯會是絕佳的辯方目擊證人。

「我相信，你今天就可以出院了。」她說。

「是的。醫師說我狀況沒問題，可以離開了。」

「有關昨晚發生的事，我們還需要你做一份詳細陳述。如果你明天可以來波士頓市警局，我們就可以把供述過程錄下。來，我把名片給你。」

「他們兩個都死了。這些細節重要嗎？」

「真相總是很重要的，你不覺得嗎？」

他想了一會兒，目光又轉向窗外。「真相。」他輕聲說。

「明天過來許若德廣場的市警局總部，大概十點怎麼樣？同時，如果你剛好想起什麼細節，就麻煩寫下來，什麼事都行。」

「的確有一件事。」他望著她。「我得告訴你。」

39

埃佛瑞約了要來我家喝杯雞尾酒。

我一星期前出院後，就沒再看過他了，因為我們都需要時間復元。我當然需要時間，因為有好多瑣事要處理：聽律師宣讀我爸的遺囑。決定如何處理我爸那隻還寄放在狗舍的狗。找人來打掃他這棟房子，包括濺了血的臥室。警方那邊有好幾個訪談要進行。到現在我已經跟瑞卓利警探談過三次了，有時我覺得她想用吸塵器對付我的腦袋，把那一夜發生的每個細節都吸出來。我一直告訴她，說我不記得其他的事情，沒有別的可以告訴她，最後她似乎準備放過我了。

樓下大門的電鈴響了，我按了開門鍵。過了一會兒，埃佛瑞站在我這戶的門口，手裡拿著一瓶葡萄酒。一如往常，他準時出現。這就是埃佛瑞——完全可以預測，但也因此有點乏味。我應該可以忍受乏味吧，因為他同時也非常迷人、又相當有錢。有個富裕的男朋友絕對不是壞事。

他走進我這戶公寓時，似乎疲倦又悶悶不樂。他給我的吻，只是心不在焉地在我臉頰上啄一下。

「這瓶酒要開來喝嗎？」我問。

「隨你高興。」這算哪門子回答？我很氣他今天晚上的不起勁。我把葡萄酒拿到廚房，正在翻找抽屜裡的開瓶器時，他就只是站在那裡看著我，沒說要幫忙。在我們共同經歷過生死大關後，你會以為他準備好要慶祝，但是他沒笑，而是一副哀悼的表情。

我拔出軟木塞，把酒倒進兩個葡萄酒杯裡，遞給他一杯。這瓶卡本內蘇維儂聞起來濃郁而厚實，大概很貴。他只喝了一口，就放下杯子。

「有件事我得告訴你。」他說。

該死，我早該料到的。他想分手。他怎麼敢跟我分手？我設法保持冷靜，隔著葡萄酒杯的上方打量他。「什麼事？」我問。

「那天晚上，在你爸的屋裡──我們快死的時候……」他深深吐出一口氣。「我聽到你跟比爾說的話。還有他跟你說的話。」

我放下酒杯看著他。「你到底聽到了什麼？」

「我聽到了一切。那不光是幻覺而已。我知道K他命可以讓你的腦子糊塗，讓你看到、聽到不存在的事物，但這回是真的。我聽到你們對那個小女孩做的事情。你們聯手做的事情。」

我冷靜地拿起酒杯，喝了一口。「那是你的想像，埃佛瑞。你什麼都沒聽到。」

「不，我聽到了。」

「K他命混淆了你的記憶。這就是為什麼這種藥物被用來當約會強姦藥。」

「你用一塊石頭，你們聯手殺了她。」

「我什麼都沒做。」

「荷莉，告訴我實話吧。」

「當時我們只是小孩。你真以為我有可能──」

「就這麼一次，告訴我操他媽的實話吧。」

我重重放下杯子。「你沒資格這樣跟我講話。」

「我有資格。我愛上你了。」

啊，這可精采了。只因為他蠢到愛上我，就以為可以要求我說實話。但是對我來說，任何男人都沒有這個資格。

「麗琪．迪帕瑪當時才九歲，」他說，「她叫這個名字，對吧？我看過她失蹤的報導。她母親最後一次看到她，是在一個星期六的下午，當時麗琪離開家，戴著她最喜歡的帽子，是在巴黎買的一頂管珠帽。兩天後，一個小孩在蘋果樹的校車巴士上發現了麗琪的帽子。這就是為什麼馬丁．司坦尼克被認為涉嫌重大，這就是為什麼他被指控擄走並殺害那個女孩。」他暫停一下。「當初發現那頂帽子的小孩就是你。但你其實不是在巴士上發現的，對吧？」

「你什麼證據都沒有，倒是得出很多結論。」我回答，冷靜而有邏輯。

「比爾遞給你一塊石頭，你用來砸她。你們兩個殺了她。然後你留著她的帽子。」

「你認為這個童話故事在法庭上能成立嗎？你當時服用了K他命。沒有人會相信你的。」

「這就是你的回答？」他厭惡地瞪著我。「你沒有其他要說的？不談一個失蹤二十年的小女孩，不談她母親一定傷心得不得了？這些話在法庭上絕對不會成立？」

「唔，本來就是。」我又拿起酒杯，心不在焉地喝了一口。「何況，當時我才十歲。想想你十歲的時候做過些什麼事。」

「我沒殺過人。」

「當時狀況不是那樣的。」

「那是怎樣，荷莉？你說得沒錯，這些在法庭上絕對不會成立，所以你不如告訴我實話。我不打算再跟你交往了，所以你也沒什麼好損失的。」

我打量了他一會兒，想著他知道事實之後會怎麼做。去找警方？去跟媒體投訴？不，我沒那麼笨。「我為什麼要說任何話？給我一個好理由。」

「為了那個小女孩的媽媽——她等了二十年，等著麗琪回家。至少給她這個，告訴她屍體該去哪裡找。」

「然後把我的人生搞得一塌糊塗？」

「你的人生？一切都是以你為考量，對吧？」他搖搖頭。「我以前為什麼都沒看出來？」

「啊，拜託，埃佛瑞。你太小題大作了。」我伸手摸他的臉。

他打了個寒噤，往後退。「不要。」

「我們在一起度過一些好時光，我們彼此間有一種特別的感覺。」我微笑。「而且有很棒的性愛。拜託，我們把這件事拋在腦後，忘了它發生過吧。」

「問題就出在這裡，荷莉。事情的確發生過。而且現在我認清你的真面目了。」他轉身要走出廚房。

我抓住他一隻手臂。「你不會告訴任何人吧？」

「我不應該說出去嗎？」

「他們不會相信你的。他們會說你只是懷恨的前男友。而且我會告訴他們你怎麼虐待過我，怎麼威脅過我。」

「你真的會這麼做，對吧？」

「如果有必要的話。」

「唔，我不必告訴任何人。因為就在這一刻，他們正在聽著你講的每一個字。」

我花了幾秒鐘，消化他剛剛告訴我的。等到我明白過來，我抓住他的襯衫用力往兩旁拉開，突然得讓他來不及反應。釦子紛紛飛噴，落在地板上。他站在那裡，身上的襯衫被硬扯開，我瞪著黏在他身上的竊聽裝置。

我後退，瘋狂地回想著我剛剛說了什麼，現在我明白警方一直聽著那些話。我從來沒有真正承認任何事情。我所說的沒有一樣可以被視為謀殺自白。雖然我講的話聽起來可能無情又愛操縱，但那也不犯法。這世上有太多人像我了。很多成功的企業執行長和銀行家，他們無情所得到的回報不是懲罰，而是獎賞。他們只不過是表現出天生的習性罷了。

埃佛瑞不一樣，他不像我們。

他默默地用襯衫遮住露出的竊聽裝置，我看到他臉上的痛苦，甚至是悲慟。那是幻想破滅。他幻想中的荷莉．迪凡，他深愛的女孩不見了。現在真正的荷莉站在他面前，他不想再跟我有任何牽扯了。

「再見。」他說，然後走出廚房。

我沒追上去。我只是站在那裡，聽著我公寓的門甩上。

我手上的高腳杯朝冰箱砸過去，玻璃碎片爆開來。紅酒淌下，滴落在地板上，有如鮮血一般。

40

兩個月後

從我爸房屋後方的門廊，我看得到樹林深處有動靜。沿著黛芙妮路停了半打警車和犯罪鑑識組的車子，遠處有一隻狗在吠叫。

地面逐漸解凍了，警方終於可以探查土地，但是他們不曉得到底該去哪裡找，頭兩天都浪費在比爾・薩勒文小時候住的那片土地上。現在他們轉移到他家院子外的那片樹林。二十年前，調查人員沒搜尋過那片樹林；他們把所有的時間都用來仔細查找蘋果樹安親班，還有兩公里外那段馬路，就是比爾棄置麗琪腳踏車的地方。當年沒有人想到要搜尋黛芙妮路旁的那片樹林，因為比爾和我故意誤導警方，把嫌疑轉向一個無辜的男人身上。每個人都相信我們，因為我們是小孩，而小孩沒聰明到會想出這樣的計謀。總之人們是這樣認為的。

電鈴響了。

我開了門，發現瑞卓利站在前門廊上。她穿著健行靴，夾克上沾了泥巴，鐵絲般的一頭捲曲黑髮裡纏著一根小樹枝。我沒邀請她進屋。我們隔著門檻，冷冷打量著對方，我們太了解彼此了。

「我們早晚會找到她的屍體，荷莉。所以你倒還不如告訴我們該找哪裡。」

「那我能得到什麼好處？一顆金星？」

「因為跟警方合作，對你印象改善？或是難得因為知道自己做了好事，而得到滿足感？」

「這些對我沒有好處。」

「一切的重點就是這個，對吧？你。要看你能從中得到什麼好處。」

「我沒什麼要說的了。」我伸手要關上門。

她伸出一手擋住，把門往後頭又推開。「我有很多話要跟你說。」

「我在聽。」

「這個案子發生在二十年前。你當時只有十歲，所以沒有人會認為你應該要負責。只要告訴我們她在哪裡，你不會有任何損失。」

「但我也不會有任何收穫。你有什麼證據，可以證明我跟這個案子有關？一個因為K他命而糊塗的目擊證人所提供的證詞？一段錄音對話，裡頭我什麼都沒承認？」我搖搖頭。「我想我還是保持沉默好了。」

我的邏輯無可撼動。她沒有辦法逼我合作。無論他們是否找到麗琪的屍體，我都不受影響，而他們也心知肚明。我們瞪著彼此，就像同一個硬幣的兩面，我們都是強悍而聰明的女人，知道如何生存。但她太關心別人了，而我則幾乎什麼都不關心。

除非是跟我有關的事。

「我會盯著你的，」她低聲說，「我知道你做了什麼，荷莉。我很清楚你是什麼樣的人。」

我聳聳肩。「我與眾不同，那又怎樣？我向來知道自己跟別人不一樣。」

「你是他媽的反社會人格，這就是你。」

「但這不表示我很邪惡。我只是天生這樣而已。有些人有藍眼珠；有些人有本事跑馬拉松。我？我知道怎麼保護自己，這就是我的超能力。」

「有一天，你會因此而完蛋。」

「但不是今天。」

我們相對沉默，然後她的對講機發出爆擦音。她從腰帶抓起對講機開口：「我是瑞卓利。」

「狗發出警訊了。」一個男性聲音說。

「你們看到了什麼。」

「只有一大堆樹葉蓋住的土地，如此而已。但是狗所發出的信號相當確定。你要先過來看看這個地點，再讓他們開始挖掘嗎？」

瑞卓利立刻轉身，大步走下前門廊的階梯。我看著她上車，知道這不會是我最後一次看到她。我們這場棋局還很漫長，現在只是剛開頭而已。眼下我們誰都還沒有優勢，但都已經很清楚自己的對手了。

我回到後門廊，目光越過我爸家的後院，看著遠處的樹林。在這個時節，樹木尚未發出新葉，隔著光禿禿的樹枝，我可以勉強看到黛芙妮路，那裡有更多車輛抵達。在那條路的另一側，就是緊鄰著比爾老家院子旁的樹林。尋屍犬就是在那裡聞到氣味的。

他們將會在那裡找到她。

41

麗琪．迪帕瑪從泥土中一點接一點浮現。這裡一根指骨，那裡一片踝骨。埋在淺淺的墓穴裡長達二十年，使得她的皮肉盡皆腐爛，只剩骨骸，但是一旦挖出頭骨，莫拉就相當確定這具屍體的身分了。她一手抓著顱部，刷掉上頜的泥土，看著珍。

「這是兒童的頭骨。根據剛冒出的側門齒，我估計死者的年齡是八歲或九歲。」

「麗琪當時九歲。」

莫拉把那頭骨輕輕放在旁邊的防水布上，戴著手套的雙手拍掉泥土。「我想你們找到她了。」一時之間，她們只是沉默站著，往下看著那個挖掘出來的墓穴。屍體埋葬的深度不到一呎，這就是為什麼即使過了二十年，尋屍犬依然聞得到氣味。這麼淺的墓穴，兩個小孩一定有辦法挖出來，而且當時十一歲的比爾．薩勒文塊頭已經夠大、也夠強壯，可以揮動鏟子。強壯得有辦法殺死一個九歲的女孩。

莫拉又刷掉更多泥土，露出左顳骨一片凹下的破裂。這不會是隨便打歪了而形成的；這一擊是使盡全力，朝頭部側面打下去的，很可能麗琪當時就躺在地上。莫拉想像著一連串事件：女孩被推倒在泥土地上，男孩舉起石頭，用力往下砸女孩的頭。那是最古老的武器，自人類有謀殺以來，就常常被用來當兇器。

「荷莉幫他殺人的，我知道一定是這樣。」珍說。

「但是你要怎麼證明？」

「就是這點逼得我快發瘋。我證明不了。如果我們找埃佛瑞．普瑞思柯作證起訴她，辯方會說那是傳聞，必須排除。更糟糕的是，那是在K他命藥效下的傳聞。我們當初幫他裝竊聽設備去給她錄音，她就什麼都沒承認。她太聰明了，不可能說溜嘴。所以我們沒有任何證據，可以證明她跟這樁謀殺有關。」

「事發時，她才十歲。她真的該為這樁命案負責嗎？」

「她協助殺害這個女孩。好吧，或許那是二十年前了，她當時只是個孩子。但是你知道嗎，我不認為人是會改變的。無論她當初是什麼樣，現在也還是那樣。一條蛇長大了不會變成小白兔。她還是一條蛇，而且她會持續攻擊，直到某個人終於制止她。」

「不會是這回。」

「對，這回她脫身了。但是至少我們還給了馬丁．司坦尼克一點正義，即使對他來說已經太遲。邦妮．桑爵吉一定會確保讓全世界都知道他是無辜的。」珍隔著樹林，望向厄爾．迪凡的房子。「天啊，有時你會不會感覺我們好像被他們環繞著？像荷莉．迪凡和比爾．薩勒文這樣的惡魔？如果他們覺得自己可以脫身，就會毫不考慮，割斷你的喉嚨。」

「這時候就該你上場了，珍。你會保護我們其他人的安全。」

「問題是，這個世界上有太多荷莉．迪凡，卻沒有夠多的我。」

「至少你做到了這個，」莫拉說，低頭看著麗琪．迪帕瑪的頭骨。「你找到了她。」

「現在她終於可以回家，回到她母親身邊了。」

那會是個悲傷的重逢，但畢竟還是重逢，也是這回調查裡幾個重逢的其中之一。亞齡・迪帕瑪很快就會取回她失蹤女兒的屍骨。安琪拉・瑞卓利現在回到文斯・考薩克身邊。巴瑞・佛斯特則是——無論如何——跟他的前妻愛麗絲重逢。

而丹尼爾則回到我身邊，莫拉心想。

事實上，他從來不曾真正離開她。當初是她逼他走的，因為她相信真正的幸福就必須除去不完美，就像一個人切去患病的手或腳。但人生裡，沒有什麼是完美的，愛情也當然不例外。

她從不懷疑丹尼爾對她的愛。他一度還準備要為她而死；她還能要求更好的證明嗎？

那天傍晚，莫拉離開犯罪現場回到家時，已經天黑了。她屋子裡開著燈，窗戶明亮而溫馨。丹尼爾的車子停在她的車道上，再次擺明了讓全世界都看得到。他們一起走到了這個地步，不在乎其他任何人怎麼想他們了。她曾經嘗試沒有他而活下去，曾經相信自己會往前走，愛情並不是不可或缺的。她曾經以為認命就等於是快樂，但其實，她只是暫時忘記快樂是什麼感覺。

看著她屋裡的燈、他停在車道上的車，她回想起來了。

我已經準備好要再快樂起來了。跟你。

她下車，臉上帶著微笑，走出黑暗，迎向光明。

42

這個世界的運作方式就是如此。

有像我這樣的人，另外也有些人認為我邪惡，因為不同於他們，我看到悲傷電影或參加葬禮或聽到驪歌不會哭。但每個多愁善感的愛哭鬼，在心底深處都潛藏著一個像我這樣的黑暗胚胎：一個冷血的機會主義者。就是這種胚胎，把好軍人變成處決者，把鄰居變成告密者，把銀行員變成小偷。啊，他們大概都會否認。他們全都認為他們比我更有人性，只因為他們會哭，而我不會。

除非我必須哭。

現在我當然不會哭，我站在樹林裡，面前就是麗琪的屍體被發現的地點。警方收拾他們所有的器具離開，至今已經一星期了。儘管他們挖掘的證據還在——翻過的泥土，鉤在樹枝上一小段犯罪現場黃膠帶——但最終，一切都會回到原來的樣子。樹葉會落下，厚厚覆蓋住現在裸露的土地。小樹會冒出來，樹根會在地底下延伸四散，再過兩三年，如果都不管的話，這一小片土地看起來就會跟樹林裡頭其他地方一樣。

看起來就像二十年前，比爾和我站在這裡的時候一樣。

我還記得那個十月天，空氣中有燒柴的煙霧和乾樹葉的氣味。比爾帶著他的彈弓想打鳥，打松鼠，或任何不幸被他碰上的生物。但那天他忙了半天，什麼都沒打到，所以非常懊惱又嗜血。

我很了解他的脾氣，知道他懊惱時有可能像隻響尾蛇般發動攻擊。但是我不怕他，因為在他的眼睛裡，我認出了自己。

那是我最糟糕的部分。

他才剛用彈弓射出一塊石頭，想打一隻鳥，結果又沒射中。此時他看到麗琪在馬路上，騎著她的腳踏車。她身穿粉紅色毛衣，戴著那頂有閃亮管珠的針織帽，就是他們一家去巴黎度假時買的。她對那頂帽子好得意！上星期她天天都戴去學校，午餐時我盯著那帽子看，好希望自己也有這麼一頂。我好希望自己就像麗琪，頭髮那麼金，長得那麼漂亮，那麼容易交到朋友。我知道我媽永遠不會買這麼炫的東西給我，因為那會引來男生不必要的注意，他們會對我做出像她舅舅對她做的事。*虛榮是一種罪，荷莉。貪求也是。你要學著戒絕這些心態。*現在那頂發亮的帽子戴在麗琪漂亮的腦袋上。她還沒發現我們在樹林裡，只是沿著馬路騎腳踏車，一面唱著歌，彷彿全世界都是她的觀眾。

比爾的彈弓發射。

那塊小石頭砰地擊中麗琪的臉頰。她尖叫轉頭，尋找肇事者。她立刻看到了我們，把腳踏車扔在路邊，手忙腳亂地跑進樹林，大喊著。

「你倒楣了，比爾．薩勒文！你倒大楣了！」

比爾又撿起一塊石頭，放在彈弓上。「你不會告訴任何人的。」

「我會告訴每個人！而且這一次，你會——」

第二顆石頭擊中麗琪的眉毛。她踉蹌跪地，帽子掉了，鮮血沿著她的臉流下。即使這個時候，她被流血遮得半盲，還是鬥志高昂。即使這個時候，她都不肯向比爾屈服。她抓起一把泥土丟過來。

我還記得那些泥土擊中比爾的臉時，他發出嚎叫。我還記得看到他怒氣爆發時的那種驚恐，也記得拳頭擊中肉身所發出的聲音。然後他們兩個都倒地，比爾壓著她，麗琪尖叫著。

但我真正在乎的是那頂管珠帽，於是我跑去撿起來。帽子比我原先以為的沉重，被幾百個漂亮彩珠增添了重量。幾滴血染髒了那些編織毛線，但是我有辦法洗乾淨。媽媽曾教我可以用清水輕易沖洗掉床單上的血跡。我把帽子戴在頭上，轉身讓比爾看我的戰利品。

他站在那裡，低頭看著麗琪。「醒一醒，」他命令道，然後踢了她一腳。「快醒過來。」

我低頭看著她的腦袋，她的頭皮破了，鮮血冒出來流過她的頭髮，流進泥土裡。「你做了什麼？」

「她會去告我們的密。她會害我們倒大楣，現在她沒辦法了。」他把手裡那個拳頭大的石頭遞給我，上頭已經沾了她的血。「該你了。」

「什麼？」

「砸她。」

「如果我不想呢？」

「那你就別想留著那頂帽子。而且你別想再當我的朋友。」

我站在那裡，手裡握著那塊石頭，斟酌著自己有什麼選擇。戴在頭上的那頂帽子感覺上好棒，好美妙。我不想放棄。反正麗琪看起來已經死了；再砸一下也不會有差別。

「快點，」比爾堅持。「不會有人知道的。」

「她都不動了。」

「快點砸她就是了。」他湊近過來，在我耳邊低語：「你難道不想知道那是什麼感覺嗎？」

我低頭看著麗琪的腦袋，上頭有好多血，我根本看不出她的眼睛是睜開還是閉著。如果我砸她的話，會有什麼差別呢？

「事情很簡單，」比爾說，「如果你想當我朋友，就快點動手。」

我蹲在麗琪身旁，舉起石頭時，一股興奮的震顫傳遍全身。覺得自己可以辦到任何事，可以成為任何人。在我手裡，握著生死大權。

我把石頭砸向麗琪的太陽穴。

「這樣才對嘛，」比爾說，「這是我們的秘密。現在你得跟我保證，你不會跟任何人說起這件事。永遠不會。」

我向他保證了。

剩下的那個下午，我們就忙著把她埋在樹林裡。等到完成時，我身上被黑莓灌木刮傷，又因為往後跌在一塊石頭上而有瘀青。我辛苦的獎賞就是那頂有銀色管珠的帽子，我藏在自己的背包裡，免得被媽媽看到。那天夜裡，洗掉帽子上的血漬後，我戴上帽子，看著鏡子裡的自己。戴在麗琪頭上，那些珠子像是小鑽石般閃閃發亮，更凸顯出她明亮晶瑩的藍眼珠。但鏡子裡面回望我的雙眼既不晶瑩，也沒有改變。鏡子裡只不過是我戴著一頂帽子，失去了我本來想像中帽子所擁有的那種魔力。

我把帽子塞進我的背包，然後就忘了。

直到星期一。

此時，每個人都知道麗琪．迪帕瑪失蹤了。那天在學校，我五年級的導師凱勒太太叫我們要小心，因為附近可能有個壞人。到了午餐時間，其他女生都在咬耳朵，偷偷議論綁匪會對小女生做什麼事。很多小孩下課後都待在家裡，飽受父母的嬌寵和無微不至的照料，於是那天放學後，只有我們五個小孩搭巴士到蘋果樹安親班。每個人都出奇地安靜，在那片沉默中，我的背包滑下座位、掉到地板上的撞擊聲顯得更大。我之前忘了把拉鍊拉上，於是裡頭的每樣東西都灑出來。我的書，我的鉛筆。

還有麗琪的帽子。

最先看到的是卡珊卓．寇以爾。她指著躺在走道上的那頂管珠毛線帽說：「那是麗琪的帽子！」

我趕緊抓起帽子，塞進我的背包。「是我的。」

「不，才不是。每個人都知道那頂帽子是麗琪的！」

現在提姆和莎拉也注意到了，看著我們爭吵。

「你怎麼會拿到她的帽子？」卡珊卓質問道。

我還記得其他四個小孩看著我。卡珊卓和莎拉，提姆和比爾。在比爾的眼中，我看到那種冷冷的威脅光澤：不准說實話。絕對不准說實話。

「我是在那裡發現的，」我說，指著巴士後方。「就塞在座位間。」

於是嫌疑就落在馬丁．司坦尼克身上，他每天下午都乖乖到比爾森小學接我們，載著我們到蘋果樹安親班。

於是檢察官就這樣起訴了他們一家。根據一個小孩的話，還有一頂屬於失蹤女孩的帽子。一旦你被弄得看起來像是有罪，接著每個人都假設你確實就是有罪，二十二歲的校車巴士司機馬丁．司坦尼克就是碰上這種事。然後罪名擴散到他父親和母親身上，大家都假設他們也參與了陰謀，也同樣有罪。

接著，我把自己在樹林裡掩埋麗琪時所弄到的刮傷和瘀青給醫生看過後，要把嫌疑套在司坦尼克一家頭上就毫無困難了。後來比爾也加入我，提出他自己的指控，於是這一家人的命運更確定了。此後故事散播且成長。如果你一次又一次要一個小孩回憶一起事件，最後他們就會想起來。於是整個案子就成立了，一個接一個小孩，說出愈來愈荒唐的故事。

但真相是，一切都始於我想要的一頂帽子。這頂帽子後來出現在卡珊卓的恐怖片裡，成為視覺線索。卡珊卓終於把碎片拼合起來，她明白人人相信有關麗琪失蹤的說法根本是錯的。過去二十年，真相一直埋藏在她的記憶中。那份記憶是我在一輛巴士上，拿著一頂不屬於我的帽子。

我抬頭看著樹，春天的嫩芽已經冒出來，樹枝染上一片新綠。其他人全都死了，但我還在，我是唯一的倖存者。知道麗琪．迪帕瑪真正死因的人，只剩我一個了。

不，不完全只有我一個。瑞卓利警探也猜到了部分的真相，不過她無法證明。永遠也證明不了。

她知道我有罪，她會盯著我。所以眼前，我得循規蹈矩。我得假裝成一個既不偷也不騙的乖女孩，會乖乖走行人穿越道，總是準時繳稅。我得假裝成另一個樣子，但我應該也辦得到。我還是原來的自己，反正沒有人能永遠盯著我。

謝辭

我母親是來自中國的移民，她的英文不太行，但是她的確很懂、而且熱愛美國恐怖片。我繼承了她對這種類型電影的熱愛，小時候我花了很多時間，興奮尖叫著一看再看那些我最喜歡的恐怖片，包括《巨蟻入侵》（*Them!*）、《火星怪人》（*The Thing*），以及《天外魔花》（*Invasion of the Body Snatchers*）。所以當我終於有機會為我自己的獨立製片電影編劇、製作時，當然就是恐怖片了。《我知道的秘密》一部分靈感是來自於我製作電影 *Island Zero* 的經驗，我要謝謝 Mariah Klapatch、Josh Gerritsen、Mark Farney、我丈夫 Jacob，還有 *Island Zero* 的所有演員和劇組人員參與這場冒險。我們灑了一噸的假血，燒掉了一棟房子（故意的），老是熬夜到太晚，而且大概喝了太多啤酒，但是，嘿，各位——我們拍出了一部電影！而我書中所寫有關恐怖片粉絲的話絕對是真的：我們是一個快樂的大家庭。我們不是可怕的人。相信我。

我也要謝謝曾協助《我知道的秘密》出版的所有人：Jane Rotrosen 文學經紀公司無與倫比的團隊，我的美國編輯 Kara Cesare 和英國編輯 Frankie Gray，還有 Kim Hovey、Larry Finlay、Dennis Ambrose 和他一絲不苟的文稿編輯團隊（你們讓我保持謙虛），還有我在英國和美國努力不懈的宣傳人員 Sharon Propson 和 Alison Barrow。能跟你們所有人合作是我的榮幸。

Storytella 104

我知道的秘密

I Know a Secret

我知道的秘密 / 泰絲.格里森作 ; 尤傳莉譯. -- 初版. -- 臺北市 :
春天出版國際, 2020.12
面; 公分. -- (Storytella ; 104)
譯自 : I Know a Secret
ISBN 978-957-741-309-3(平裝)

874.57 109018033

版權所有．翻印必究
本書如有缺頁破損，敬請寄回更換，謝謝。
ISBN 978-957-741-309-3
Printed in Taiwan

I KNOW A SECRET: A RIZZOLI AND ISLES NOVEL by TESS GERRITSEN
Copyright: © 2017 by Tess Gerritsen
This edition arranged with JANE ROTROSEN AGENCY LLC
through Big Apple Agency, Inc.,Labuan Malaysia
TRADITIONAL Chinese edition copyright:
2020 SPRING INTERNATIONAL PUBLISHERS, CO., LTD
All rights reserved.

作　者　泰絲．格里森
譯　者　尤傳莉
總編輯　莊宜勳
主　編　鍾靈

出版者　春天出版國際文化有限公司
地　址　台北市大安區忠孝東路四段303號4樓之1
電　話　02-7733-4070
傳　眞　02-7733-4069
E-mail　frank.spring@msa.hinet.net
網　址　http://www.bookspring.com.tw
部落格　http://blog.pixnet.net/bookspring
郵政帳號　19705538
戶　名　春天出版國際文化有限公司
法律顧問　蕭顯忠律師事務所
出版日期　二〇二〇年十二月初版
二〇二一年十二月初版十八刷

定　價　399元

總經銷　楨德圖書事業有限公司
地　址　新北市新店區中興路二段196號8樓
電　話　02-8919-3186
傳　眞　02-8914-5524
香港總代理　一代匯集
地　址　九龍旺角塘尾道64號 龍駒企業大廈10 B&D室
電　話　852-2783-8102
傳　眞　852-2396-0050